主君押込

城なき殿の闘い

辻井南青紀

角川文庫
23826

目次

第一章　押込《おしこめ》　5
第二章　脱出　39
第三章　骨を拾う者　84
第四章　堂島米相場　136
第五章　米買上令　195
第六章　決闘　290
第七章　訣別《けつべつ》　316

第一章　押《おし》込《こめ》

一

遥《はる》か彼方《かなた》でうっすら雪をかぶる山々の連なりが、薄い紫色に霞《かす》んでいる。信濃《しなの》国の飯《いい》山《やま》家中、その年の大晦日《おおみそか》の夕暮れ時だった。

大竹五郎左衛門《おおたけごろうざえもん》は、勤め先の郡方《こおりかた》役所から家路を急いでいた。空は深く青みがかり、人影は久しく絶えて、すれ違う者もない。砂混じりに吹きつける寒風を、身を固くしてこらえ、足を速めた。

五郎左衛門は冬場でも浅黒い痩身《そうしん》で、濃い眉《まゆ》と黒目には、笑うと少年の頃の面影がよみがえる。父母はすでになく、明けて二十一になる。新妻との間に子が生まれる兆しは、まだない。

飯山は高い山々に囲まれていて、徒歩でも駕籠《かご》でも馬でも、藩境を越える往き来は難しい。夏はひどく暑く、冬場は雪が深く、厳しい寒さが春先まで続き、春や秋には霧が良《よ》く出る。

五郎左衛門は、藩内各所の農村を回り、作付や収穫について調べ、年貢などを監督する郡方に勤めて五年になる。書役は書状作りや記録、書写などを担うものの、座っていることはほとんどなく、藩内の各所を隅々まで回ることに、日々忙しい。このほど日頃の働きが認められて、年が明けたら、見習である助から書役へ昇格することとなった。いやがおうにも、御勤めに力が入った。

帰宅すると、妻のなおが、おかえりなさいませ、と言って土間へ降りてきた。磨いたような目鼻立ちは、暗がりにいても目を惹《ひ》いた。やや青白い頬のあたりに、若々しい固さが残っている。台所へ立って、手早く火を熾《おこ》した。

五郎左衛門は水の入った盥《たらい》を置くと、草履を脱いで足を片方ずつ洗い、上がり框《がまち》に腰掛けて、水気を手拭《てぬぐ》いで拭《ふ》いた。一日のうちで、もっとも穏やかで心休まる時だった。

ふたりは、黙ってめいめいの支度をした。柄杓《ひしやく》で甕《かめ》から冷水を汲《く》み、五郎左衛門は勢い良く水気を飛ばして顔を洗った。夕餉《ゆうげ》の支度で忙しいなおが、その様子を振り返って笑った。

「お風邪を召されますよ」

五郎左衛門が帰ると、いつもなおはほんとうに喜んだ。五郎左衛門には、その様子がいっそういとおしかった。

なおは旧姓を尾辻《おつじ》といい、五郎左衛門とは祝言を挙げて半年も経っていない。尾辻家はかつて飯山藩の中老の家格だったが、家中の争いに巻き込まれ、蟄居《ちっきょ》を命ぜられた。

夕餉を済ませると、五郎左衛門は部屋着に着替え、木刀を手に取って框に腰掛けた。

なおがそばへ来た。

「どちらへ」

「すぐ戻る」

物心ついた頃に剣の手ほどきを初めて受けて以来、朝晩はひと通り稽古《けいこ》を積んでひと汗かかねば、寝つけない。

「ちょっと鉄斎《てっさい》様に、ご挨拶《あいさつ》して参る」

「年が明ける明日の方がよろしいのでは。わたくしもご一緒いたします」

「いや、すぐ戻る」

鉄斎は、五郎左衛門が元服前から剣の手ほどきを受けて来たひとり住まいの元重臣で、大竹家の居宅からはほんの一町（約百十メートル）ほど、馬場の裏手に住んでいる。庵《いおり》とは名ばかりの質素な造りで、城下からも遠かった。

藩の内外にその名が聞こえる家老として働きがあった鉄斎は、筆頭家老、田辺斎宮《たなべいつき》との争いの末、隠居した。醜い政争に明け暮れる家中の実情に絶望したともささやかれている。

子のない鉄斎は、妻を亡くしてひとり身になると、この馬場の裏に腰を落ち着けた。もう御城には近寄らぬと言って、訪のう客をほとんど断っている。

五郎左衛門となおの若い夫婦は、その数少ない例外だった。早くに急逝した五郎左衛門の父は、生前、鉄斎に目をかけられていた。かつて、家中の将来を担う若手を数多く育成した鉄斎は、剣のみならず五郎左衛門に学問を教え、事あるごとに将来の相談に乗った。なおとの祝言を一番喜んだのも鉄斎だった。

なおは五郎左衛門を上目遣いに見て、そっと言った。

「お気をつけくださいませ」

声に少し震えがあったので、五郎左衛門は、おや、と思った。

「どなたにも、はい、とも、いいえ、とも仰せになりませぬように。これから先、どれほどのお偉い方でも、どなたのおっしゃることも、決してそのまま鵜呑《うの》みになされませんよう。けれど、あからさまに逆らってもいけません」

五郎左衛門は笑って見せた。

「鉄斎様のことか。御城を離れて長い御隠居だぞ」

「いいえ。鉄斎様は真のお味方。それ以外のお方たちのことです」

なおは怖い顔をしている。五郎左衛門は内心驚いたが、妻に微笑んで見せた。

「すぐに戻る」

敷居をまたぎながら五郎左衛門は考えた。

家では、お役目の話など一切しない。なおは、いったい何に勘づいたのだろう。明朝の元旦《がんたん》の一斉不出仕令のことが妻の耳に入るはずはなかった。

今しがた、なおは鉄斎様のことを、お味方、と言うた。常日頃から、ふたりの間で何か困るようなことや迷うことがあると、鉄斎様ならどうなさいますでしょう、と言うのが、なおの口癖でもある。

鉄斎様がお味方とするなら、敵とはいったい誰なのか。

二

背中を向けた鉄斎は、書き損じの紙や筆で足の踏み場もない一間に正座して、筆を手にしている。文を書くことに没頭していた。どこか、気ままな絵師のような暮らしぶりで、火の気がなくともまったく平気な様子、齢《よわい》七十を超えているようには見えない。

五郎左衛門は戸外から一声かけると、返答を待った。鉄斎の声を聞いてから、その背後から上がり込むと、いつものように片付けにかかる。傍らに架けてあった太刀の鞘《さや》に、ふと手が触れた。ぐっと冷え込んでいる。火鉢を探すと、ひと間の奥へ押しやられて埃《ほこり》をかぶっている。

こちらを向いてから胡坐《あぐら》を搔《か》いた鉄斎は、片付けにいそしむ五郎左衛門を見やった。

「大晦日の夜に、片付けに参ったのか」

立ち働きながら五郎左衛門は答えた。

「稽古をつけていただきたく」

五郎左衛門がこの庵に来るときは、たいていこんな具合だった。鉄斎はめったに五郎左衛門に剣を教えない。一度教えたことが身につくのを、何も言わずにしばらく待って、実際に打ち合い、確かめる。

いざとなれば片手に太刀、もう片方に小刀を持つことも辞さず、多数の敵を斃《たお》さんとする流派の師範として、鉄斎は多くの門弟を導いて来た。五郎左衛門は歴代で三本の指に入る逸材だった。

普段はおとなしく道場でも小柄な方だったが、いざ組太刀となると目の色が変わる。怪我をしても血反吐《ちへど》を吐いてもやめようとせず、生来の勘の良さをたゆまぬ努力で磨く才がある。

また、下半身の土台がしっかりしていて動きが素早くこなれているところは、駿馬《しゅんめ》を思わせた。

武人としての鉄斎とも近しい資質を持ち合わせていて、こういう者こそがいずれ流派を引き継ぐべきだが、今、道場を預かっている師範代のところへ五郎左衛門は通っていない。隠居の身の鉄斎のもとへ足繁く来て、ひとり稽古《げいこ》にますます激しく打ち込んでいる。

鉄斎は傍らの冷え切った湯呑《ゆの》みを手に取り、ひと口飲むと、言った。

「稲を生ずるものは天なり、これを養うものは地なりと言うが、この一年、田の出来はいかがであった」

家中の為政に長年携わって、米作や林業をはじめ、産業を興して藩を豊かにすることに力を注いだ鉄斎は、とりわけ田畑のことを今も案じていて、五郎左衛門に様子をたびたび尋ねる。

郡方役所で働き始めた頃、五郎左衛門は答えに窮することばかりだったが、近頃ようやく、田畑のことなら大方のことは自信を持って答えられるようになった。

腰をかがめたまま、五郎左衛門は鉄斎を振り返った。

「何とか、年を越せそうでございます」

「厳しいのであろう」

五郎左衛門は白状した。

「はい」

五郎左衛門は、小柄な鉄斎のかくしゃくとした様をそっと見やった。浅黒い肌に白髪交じりの総髪で、まなざしは穏やかだが、五郎左衛門は鉄斎の前に出るといまだに背筋が正される思いをする。鉄斎が笑うと、詰めていた息がほっと緩んだ。

鉄斎は、家中の重臣だった頃、学問と武道に優れた者を身分の上下にかかわらず集め、後進を育てることに力を注いだ。藩校、長道館《ちょうどうかん》の流れを汲んだ杉屋敷の学び舎《や》は、多くの優れた人材を輩出している。

鉄斎は、ひと間の庵の中を立ち働く五郎左衛門を、そばへ呼んだ。

「もうよい。ここへ」

五郎左衛門は、鉄斎の正面に回り込んで膝《ひざ》を折り、少し片付いて身の置き場の出来た畳の上に座した。

「五郎。包み隠さず答えよ。明日の賀式、上役から何事か、言い含められておらなんだか」

言い当てられた五郎左衛門は、身を固くした。

「明日は皆、御城へ出仕せぬよう、命じられておるのだろう」

鉄斎の言うことは図星だった。耳が早い。

城から各所へ通達があり、主君にお目見えする新年の賀式には一斉不出仕せよ、との内々の命が下っていた。歳若い主君、重元《しげもと》の為政にことごとく反発する筆頭家老の田辺の強権に、今、逆らおうとする者はいない。

五郎左衛門は思い切って尋ねた。

「もしも不出仕の命に従わねば、いかがなりますでしょうか」

鉄斎は、光の加減で濁って見える両の目で、五郎左衛門を見やった。

「五郎。なにゆえに、そのようなことを思うた」

五郎左衛門は少し口ごもったが、答えた。

「それがしには、正しいこととはどうしても思われませぬ」

鉄斎は少しの間、口を閉ざしたが、尋ねた。

「なお殿は達者か」

「はい。鉄斎様にも、どうぞよろしゅうと申しておりました」

鉄斎はじっと五郎左衛門を眺めた。

「五郎。くれぐれもなお殿を大切にせよ。一家を構えるということは、その命を預かるということ。お前にその覚悟はあるか」

「そのつもりでおります」

「いっときの思いで動いてはならぬ、ということじゃ」

五郎左衛門は、黙ってうなずいた。

鉄斎は、その様子を見ていた。

「五郎。なにゆえに、不出仕を正しゅうないことと思うた」

五郎左衛門は光る目で鉄斎を見やった。

「殿のまつりごとが間違っておられるとは、どうしても思われませぬ」

「では、なぜ、家中の皆は殿を責める」

「そのことを教えていただきたく、今宵、参りました」

少しあって、鉄斎はうなずいた。

「重元様がまだ前髪を生やしておられた頃を、よう知っている。あのお方は、これまでのどの殿よりも民に近い。生い立ちも、お志も」

「鉄斎様は、殿と近しい間柄だったのでございますか」

鉄斎は鷹揚《おうよう》にうなずいた。

「わしが杉屋敷を預かっておった頃、ご幼少の重元様もおいでだった」

鉄斎は五郎左衛門の顔を穏やかに眺め、微笑んだ。五郎左衛門には、何かを思い出した笑みに見えた。

「まこと、面白いお方であった。幼い頃より、剣のこととなると目の色が変わるのはお前とよう似たところであったが、随分と向こう見ずでおられての。しょっちゅうどこかに怪我をしておられたが、常に意気盛んで、ご自身の倍ほど大きな相手に挑んでも一向に遜色《そんしょく》ないのだ」

「どのような闘いぶりだったのでございますか」

「ひとというより鋼で出来た何かのようで、とにかくすばしこく、疲れ知らずで常に力に満ちておられた。目を見れば、いつもかすかに仏のような笑みを浮かべておられる。あのお方は、ただの野育ちではなかった」

五郎左衛門は少し驚いて尋ねた。

「殿は、野育ちなのでございますか」

「野育ちというか、山育ちというか、野山に入れば水を得た魚のごとく、であった。何もかもを、するりとやり遂げ、笑っておられる。里よりは山で暮らすことを好んでおられた」

鉄斎は舌で唇を舐《な》め、続けた。

「こんなことがあった。重元様と並び立つお方が、その頃、もうひとりおられての。長谷川永友《はせがわながとも》様というて、今は江戸の御城《おしろ》で奥右筆《おくゆうひつ》を務めておられる。御城で奏者番を務めた旗本が遠縁にあって、その名を戴《いただ》いたものじゃ。神童とはまさにこのお方のことであったが、おふたりのお姿が見当たらぬと思うと、山支度をして、よう山へ入ってゆかれた」

五郎左衛門は尋ねた。

「山支度とは」

「脇差《わきざし》に糒《ほしいい》くらいのものだが、あとは何でも山の中で探して、その気になればいくらでも山の中で暮らしてゆかれたであろうな。幾度お叱りしても、一度山へ入ると三日はお戻りになられぬ。戻って来られると、顔が輝いておられた。血を分けた兄弟のように、互いに似通うてな」

五郎左衛門は、幼少のふたりの顔を思い浮かべようとした。

「おふたりは、山の中でいったい何を」

「その頃、奥深い谷に狼が出た、と騒ぎになったことがあっての。朝になると、喰《く》い散らかされた獣の骸《むくろ》が山道に転がっておって、里の者は山へ入るのを怖がったが、おふたりのお姿が見えぬ。われらは総出で捜したが見つからず、それから三日ほどして、顔色をなくして山から下りて来た。なんと、脇差ひとつで狼退治に出かけたというのだ」

「狼退治」

鉄斎はうなずいて、笑った。

「ひと心地ついてからお叱り申し上げたが、おふたりとも元服前にして、すでに肚《はら》がすわっておられた。もっとも、退治とは程遠く、命からがら山を下りたようであったがな」

鉄斎はふと、懐かしむような目になった。

「永友様のみならず、重元様のことも、いっそ江戸《えど》へお送りいたせばよかったと思うことは、今でもある。さりとて重元様は、江戸の御城で幕臣に収まるようなお方とも思われぬが」

そうしてある日、重元のもとへ使者がやって来たのだった。

「御殿様亡き後の本多《ほんだ》家へ末期養子として入り、主家を継ぐよう使いの者が来た、そう、わしがお伝えすると、驚かれたご様子は微塵《みじん》もなかった。その時、わしは殿に厳しいことをお尋ねした。いずれは家中より外へ出るか、それともここに残って家中のために力を尽くすか、どちらかしかござらぬ、と」

「殿は、何と」

「もしもご自身がこの襲封《しゅうほう》の申し出を受けなければ、家中の行く末はどうなるかと仰せられた。わしはありていに申し上げた。窮乏する家中には、いっそ御領になればよいなどと、はばからず口にする輩《やから》も少なくない始末。家中に揉《も》め事が絶えず、ますます困窮を極めておったその頃、ご公儀の差配次第では早々に改易となるやもしれぬと危ぶまれておった。もっとも、今もさして変わらぬが」

五郎左衛門は鉄斎のことばの続きを待った。

「もしも襲封をいたせば、そうしたお沙汰《さた》を免れるかと、殿はお尋ねになられた。ゆくも戻るも茨《いばら》の道、家中に味方はおりませぬ、とわしは申し上げた。といって、この鉄斎を頼れば、かえって家中に逆風が吹く。さすれば、荒波を真っ向から受けて闘うか。それとも痴《し》れ者を装うて危うきことを遠ざけ、時が満ちるのを待ち、味方を見つけて新たな道を切り拓かんとするか、ふたつにひとつ、と」

三

ひんやりした薄暗がりの中で、鉄斎はしばし口を閉じてまばたきし、思案顔になった。

「筆頭家老の田辺については。何か聞き及んでおるか」

「はい」

信濃国では関ケ原《せきがはら》以後、貞享《じょうきょう》三年（一六八六）の松本《まつもと》藩貞享騒動や、宝暦《ほうれき》十一年

（一七六一）の上田《うえだ》藩宝暦騒動、また天明《てんめい》年間の浅間《あさま》山大噴火や天明の大飢饉《だいききん》、大地震など、大きな天変地異や一揆《いっき》が起こるたびに数多くの死者が出て、諸藩は乱れた。公儀の天領代官は旗本領に立ち入って、他国から流入する無宿者を取り締まった。こうした中、多くの農民がたびたび江戸へ逃散《ちょうさん》した。

この十年来、飯山家中は度重なる凶作で飢饉に苛《さいな》まれ、一揆で荒れていた。農村からの一揆勢が飯山城を包囲せんとすることも度々、また千曲《ちくま》川を始めとする河川の治水は歴代の主家にとり、難題でもあった。

その年の晩秋に起こった激しい一揆に業を煮やした藩は、一帯の山村から里山に至るまで十六の里と村を焼き、逃げ延びた者を片っ端から捕らえて牢《ろう》に入れた。そのやり方には家中から反対する者が出たが、つっぱねて力をふるったのは筆頭家老の田辺だった。事をめぐって主君重元は田辺と激しくやり合ったが、田辺は一歩も引かなかったという噂だった。

五郎左衛門は付け加えた。

「しかしながら家中には、あの一揆がどれほど国を乱し、人心を惑わせ、多くの死人を出したか、それを思うと致し方ない、何よりも田辺様には、家中のことを一番に思うがゆえの揺るがぬものがある、との声もございます」

田辺斎宮は、重元が主君を襲封する前から藩政に采配《さいはい》を振ってきた。藩の実権を握る筆頭家老の田辺を軸とした一団と、実務を担う中堅との隠然たる対立は、まつりごとがうまくゆかなくなる寸前にまで至っている。

鉄斎は、腕組みをほどいて傍らの椀《わん》を口元へ持って行くと、ひと口啜《すす》った。椀を畳の上へ戻し、また腕組みをした。

「先ほどは野育ちと言うたが、幼い頃からの苦境を通じ、民の生きる苦しみを我が事としてご存じの殿は、ぬくぬくとした武家暮らしの者らとは、見ておられるものが、はなから違う。殿が主君になられた当初、田辺は殿のお考えを形にすべく懸命に立ち働いておった。そもそも田辺が御城仕えを始めたのは、お前と同じ郡方からじゃ。その昔、主家のことを何より第一に考える働き者で、家老まで登りつめ、家中の良き手本であった」

五郎左衛門は驚いた。

「だが妻子を亡くしてすっかりひとが変わった。娘御《むすめご》は、生きておればちょうど、なお殿と同じ年頃」

鉄斎はかすかに息を吐いて、少しの間、強く目をつぶった。五郎左衛門は、待った。

「御城はどのような様子であった」

「いつも通りにござりました」

「知っておるか。田辺がなにゆえに、ことごとく殿に歯向こうておるのかを」

「家中の財政のことと聞き及んでおりますが」

鉄斎は傍らの鉄瓶から湯呑《ゆの》みに新たに注ぐと、ひと口含んだ。

「今や、家中の者らが思うているよりもずっと、家中の財政は逼迫《ひっぱく》しておる。江戸や大《おお》坂《さか》の札差、豪商らからの借財は、この十数年でおよそ十倍に膨れ上がった。もはや金を借りるあても、返すあてもない。何か新たな手を打とうとすれば、出る杭《くい》として打たれ、もの言えば唇寒し、少しでもしくじれば足をすくわれ、家中は皆、保身に汲々《きゅうきゅう》とするあり様。江戸詰め、大坂詰めの者らは、そのみすぼらしさで物笑いの種となり、肩身の狭い思いをしておる」

「それほどまでとは」

「今やこうした苦境の内実を知るのは、重元様と、藩の財政を握って来た田辺ら、家老のみじゃ。いや、重元様にも知らされていないことというのが、少なからずあろう」

五郎左衛門は思わず尋ねた。

「なぜ、それほどまでに逼迫しておるのですか」

「長年積み重なった悪弊が、いよいよ見過ごせぬものとなった、と言えば言えようが、そのおおもとにはやはり、わが家中の、そもそもの手立ての乏しさがある」

「何の手立てでございますか」

「地を耕し、ものを作って売り、生きるための糧を得る手立て、すべてじゃ」

鉄斎はかすかに眉根《まゆね》を寄せ、五郎左衛門を見やった。

「五郎。本日の御城の様子、何か常日頃とは異なるような出来事や動きなど、なかったか。重元様の、城中でのご評判は」

五郎左衛門は正直に答えた。

「御城へ上がるのは年に数度のことゆえ、あまりわかりませぬが、重臣の方々は陰で殿をあしざまに言うておられるとは、ようお聞きいたします。けれども、若手や中堅どころは大方が殿を敬い、お慕い申しているのは確かかと存じます」

鉄斎は、五郎左衛門のことばに軽くうなずいてから、言った。

「田辺の言に気を付けよ。重元様の心無い噂を立て、巧みに人心を操ろうとしておる」

確かに噂は耳にした。おなごには見向きもせず学問と剣のことばかり、御前試合では自らも剣を持ち加わって家臣を力任せになぎ倒し、先君が公方《くぼう》様から下賜された掛け軸を激情に駆られて引き裂いたという。

それを聞いた鉄斎は、声を立てて笑った。

「家中に、誰か絵草子の戯作者でもおるのか」

鉄斎は真顔に戻ると、五郎左衛門をじっと見た。

「殿は早晩、直仕置《じきしおき》を発布なされる」

五郎左衛門には馴染《なじみ》のないことばだった。

「それは何でございますか」

「家中のまつりごとを一新し、重臣を入れ替える。筆頭家老の田辺の力を大きく減じ、殿の意をじかに受けて立ち働く若手中堅を取り立てるはず。さすれば家中のよどんだ気は一掃され、借財で蝕《むしば》まれた財政も早々に立て直されるであろうが、大きな痛みを伴うであろうの」

五郎左衛門は戸惑いを覚えた。鉄斎の言うことがほんとうになるとしたら、家中はどうなるのか。

鉄斎は五郎左衛門に忠告した。

「五郎。お前は御城に近づきすぎてはならぬ。お前には、まだまだ先がある。それに、ひとり身ではないのだ。御城では物言いや振る舞いに気をつけ、何事もつかず離れずを心がけよ」

五郎左衛門は、同じことを妻のなおに言われた、と思った。

「明日の賀式、どういたす。参るのか。それとも不出仕か」

五郎左衛門はとっさに答えられなかった。

「もしも不出仕の命に従わねば、どうなりますでしょうか」

「逆意を呑《の》んだ者として睨《にら》まれよう」

五郎左衛門は鉄斎をじっと見た。

「五郎。怖いか」

「いいえ」

「生きのびるためには、正しく恐れねばならぬことがある。お前にとっては、今がその時かも知れぬぞ」

鉄斎は不意に傍らの木刀を摑《つか》むと、立ち上がった。

「表へ出よ」

框《かまち》から、戸外の寒風吹きすさぶ闇へ出て行った鉄斎を追って、五郎左衛門は持って来た木刀を手に、外へ出た。

ふたりは闇の中で構え、対峙《たいじ》した。鉄斎の声がした。

「打って来い。今の力を見せてみよ」

木刀を持った鉄斎が、鬼のように手ごわく感じられた。五郎左衛門は飛びかかっていったが、かわされた。

ふたりは闇の中で動いた。五郎左衛門が握った木刀の柄《つか》が、手汗で滑る。五郎左衛門は、おのれの動きがすべて遅いと感じた。鉄斎の動きは水の中の魚に似て、軽く素早い。ふたりの木刀はほとんど触れ合わない。流れるように相手の懐に滑り込み、内側から切り崩すのが極意の剣だった。

鉄斎は、手加減を一切やめた。

鉄斎の攻めが苛烈《かれつ》になると、五郎左衛門は防ぐのがやっとで、汗にまみれ、足元がふらついて、木刀の柄が手の中でひっくり返りそうになった。鉄斎がいない。振り返ると、相対する人影は少し離れたところに飄々《ひょうひょう》と立っている。すっと腰を落として構えた。声を立てず笑った。

「いかがした。これまでか」

「まだまだ」

五郎左衛門は構え直すと気勢を上げて飛びかかっていったが、すれ違いざまにわずかな隙を突かれた。

裂くような冷気の中に、雪が舞い始めて、みるみるうちに路地を埋め尽くした。それから五郎左衛門は、木刀を握る手と喉《のど》、胴を続けざまに打たれた。太刀であれば絶命している。

思わずかがみ込んだ五郎左衛門に、鉄斎の声が飛んだ。

「五郎。お前にはまだまだ教えねばならぬことがある。しかし、もし明日登城するならば、すべてを失うかも知れぬ。その覚悟はあるか」

裾《すそ》を寒風にはためかせて立っている鉄斎が、五郎左衛門には遠く見えた。ことばが出ない。

夜半から風が途絶えて大雪になった。鉄斎の庵《いおり》を出た五郎左衛門が、ひと気の絶えた道の真ん中で夜空を見上げると、黒い虚空の彼方《かなた》から大きな雪片が無数に舞い落ちて来る。牡丹雪《ぼたんゆき》だった。

妻のなおが、表戸の外で、凍えながら待っていた。

「おかえりなさいまし。お話は出来ましたか。ずいぶん遅うございましたね」

五郎左衛門が肩や髷《まげ》に積もった雪を払い落とすのを、なおはおのれのことのように手伝い、家の中へ五郎左衛門を入れた。暖かく、ほの明るかった。

「こんなに冷えてはおからだに障ります。さ、火のそばへ」

手拭《てぬぐ》いで五郎左衛門の着物についた雪と水気を拭うと、なおは凍えたからだの五郎左衛門を火鉢のそばへ座らせた。湯気の立つ湯呑みを持って来て手ずから飲ませんばかりで、五郎左衛門は思わず笑った。ひと口飲んで、おっと思った。

「甘酒か」

五郎左衛門は、亡くした母のことを思った。ちょうどこんな具合に、寒稽古《かんげいこ》から戻った幼い日の五郎左衛門を、急いで温めようとして母は世話を焼いた。なおに、ひと目、母を逢《あ》わせたかった。

めいめいが早くに双親を亡くし、ひとよりも多く労苦を重ねて来た五郎左衛門となおは、お互いをただひとりの肉親のように慈しみ、守り合っている。

五郎左衛門は、光のない台所の方を見やった。明日の元旦《がんたん》の支度はもうすべて終わっているようで、静かな暗がりに、なおの家事のきめ細やかさを感じ取った。五郎左衛門のからだが温まるまで、なおはそばを動かないつもりのようだった。

「先に寝ておればよいものを」

傍らの畳には、針仕事の道具と、ほとんど出来上がったつくろいものがある。

「あと少し、あと少し、と思うておりますうちに。鉄斎様はお達者でしたか」

五郎左衛門はうなずいた。

「今宵の稽古も、まったく歯が立たなかった」

ふと、なおの前で、胸につかえているものを口にしかけた。

なおがそっと五郎左衛門の顔を見た。五郎左衛門はにっこりして見せた。

「明日の賀式、裃《かみしも》の支度は」

「はい。あの通り」

「明日のことだが」


なおは居室の隅をそっと指した。五郎左衛門はうなずいた。

火の始末を済ませて床へ入ると、隣のなおはすぐに健やかな寝息を立て始めた。疲れておったのだと五郎左衛門は愛《いと》おしく思った。

寝つけずに、目を見開いて暗い天井の木目をしばらく眺めていて、再び目を閉じると、目の中の方が明るい。遠くかすかに、除夜の鐘の音が聴こえる。やがて訪れたまどろみの中で、五郎左衛門は明朝のことをとめどなく思い続けた。城へ参れば、重元様がおられる。

――参るべきか。あるいは。

四

――なすべきか。なさざるべきか。

本多豊後守《ぶんごのかみ》重元は、真夜中の床の中で、闇の静けさに聴き入っている。石高二万石の信濃国飯山藩を継いだ、本多家七代目の譜代大名である。関ヶ原以来、改易や転封で幾度も主家が交代する憂き目にあい、今の本多家でようやく安定した。

まんじりともせず、重元はただひとつのことを凝視していた。引き締まった頬に秀でた眉《まゆ》、鼻筋の通った面差しで、眼には静かな泉のような光がある。

襖《ふすま》越しの雪の光が、居室をほのかに包んでいる。外では、激しさを増した新雪が音もなく降りしきって、城内は余すところなく真っ白に埋め尽くされている。地上の方が天よりもほのかに明るかった。雪以外に動くものの気配は絶え、もとの形がわからぬ石塔がそこここに現れて、はっきりした影を雪の上に落としている。

重元は床の上に起き上がっていた。胡坐《あぐら》を掻《か》く一方の足裏を畳につけ、いつでも立ち上がることの出来る、侍の座り方だった。決して大柄ではない細身だが、身ごなしひとつにも、鋼のようなしなやかさが見て取れる。

重元は、床に就いてから幾晩も経っている気がした。ことばにならぬ怖れが、四方の闇から迫って来る。思わず、強く両目をつぶった。

——今朝の賀式に、いったい何人が出仕するだろうか。

瞼《まぶた》の裏に、森閑としてひとりも家臣のいない大広間が見えている。

重元は、もう城を離れて長い鉄斎のことをふと思った。山に入ると怒られた。説教の間、鉄斎の太い眉根《まゆね》のところばかり見ていて、また怒られた。

鉄斎様なら、いったいどうなさるだろうか。決して引かぬに相違ない。重元はふと、背中を温かい血が流れたように思い、安堵して再び床に就いた。

次に目を見開いたときには、襖の表に陽が当たっていた。

寝床から外れて冷え切った畳へ出ると、重元は身を起こした。冷気で全身が凍え、かえって奮い立つものがある。

立ちあがると、襖まで行って両手をかけ、思い切り押し開いた。刺すような風が流れ込む。真新しい純白の光が滝のように降り注ぐ。元日の朝が明けていた。

重元は、おのれのことを、捨て子のように思うている。ひとはみな、母の腹からこの世に産み捨てられるものだと思うている。生きるとは生き抜くことで、生き抜くとは、闘い抜くことだった。

隣藩の不敬事件に連座した重臣の第五子として生まれた。蟄居《ちっきょ》中の父に会うため供連れで村々を旅していた母が、産気づいたという。難産になった。名主の宅の黒い梁《はり》の下で取り出されたが、泣かないので頰を叩《たた》かれ、ようやっと産声を上げた。母はお産で助からず、また父は赤子を引き取らなかった。

乳飲み子がそのまま預けられた里は、山すその杉林に神社の鳥居があり、秋には奉納相撲で賑《にぎ》わう村だった。名主宅の中庭には井戸があり、村人たちは、畑で穫《と》れた、山で獲れたと言って、筍《たけのこ》やわらびや捌《さば》いた猪肉を提げて立ち寄った。風が出ると、裏山は崩れんばかりに荒れた。

齢《よわい》七つのとき、大きな別れがあった。ある朝、馬で乗りつけた平士たちが、一揆《いっき》に力添えしたかどで名主を引っ立てて行くと、後に残された者たちは離散の憂き目に遭った。

ごったがえす屋敷の中庭で、馬上から見下ろすひとりの平士が、馬から下りて手を差し伸べた。拒むと、平士は、幼かった重元と同じ目の高さへ降り立った。

あれは何者だったのか、今もわからない。

――地縁なき魂は、あてどなくさまようことになる。心せよ。

それから鉄斎に引き取られるまでの間、重元はさまざまなひとたちと寝食を共にした。いっときは、貧農の一家がいくつも身を寄せ合った所帯に交じって、どこの誰とも知られぬまま暮らしたこともあった。

親のない独り身の境遇を狙い打ちにする卑劣な者は後を絶たず、重元は幼いうちから、闘うということを、身をもって知った。ひるんだら終わりだった。鉄斎のもとに引き取られた後も、しばらくの間、重元は誰にもこころを許さないでいたが、鉄斎はそれまでに出会ったどの大人とも違っていた。

誰のことも信じぬ、信じられぬというのは、ほんとうはひどく脆《もろ》いことだと鉄斎は教えてくれた。鉄斎に拾われて、今がある。

明るい水底のように澄み渡った空の下、城内に降り積もった雪はみる間に解け、お屋敷町一帯の瓦塀《かわらべい》のそこここから、輝く雫《しずく》が滴り落ちている。

重元は、見知った城内を裸足《はだし》で見回った。城の奥から、重臣たちの御用部屋、表、台所、そして馬場に至るまで、元日の朝餉《あさげ》の匂い漂う中をくまなく歩いた。女中らのまなざしを痛いほど感じた。

部屋住み身分の小姓らの姿がひとりも見当たらない。内心の動揺を隠して、重元は悠然と歩いた。小姓の手を借りて新年の身支度を調えると、家臣らの年始御礼に備え、百畳の大広間へ足を踏み入れた。

冷気が張りつめた広間には、席が身分ごとに定められている。その末席に、互いに距離を置いて座る者が幾人か目に入ると、重元は我知らず笑みがこみ上げた。

総勢四百余名の家中で、筆頭家老の田辺ら一党が隠然と発した一斉不出仕を黙って破った者、十四名がそこにいた。

重元はすぐに皆をそばへ呼んだ。主君のじきじきの呼びかけに驚いた下士らは、恐縮しながら重元の前へ集まり、拝復すると、賀正の挨拶《あいさつ》口上を口々に述べた。

重元はにこやかに応じた。

「その方《ほう》ら、よう参った」

初めて見る顔ばかりだった。皆、若さで目が輝いている。朗らかに応えながら、重元はすぐさま肚《はら》を決めた。この人数ならば直仕置は出来る。ようやく姿を現した小姓を呼びつけて盃《さかずき》の仕度をさせると、ひとりひとりに盃を渡し、手ずから注いで回った。下士らは恐縮と喜びで次々に盃を干した。

「大雪の中の登城、まことにご苦労であった」

すると、一同の中で恐らく一番の年かさであろう下士が、重元に具申した。年の頃は三十半ば、熊のような体軀《たいく》に優しい目鼻の丸顔だが、今、目には厳しい色がある。

「恐れながら」

重元は顎《あご》を引いてうなずき、続きを促した。

「今頃、ご一党は田辺様の居宅に集まっておいでかと」

「集まって、何をしておる」

「酒席を開いております」

重元は笑った。

「こころにゆとりがあるのだな」

一同が穏やかに笑った。重元は目の前の下士を見た。

「その方《ほう》、名は」

松浦《まつうら》という名の郡方役人で、山あいの村々を受け持っているが、遠いので御城へはあまり顔を出すことがないのだった。聞けば、持病で床に伏しがちな妻がいて、五人の幼子を育てているという。

重元は、松浦にねぎらいのことばをかけた。

「よう来てくれた」

松浦は恐縮しつつ、言った。

「城内は、田辺様のご一党がおられぬことには、何ひとつ動かぬかと」

重元はうなずいた。

「その方の申すとおりだ。あれらがおらぬでは、確かにどうにもならぬ」

重元は息を吸うと、どっかりと胡坐を組み、一同を見渡して笑みを浮かべた。

「これより、その方らとは家格の上下なく、大切なことを話し合いたい。われらにとってもっとも大切なことを」

一同に緊張が走った。

「知っての通り、わが家中の財政は逼迫《ひっぱく》している。これまでもたびたび財政難に陥っては来たが、豊作ならば前の年の凶作を補うことくらいは出来た。だが近頃は、いくら豊かに米が実っても、大坂堂島《どうじま》の米相場で高くは売れぬ。して、わが家中が大坂や江戸の商人《あきんど》らに、今どれほどの借財があると思う。十万両（二百億円）じゃ」

かすかなどよめきが広がった。

「わが家中の訴えに耳を貸す商人は、三都にはもうおらぬ」

末席に座した大竹五郎左衛門は、あっと声が出そうになった。鉄斎様の仰せの通りだ。

重元は一同を見渡した。

「その方らには、養うべき父母や妻子がある。子々孫々まで守り通すべき家名もある。よって、望まぬ者はこの闘いに巻き込まぬ。これまで通り、家名を重んじる武家の生きざまをまっとうせよ」

妻のなおの面影が、五郎左衛門の瞼《まぶた》に浮かんだ。どなたにも、はい、とも、いいえ、とも仰せになりませぬように。鳶色《とびいろ》の瞳《ひとみ》に、切実な色があった。

五郎左衛門は、何かが胸中を逆巻いて脈打つのを覚えた。おのれのすべてを今このときに賭《か》けねばならぬ。そうした時がいつか来ると思うていた。今がその時だ。

重元の周りに集まった者らは、厳粛な表情で口元を引き締め、額に冷たい汗をにじませ、誰ひとり身じろぎしない。


重元は、これから起こることが目に見えるように思った。騒乱の中で、血相を変えてあらがうおのれの姿。来るべきものが、まもなく来る。そのときはおそらくこの大広間で、四百余名の家臣らの眼前で、表にあるものも裏に潜んでいるものも、すべてをぶちまけ合うだろう。重元は、久しく会っていない鉄斎のことを思った。鉄斎様なら、これから下す決断を必ずわかっていただけるはず。そして肝要なのは、決して退かぬことだ。

重元は、心中のそのままを口にした。

「肝要なのは、退かぬことじゃ」

重元は、背中のあたりに大きな力を感じた。山が動く。今がその時だ。

「その方らを、家中のまつりごとを支える新たな近習役とする」

重元は、十四名の下士が力み返るのを感じた。

五郎左衛門には、主君重元がまぶしく見えた。その周りに集まる下士たちを、頼もしく、親しく感じた。

隣には郡方役人の松浦がいる。話をしたことはまだなかったが、前から知っている。武芸に優れ、剛直さと人当たりの良さを併せ持ち、下の者は困りごとがあると、まず松浦を頼った。

ふたりの目が合った。優しい目をした松浦が、黙って軽くうなずき、五郎左衛門は嬉《うれ》しくなった。松浦がこの中にいることに安堵《あんど》を覚え、役に立ちたいという気持ちがいっそう募った。

重元は、一呼吸置いた。ひらめいた。鉄斎様が考えるように考え、鉄斎様が話すように話してみる。ほっと息を緩め、一気に発した。

「筆頭家老の田辺をはじめ、江戸家老、中老以下重臣ら一党、合わせて三十九名に蟄居《ちっきょ》を申し渡し、平士に降格とする。また、相応の額の減禄とする。代わって、その方らに、新しき組を作り、城内の大切な役目を引き受けるよう、申し渡す。

第一組には勘定方を命ずる。わが家中の借財が正確にはいかほどか、そしてこの財政難をいかに切り抜けるか、家中をことごとく検分し、まつりごとを正す手伝いをせよ。また、民に課された御用金から誰がどのように甘い汁を吸うておるか、帳簿から突き止めよ。

第二組は、書状をもって江戸へ急げ。上屋敷詰めの者らが動き出す前に御城に上がり、ご公儀に具申せよ。黒書院《くろしょいん》に長谷川永友という奥右筆がおる。この者を頼るとよい。

第三組は、信濃国のうち、松代《まつしろ》、松本、上田、小諸《こもろ》、岩村田《いわむらだ》、田野口《たのくち》、高島《たかしま》、高遠《たかとお》、飯田《いいだ》、須坂《すざか》など諸藩の城および陣屋に上がれ。飯山の家中に謀反の動きありとして、他藩の力をたのむに違いない田辺らの動きを、先んじて封じる。その方は、郡方の者か」

急に声をかけられ、五郎左衛門は身が引き締まった。

「はっ」

「家中の山里を知悉《ちしつ》しておるだろう。第二組と第三組を案内せよ」

五郎左衛門は栄誉に打ち震えた。

松浦がそっと声をかけてきた。

「大竹殿。有難きことにござるな」

「はっ」

五

大広間の真ん中に集まっていた重元らは、襖《ふすま》が荒々しく開く音に振り向いた。家中の者すべてが、どっと踏み込んで来た。誰ひとり口を開かず、一斉不出仕などなかったかのように、めいめいの定席に座した。

大広間の真ん中に立った重元と五郎左衛門らは、いきなり現れたひと群れに囲まれた。ざわめきが収まると、上座の辺りで立っている者がある。筆頭家老、田辺だった。上背があり、面長で、若く見えるが髷《まげ》のところどころに白いものがあって五十を越えているはず、目鼻立ちは優しく整い、どこか学者然として見える。田辺のそばへにじり寄ったのは、皆、主君重元に蟄居を命ぜられたばかりの側近を軽く手招きした。田辺は自らの者らだった。

憤りで五郎左衛門は全身が総毛立った。重元を囲んだ新しい近習役に、重元は言い放った。

「捨て置け」

大広間を埋め尽くす家中のすべての者の前で、主君重元と田辺のふたりだけが立っている。双方が太刀を抜いても切っ先が届かぬほどの隔たりがあった。静まり返った中で、田辺が、重元に向かって深々と一礼した。顔を上げると、朗々と言い放った。

「凶作続きによる飢饉《ききん》により、貧窮を極めた農村が一揆《いっき》を呼び起こし、市中には悪党らの首がさらされており申す。また、相次ぐ大水で橋も堤も流れ、農耕の根本もいまや壊れ申した。一刻も早く、もとの豊かな実りと民の暮らしを取り戻すべきところ、民の苦しみを顧みぬ重元様の失策に次ぐ失策、その様は誰の目にも明らか。ことは今や、大切の儀に及んでおり申す」

田辺は、重元に向かって胴間声を発した。

「御身持宜しからず、御慎しみあるべし。これより、重元様を押込申す」

重元の顔から表情が消えた。

大広間は怒声と叫喚に埋め尽くされた。

重元と側近十四名は、立ち上がった家中の者らに取り囲まれた。

田辺の配下、数百人が猛然と迫って来ると白刃を抜いて上段から構えた。頭上に太刀が幾十もひらめいた。

田辺の手勢は、野の獣を捕らえるように網や槍《やり》を持ち出し、重元以下、十四名の近習役を取り囲むと、力ずくで押さえにかかった。

どこからか田辺の声がした。

「丸腰の者は斬るな」

十四名の同志のうち、先に太刀を抜いた者は即座に、全方位から殺到する敵の白刃で串刺《くしざ》しになって、血しぶきと共に斃《たお》れた。

重元が怒鳴って制した。

「太刀を収めよ。よこしまな力に、力で応えてはならん」

目前の複数の敵との摑《つか》み合いですぐ太刀を抜けず、五郎左衛門は続けざまに数人をなぎ倒したが、十数人に取り囲まれ、乱闘の激流に組み伏せられて丸腰になった。

大柄な松浦の姿が、ひと群れの向こうに垣間《かいま》見えた。松浦もまだ斬られていない。きっとまだ太刀を抜いていない。

次々にとびかかって来る田辺の配下に組み伏せられて、五郎左衛門は髷をむしられ無数の拳《こぶし》や足蹴《あしげ》で血を吐いた。激しく抗《あらが》って狂乱し、主君の名を叫び、渾身《こんしん》の力で暴れて、途中から何もわからなくなった。ずっと、なおの顔が瞼にちらついていた。

重元の直仕置を請け負うた十四名のうち、いったい何名がその場で絶命し、あるいは入牢《じゅろう》し、あるいは斬首となったのか、噂が立った。主君重元以下、もう全員が土中だと言う者も、いくたりかは生きのびて牢にいると言う者もいた。

五郎左衛門は、荒縄に巻かれて牢に転がされている間も、渾身の力で抗った。引き起こされると、起こした者に唾《つば》をはきかけ、飯の入った椀《わん》を目の前に置かれるとひっくり返した。からだに罰を与えられると、厳しい一打ごとに怒号を発した。主君重元の大事に際して、おめおめと生きながらえているおのれを恥じた。

生きているのは、おのれひとりなのか。他に誰かいるのか。家族思いの、あの松浦は。

五郎左衛門は牢の暗がりで目を見開いた。薄闇に慣れた目が、高い格子窓から落ちる外の光をまぶしく感じた。ほのかに光の当たるあたりに、誰かが座っている気がした。なおではないかと思った。目をやると、誰もいない。五郎左衛門はひとりだった。

なおは悲しんでおることだろう。あれほど気を揉《も》んでおったものを。五郎左衛門は腫《は》れ上がった唇を強く嚙《か》んだ。

第二章　脱　出

一

　正月の賀式以来、五郎左衛門の妻、大竹なおは連日、城へ足を運んだ。城の門衛たちは、此度《こたび》の押込にかかわる牢人の妻と知って情けをかけ、門前払いしなかった。なおが持参した風呂敷《ふろしき》包みを、預かってやろうとする者もあった。

　なおが門前に立つだけで、門衛たちはほの明るさを感じて振り向いた。若殿様が押込となり、そのご乱心をそそのかしたかどで若い下士らが城内で処罰されたことは、その身の上をそっと憐《あわ》れむ心情を、家中に広く呼び起こした。

　この新妻は、いずれひとりで大竹五郎左衛門の遺骸《いがい》を自宅まで運ばねばならないだろう、などと門衛らは噂し合い、そのときは戸板や荷車を貸してやろう、家の近くまで運ぶのを手伝ってやろう、などと言い合ったが、いざ、なおを前にすると何も言えなかった。

　少し春めいて来た日の昼下がりに、大竹家を、筆頭家老の田辺からの使者が訪《おと》のうた。留守宅を守るなおに向かって、短い書状を読み上げた。

「大竹五郎左衛門の罪状がつまびらかになるまで、これより一切、御城へ近づくことはまかりならん。お沙汰《さた》が執り行われる日時は、改めて知らせる。そのときまで、心して備えておれ」

翌日、門衛たちは、ひとりでやってきたなおに驚いた。

「もう来るなといわれておるだろう」

門衛にちらと目をやると、なおは、閉じた城門を見据えて立った。半時でも一時でも、そこに立っていた。

実家の縁戚《えんせき》筋から、何度も使いが来た。この若さでまだ子がないなら新しい良縁を、という話だったが、なおは戻る気は一切なかった。近所の助けで、つくろいものの口を得て、ひとりで暮らしを立てる道筋をつけつつあった。

鉄斎が日に一度、様子を見に来てくれた。何かのついでに立ち寄ったような顔をして、何くれとなく青物や乾物などを持って来た。鉄斎の心遣いがありがたかったが、申し訳なくも思った。

真冬がぶり返したように凍《い》てつく朝、出かける支度をしていたなおは、戸外にもののしい気配を感じた。馬がぶるると鼻息を吐く音がする。

「御城より、筆頭家老の田辺斎宮様、じきじきのお出ましである」

聞き覚えのない声だった。

「はい。ただいま」

なおは大急ぎで身支度を整え、部屋の中を見回して、客人が上がっても恥ずかしくないよう確かめると、立って行って玄関の戸を開けた。

田辺斎宮が、供の者、数名を引き連れて立っている。背の高い偉丈夫で、穏やかな面持ち、切れ長の目には聡明《そうめい》そうな光がある。

「その方《ほう》が、大竹の妻か」

「何事にございますか」

供の者が口を挟んだ。

「大竹め、いくら責問してもひと言も口を割らぬのだ」

賀式以来、初めて夫の消息を聞いたなおは、からだが熱くなった。瘧《おこり》のように喉《のど》が震え出した。田辺が供の者を叱責した。

「黙っておれ」

田辺は供の者らに外で待つよう伝え、中へ入った。鴨居に額がぶつからんばかりだった。ふたりは相対して座った。

開け放たれた戸の外で、陽が輝き出す。鳥の声がする。なおの出した茶で口を潤すと、田辺は言った。

「その方《ほう》と、一度話をしてみたかった」

田辺は、なおを穏やかなまなざしで眺めた。なおは田辺をまっすぐ見やって、ことばの続きを待った。

「若い身空で独り身の暮らしはつらかろう」

「独り身ではございません」

「此度、参ったことにはわけがある。大竹五郎左衛門が、ひと言も口を開かぬ」

「ご無事にございますか」

「今のところは」

田辺は、なおを見やった。

「それがしにも子があった。生きておれば、その方《ほう》と同じ年頃」

「情けは要りませぬ」

「情けではない」

田辺の口調が少し厳しくなった。

「此度の殿の直仕置、わが家中に害をなし、大きな禍根を残した。この件で、家中はご公儀からも咎《とが》めたてられよう。それがしは殿の御身を案じておるが、此度のことばかりは致し方ござらん」

田辺は微笑むと、なおを見やった。

「殿に従ったうちの多くが亡き者となったが、その方《ほう》の夫君は辛くも一命をとりとめた。生き残った者には、死者より託されたことをつまびらかにする務めがあるはず」

なおは田辺を見た。

「殿は、ご無事にございますか」

田辺はかすかに首を振り、物憂げな顔になった。

「思わしいご様子ではない」

なおは嘘だと見抜いた。

表で何やら言い合い、揉み合うような物音がして、なおはそちらを見やった。田辺も振り向いた。

止めだてする供の者らを振り切って憤然と上がって来たのは、鉄斎だった。なおの前に、守るように立ちはだかった。

「なお殿に何用か。この大竹家は、それがしの身内同然」

田辺は動じず、鉄斎を眺めやった。

「変わらぬご壮健、誠に結構にござる。御城勤めの頃にも増して、意気軒昂《けんこう》にござりますな」

鉄斎はなおの隣へ移って、腰を下ろし、田辺をねめつけた。

「たとえ夫君が牢人《ろうにん》となろうと、その妻女を責問するなど、いかに筆頭家老といえど、許されぬ」

田辺は鷹揚《おうよう》に笑って見せた。

「それがしはただ、強情を張る牢人の妻女を、ひと目見ようと思い立っただけのこと」

なおは言い放った。

「大竹に責問をして、もしもそれでは足らぬと仰せなら、どうぞこの身にいくらでもお尋ねくださいませ」

田辺は、なおを見た。

「威勢のよいことよ」

鉄斎が、田辺を制するように言った。

「田辺殿。次は、いきなり若い妻女の居宅へ押しかけるなどせず、まず、拙宅へお立ち寄りなされ。心して、お迎えでもお付き合いでもいたそう」

「藤波《ふじなみ》殿は、お考え違いをしておられるようじゃ」

田辺はふたりに黙礼すると、御免、と言って立ち上がり、居室を出て行った。田辺が馬に乗り、供の者らを引き連れて立ち去るのが、生垣の向こうに垣間《かいま》見えた。

あたりが静まり返ると、なおは鉄斎に礼を述べた。

鉄斎は腕組みをして難しい顔をしている。ずっと思っていたことを口にした。

「一度、ご実家へ戻ったほうがよいのではないかな」

なおは首を振った。

「わたくしは、ここでお戻りをお待ちいたします」

「あれは、おいそれと引き下がるような輩《やから》ではないぞ」

田辺のことだった。

「わかっております」

「だが、あれの申していた子のことは、ほんとうだ」

今からふた昔ほど前、江戸から広まり信濃国一帯を震え上がらせた流行《はや》り病のコロリで、田辺は妻と子を亡くしていて、以来、独り身だという。

なおは、そっと口を開いた。

「もしもわたくしのところへまた詰問に来ることがあれば、それはすなわち、お元気でおられるということの証《あかし》。そうではございませんか」

鉄斎は腕組みをほどかず、うなずいた。

「とにかく、気をつけることだ。何かあれば、すぐ参る」

なおはうなずいて、にっこりした。

「わたくしも、鉄斎様の御身に何かあれば駆けつけます。何なりとお呼び立てくださいまし」

二

明日は大坂へ発《た》つという日、田辺はふと思い立ってこっそり城を離れ、かつて住んでいた邸《やしき》を、里山のふもとに訪《おと》のうた。今は人手に渡り、誰も住んでいないはずだった。土埃《つちぼこり》を立てて馬を走らせていると、みるみるうちに邸の生垣が見えて来た。黒々として枝ぶりが見事な大樹が、太い枝々を四方へ突き出している。あの頃は、まだ若木だった。母屋は雨戸を締め切っている。どうと風が吹いた。裏山の樹々の梢《こずえ》が陽を浴びて、風に泳ぐ小魚の群れのように輝いている。

生まれ故郷を出て諸国をさまようた挙句、何の縁もなかった飯山家中に仕官先を得た田辺はほどなくして、御奉公の面白さに目覚め、城勤めが多忙を極めるようになった。娶《めと》った妻は産褥《さんじょく》をきっかけに体を悪くし、医師の薦めで、田辺は妻と幼い子を町方から離れた母里に住まわせていた。もう二昔前のことだった。

あの日、田辺が馬を下りて門をくぐると、中庭で人形遊びをしていた幼い娘が人形を放り出して、田辺のもとへ走って来た。

「お馬の父上は、とっても楽しそうに笑っておられますね」

幼い子どものことばに田辺は驚いた。子を抱き上げ、垣根の中の庭へ歩み入ると、母屋の縁側に人形や玩具《がんぐ》が並んでいる。

妻は、縁側につつましく座して膝《ひざ》に両手を重ね、からだを心持ち、庭木の明るみに向けていた。乳母を頼まず自らの手で子を育てたいというその気持ちを、田辺は大切にした。

「達者であったか」

妻は後ろ髪に手をやって、微笑んだ。おとなしい目の光が艶《つや》やかだった。

「一昨日、この中庭いっぱいに村の子らを呼びました。皆、お腹をすかせておりましたので、総出で食べるものをこしらえて食べさせたのです」

「それはよい事をした。子は、どの子も皆、大切じゃ」

「子らを連れてこの周りを歩きますと、村々のひとびとの大層苦しい暮らしぶりが目に入って参ります。野山で煙が立ち、この生垣の前を、飢えたひとびとが着のみ着のままでゆくのを、近頃、よう目にいたします」

田辺は妻の両肩に手を添えた。

「これからおれがすることを見ていてくれ。何もかもすべて家中のため、国と民のためだ」

妻のやわらかなことばが、田辺に突き刺さった。

「あの子らをどうか、お助けくださいまし」

初めて大竹五郎左衛門の妻、なおを目にした時、田辺は、はっとしたのだった。妻と同じおとなしい目をしていた。娘が無事大きくなっていたらこんな風ではないか、とも思った。あたたかみがおのれの内を経めぐるのを覚えた。

その夜、田辺は床の中で眠れずにいる。目をつぶると、暗い穴に落ちて滝に打たれているようで、ひどい疲れでかえって目が冴《さ》えた。表を見やると、襖《ふすま》の向こうは暗い。夜明けまでにはまだある。

床の中から起き上がって座すると、手探りでそばの太刀を取った。鞘《さや》を抜いて切っ先を上に向ける。薄闇が次第に明るさを増して来て、磨かれた刀身に、かすかに光が満ちてくる。刀身に映るおのれの顔を、田辺は見た。瞳《ひとみ》の奥には、光を吸い込んだ暗黒がある。追いつめられた顔をしていた。

此度《こたび》の大坂で、もしもわが家中の借財を減じることがかなわなければ、いよいよ転封、あるいは主家のお取り潰《つぶ》しとなるか。むしろ、そうなればよほど国と民のためにもなるかもしれぬ。

田辺は頭を振り、弱気に駆られたおのれを叱咤《しった》して、起き上がった。

家中の度重なる窮状を救うには、もとより乏しい米の穫《と》れ高はあてにならぬ。何か新たな活路を見出《みいだ》すには元手がいる。して、これまでにこしらえた大きな借財を返す見通しは、まったく立っていない。

田辺が大坂への旅路に連れてゆくことに決めたのは、家中で、かねてから目をつけていた猛者《もさ》どもだった。重元に取り立てられた若手中堅の者らとかかわりがなかったかどうか、前もって身の上を調べてある。

一行は、ひと目につかぬよう田辺の邸の門を出てすぐ速足になり、寒風の吹きすさぶ山中で汗だくになった。休息を取りながら夕刻には関所へ至り、そのまま厳しい山越えをした。

国元を出たときは刺すようだった寒さは、大坂へ至るとぐっと和らいで、春のとば口にたどり着いたようだった。朝の光を浴びた大坂の町並みの甍《いらか》が見えて来ると、一行の顔は明るくなった。

下屋敷に着くと、田辺は、大坂城と堂島中一丁目の越前《えちぜん》屋本店へ、それぞれ使いを出した。

暮れ六つになった。支度を終えた田辺は、駕籠《かご》に乗ると新町廓《しんまちくるわ》へ向かった。簾《すだれ》越しに入って来るあたたかい微風には、ぬるんだ水のかすかな腐臭がある。人通りの喧騒《けんそう》の中を駕籠に揺られていて、田辺は気づいた。豪商が割拠して侍の少ないこの町には、やはりここにしかない活気がある。

駕籠が着いた。田辺は大きな楼の二階の大広間に通された。上がってみると、まだ誰も来ていない。障子をすべて開け放たせると、ほのかな潮風を顔に浴びた。行灯《あんどん》が四隅に置かれた。天井いっぱいにほの明るさが広がったのを、田辺は見上げた。

三

越前屋が上がってきた。大店《おおだな》の番頭格をふたり連れている。広く突き出した額と、細い目の針のような光、節くれだった指の節やごつい手の甲は、雄牛を思わせる。入って来ると両手をついて田辺に挨拶《あいさつ》したが、目にはどこか不遜《ふそん》な色があった。

この越前屋が、今宵の饗応《きょうおう》の要《かなめ》だった。今、全国の米が集まる大坂堂島米相場では最も勢いがあり、この越前屋の一声で、総勢三十名余の米仲買のうちの多くが、いかようにも動く。


頬かむりをした組頭らを左右に従えて、大坂城代、藤堂《とうどう》が段を上がって来た。広間に入ってくると、鷹揚《おうよう》な身ごなしで上座に座り、そっと頬かむりを取った。

色白で中肉中背、情けの薄そうな細い目で、武家というよりは生臭坊主を思わせる。どちらかと言えば醜男《ぶおとこ》の類《たぐい》だが、表情に得体の知れなさがある。藤堂は、広間を眺め渡して花魁《おいらん》らを品定めすると、ようやっと笑みを浮かべた。

藤堂は、今宵の立会人だった。江戸の御城の幕閣として、若年寄から大坂城代を勤め上げると、江戸に戻った暁には老中職への道が開ける。そのため、歴代の城代は、この大坂で何をなそうと、瑕瑾《かきん》はすべて隠されるのが習いだった。

藤堂は係累に幕閣を幾人も持つ津《つ》の出で、田辺は長年、かすかな縁を頼って藤堂への付け届けや挨拶を欠かしていない。今宵も、払いは田辺が持つ。

やわらかな微風が吹き渡る大広間に、道中をして階段を上がってきた花魁の一行が、しゃなりと入って来た。咲き出《い》でた花々がこぼれたようだった。

新造や廓の若衆たちが、藤堂に両手を突いて挨拶をする。愛嬌《あいきょう》のある小鼻をつんと上向けた花魁は、江戸の遊里とは感じが違う。外に控えていた女将《おかみ》や若衆、次いで三味を抱えた芸者連や幇間《ほうかん》がおずおずと姿を現わす。台の物が運ばれて来た。宴《うたげ》の場はにわかに活気づき始めたが、主賓を待って誰も口をきかない。

藤堂がひとつうなずくと、始まった。にぎやかなことを好む藤堂が、この場でとびきりの花魁に何事か耳打ちされ、相好を崩して笑った。藤堂を守るように背後を固める供の者らが腰に差した太刀の柄《つか》を、田辺はふと眺めた。象牙《ぞうげ》で出来ている。高位の幕臣は、差す刀も違う。

頃合いを見て藤堂へ近づいてゆくと、田辺は恭しく挨拶の口上を述べた。上機嫌の藤堂は、宵闇の穏やかな夜風に鼻をひくつかせた。

「大坂は、風が違うのぅ。春が芽吹く兆しの匂いがする。田辺。まつりごとは、楽しむものぞ。楽しまずして、国は治まらぬ。というても、その方は五十を過ぎてなお青いが」

藤堂は田辺を手招きすると、耳元でささやいた。

「近頃、その方《ほう》の家中のよからぬ噂を耳にする。相争うている事の仔細《しさい》を公儀に知られれば、いずれ厳しく吟味されよう。こころして当たれ」

恐縮して礼を言う田辺を、藤堂は遠ざけ、酒席を楽しんだ。半時ほど、田辺は末席で盃《さかずき》を舐《な》め、待った。

やがて藤堂が鷹揚に片手を上げた。花魁や幇間らが退いた。

「では始める」

田辺は腰を低め、藤堂のいる上席へ向かった。越前屋、藤堂の供の者ら一同が、藤堂の周りに、平身低頭して集まった。藤堂は田辺を自らの傍へ座らせた。その反対側には越前屋がかしこまっている。

田辺は申し出た。

「かねてよりお願い申し上げておりました押込の件、その後の首尾、いかがにございましょうか」

藤堂は冷たい目で田辺を眺めた。

「そんなにも押込をいたしたいのか。重元とやら、それほどまでの暗君か。その方《ほう》がそう決めつけておるだけではないのか」

「この田辺、命を賭《と》して、申し上げることに存じます」

「命、命とうるさい輩《やから》じゃ」

田辺は、はっとして口をつぐんだ。

藤堂は少しの間、おのれの憤懣《ふんまん》を収めきれぬように、黙って遠くを眺め、唇を舐めた。手元の盃を干すと、田辺だけをそばへ呼び寄せて耳打ちした。

「此度、例のものは」

毎度のつけ届けのことだった。

「常日頃のようにいたせ。心得ておるな」

「はっ」

田辺は平伏した。

藤堂はひとつ咳払《せきばら》いすると、越前屋に呼びかけた。

「この飯山家中の借財の証文、その方のところへ回り回って来ておるだろうが、どうにかしてやってはくれまいか」

越前屋は、腕組みをして、しかめ面をしてみせた。

「いくらお武家様とはいえ、ただで、というわけにはまいりませんので」

「では田辺、この越前屋を飯山の町人蔵元に任じてはどうか」

全国の藩の米は、大坂や江戸の藩の米蔵に運ばれたのち、米相場に卸される。これを扱うのは諸藩の蔵屋敷にいる留守居役だが、米商いは、その道の者でなければ勤まらぬ難しさがあった。そこで諸藩では、蔵米の売買と管理、そして米相場で扱われる米切手の発行を、縁のある有力な米仲買や両替商などに任せている。町人蔵元と呼ばれていた。

もとは江戸の新興の札差だった越前屋は、この大坂で着々と地歩を固め、貧窮する諸藩の蔵元を、まるで束ねるようにして、一手に務めている。

田辺は顔がこわばるのを感じた。藤堂の言う通りにして、越前屋を町人蔵元に任じてしまうと、これより先、越前屋のおらぬところでは米の商いができなくなる。

「今、ここでそれを決めることは」

「何を言う。そこもとは主君を押込に処すほどの実力者であろうが」

藤堂の皮肉を、田辺は黙って受け止めた。藤堂は、田辺と越前屋の双方を見やった。

「ここはひとつ、痛み分けといたそう。田辺。その方の家中の米は、この越前屋に委《ゆだ》ねよ。さすれば、手元にある借財の返済期限、あと五年は延ばしてくれよう。どうじゃ、越前屋」

藤堂は田辺に、家中の借財の総額を尋ねたが、田辺は無言で拒んだ。越前屋は笑みを浮かべた。

「手前どもの見立てですと、ここ十年の分が積もり積もって、ざっと五万両（百億円）ほどでは」

藤堂は眉根《まゆね》を寄せてみせた。

「田辺ほどの大物が、これほど苦しめられておるのだ。そんなものか」

「では、十万両（二百億円）ほどにございますか」

図星だった。田辺は辛うじてうなずいた。藤堂も越前屋も、借財の額に、顔色ひとつ変えない。藤堂は越前屋にうながした。

「では、証文を巻いてやれ」

越前屋は、楼の者に硯《すずり》と和紙を持ってこさせた。前もって話がついていたのに違いない。

田辺の目の前で、越前屋は、藤堂の言う通りを書き記した。

十万両の借財の半分を肩代わりするのと引き換えに、飯山家中の米は今後、すべて越前屋を通す。また、これより家中が、生糸や林業や織物など、今後新たな産業を興した際、その利益の七割は越前屋のものとなる。

田辺に、他の手立てはなかった。

ふと、鉄斎の面影が瞼《まぶた》に浮かんだ。

御城勤めを始めた頃の田辺は、当時のまつりごとを取り仕切っていた鉄斎の背中から、多くを学んだ。先代、先々代から積み重なった負債をいかに減らし、新たな殖産の手立てを講じるか、鉄斎ら重臣と、夜を徹して論じ合った。互いに理があった。

鉄斎が御城勤めを退いた後は、風向きが変わって、田辺の言うことがすべて通るようになった。かつては胸中に手本として抱いていた鉄斎の面影は、歳月と共に薄れた。

――藤波殿ならば、この難局、いかに切り抜けたであろうか。

田辺は思い直した。いや。このような困難を、何の痛みもなしに切り抜けられる者など、どこにもおらぬ。

あの頃から、遠く離れたところへ流れ着いたおのれを、田辺はその刹那《せつな》、じっと眺めて、声も出なかった。

四

越前屋は、懐から取り出した店の印を何箇所も押印すると、田辺の眼前に広げ、見せつけた。

「よろしゅうございますね」

田辺が手を伸ばして受け取ろうとすると、越前屋は証書を手放さなかった。田辺は啞《あ》然《ぜん》とした。なんと無礼な。

「そちらも証文を」

越前屋は田辺の顔をじっと眺めた。

「そちらの借金を帳消しにしようとなると、ご家中の米蔵からいくらうまく売ったところでどうにもなりゃしないってことは、もとよりご承知のはず。しかも、そちらのお米は、大変ご無礼ながら、相場に出たところで大した値がつかないというわけで」

越前屋は軽くため息をついた。

「ひと昔、ふた昔前にそこそこの米を作っていなさったといったって、相場ってのは評判が何より大切なんでございます。買い手のお口に入るのは、二十年前の米じゃございません。売れないものをいくら後生大事になさってもね。私ども商人《あきんど》にとって、むざむざ大損になることをするってぇのは、お武家の世間にたとえますと、そうですな、切腹するくらいのことなんでございます」

藤堂が越前屋をたしなめた。

「武家の誇りを軽んじる物言い、控えよ」

越前屋は、藤堂の叱責を、頭《こうべ》を低くして受けた。

田辺は黙って屈辱に耐えた。越前屋の言うことに誤りはない。いまや家中の米は、大坂に運ぶ手間の分だけ損の出る、いわば厄介者になり果てている。炊くには水加減が難しく、水が多すぎると粥《かゆ》のようになり、少ないとすぐ固くなって大人の胃にも堪《こた》える。耕作地の少ない山間部では、粟《あわ》や稗《ひえ》、葛《くず》や織物などでぎりぎりの生計を立てていた。

証文を越前屋と交わした田辺は、内心、胸を撫《な》で下ろした。今宵の大仕事が終わった。しかしあとひとつ、なすべきことがある。国元ではどうしようもないことだった。

「折り入って、お頼み申したいことがござる」

越前屋が平板な顔に戻って田辺を見た。

「十万両の大借金の半分を踏み倒す、いえ、帳消しになさりたいという仰せの他に、何か」

「用立てていただきたいものがござる」

越前屋はしかめ面をした。

田辺があまたの書物を読み、また長崎出島《でじま》に出入りした学者らの話を聞き及んで学んだところでは、天保の頃、ある兵学者が肥前国佐賀家中の演練で、西洋では秘中の秘とされる榴弾《りゅうだん》と榴散弾の試射を、初めて行った。

この大きな砲弾を撃つ軽便な大筒は、解体すれば、馬や人力でどこへでも持ち運ぶことが出来るという。

「その方の株仲間には、こうしたものも扱う商人が幾人かおると聞いており申す」

越前屋は藤堂の方を見た。藤堂がかすかにうなずいた。越前屋は少し声をひそめた。

「そういった代物は、かなりお高うつきますよ。ときに、お幾つ入用で」

「三門は欲しい。それと、英吉利《エゲレス》式の新しい火縄銃を百丁」

「そのような大きな買い物、ツケになさるようだと、少なくとももうちじゃお引き受けいたしかねますな」

「では、その方《ほう》を通して買い入れることは出来るのだな」

越前屋は田辺をじっと見た。

「戦でもなさるおつもりで」

藤堂がかすかに身体をゆすって笑った。田辺は答えた。

「昨今は、一揆《いっき》の悪党など不埒《ふらち》な輩《やから》が増え、手を焼いており申す。今一度、国の守りを整え、よりいっそうこの天下に尽くして参りたい所存」

越前屋はうなずきも拒みもせず、じっと田辺を見、それから藤堂を見、また田辺にまなざしを戻した。

「ちょいと知り合いに尋ねてみることぐらいは、ただでいたしましょう。ただし、本決まりになるようでしたら、あれこれと物入りになりますよ。お覚悟は」

田辺はうなずいた。越前屋はさも、田辺の真意を察したように言った。

「今日日、どちらのご家中も何かと物騒でございますからねえ。お武家様も、お腰につけた太刀じゃどうにも立ち行かない、ってなことでございますな」

藤堂が越前屋を叱責した。

「口を慎め、越前屋」

越前屋は黙ってうなずいたまま、もう何かを勘定し始めているのか、あらぬ一点を凝視している。田辺は、恵比須《えびす》顔の商人面をかなぐり捨てた越前屋の素顔を見たように思った。

五

朝晩はまだ底冷えするが、少しずつ春めいて来ていた。その宵の口、奥右筆《おくゆうひつ》の四番手、長谷川永友は江戸の御城の居室にひとり詰めて、文机《ふづくえ》の片付けに手を焼いている。

伸びをひとつして小用に立つと、廊下の奥の濃紺の空に輝き始めた鋭い月が、目に入った。立っていると足の裏から床《ゆか》の冷たさが伝わって来る。

ひとけのない廊下の端を静かに歩いて、永友は居室へ戻った。襖《ふすま》を開けると、もう誰もいない暗闇であった。

行灯《あんどん》の灯をもらって来ると、襖を開け、書状が山積みになった文机に戻った。冷え切った畳に座り、仕事に取りかかった。

永友は諸国の旗本の隠居家督に関する査問を行うお役目を務めている。老練な役方らが一筆もつけ足す隙がないほど見事な所見を書き添え、最年少ながら誰もが一目置いている。永友は、これが一生涯の仕事であればと常々思うてきた。

明朝、永友は上方《かみがた》へ発《た》つ。公儀直轄の大坂を司《つかさど》る城代の病気隠居に伴い、後任となった藤堂和泉守盛政《いずみのかみもりまさ》が、奥右筆きっての切れ者と評判の永友を、じきじきに指名したのだった。

幕閣の若年寄に指名されたとあっては断るわけにはゆかないが、果たして数年ののち戻ってきたとき、元の奥右筆に戻ることが出来るのかは、定かではない。藤堂からの信任が厚いことは、悪い事ではないが、この先、藤堂一派と見なされるかもしれぬことを思うと、永友には迷いがあった。

文机の上には、処置すべき書状が残っている。諸国の旗本の隠居家督に関する報告として、その内情を視察した諸国巡見使の手になる書状や探索書だった。

公儀は、諸藩の内紛や抗争にひどく敏感で、主君の隠居手続きとその実情は適切かどうか、家督相続に家中の謀略が作用していないかと徹底的に調べ上げ、隙があれば取り潰《つぶ》しや転籍を断行して、支配を盤石のものとしている。

最後に手にした書状を開いて、永友は驚いた。おのれの国元で起こった、重元をめぐる主君押込の一部始終が記されている。押込に至った理由は陳腐で、こうした書状によく書かれていることを引き写しただけのように見えた。重元は気性が荒く家臣を大切にしない、藩のまつりごとをおろそかにしがちである、などの風評ありと書かれてある。永友が知るかつての重元は、決してそのような人物ではなかった。また、若く壮健な重元にかねてからの持病など、あるとは思えない。ほどなく寝首を掻《か》かれるかも知れず、亡くなってしまえば死因など後からいくらでもこしらえられる。

押込に至った経緯が詳細に書かれていた。長年、家中の安定に力を尽くして来た筆頭家老の田辺斎宮らに対し、直仕置を発布した主君、重元は、国家老らによる正月の賀式での一斉不出仕という仕打ちに遭い、またほとんどの家臣がこれに従った。激昂《げきこう》した重元は、出仕した十四名の下士をその場で側近に選ぶと、田辺らを罷免し、蟄居《ちっきょ》とした。すべての家臣、四百余名がこれに抗して出仕、城内の大広間にて双方が白刃を交え、重元の選んだ下士はそのほとんどが死傷したという。

永友は、行灯の焔《ほのお》を茫然《ぼうぜん》と眺めた。公儀は、重元が暗君であるという筆頭家老、田辺の言い分を、果たしてどこまで信じるのか。

今、藩の城内は、老中支配の大目付、井上信綱《いのうえのぶつな》が保護下に置いている。新たな主君を擁立する旨の、公儀への正式な申し出の書状が添えられていた。

永友はその名を見て、暗澹《あんたん》たる気持ちになった。事を思うままに操る田辺が、自身の従兄《いとこ》にあたる藩の大目付の、わずか八歳の嫡男を主君に擁立しようとしている。主君重元の押込を、公儀側で認めて間に入った人物の名を見て、永友はかすかな唸《うな》りを漏らした。藤堂そのひとであった。

重元に勝ち目がないのは一目瞭然《いちもくりょうぜん》だが、いくら先代の主君の頃から力を持っているからといって、所詮《しょせん》は家老の田辺、いかにして公儀の上層に取り入り、事のはからいを願い出、事を動かしているのか。袖《そで》の下も並大抵の額ではないはず。いったいどうやってそんな金を捻出《ねんしゅつ》しているのか。

永友は鉄斎のことを思った。きっと今、藩の混乱と窮状を、間近で、歯がゆくご覧になられていることだろう。鉄斎様なら、いったい何とおっしゃるだろうか。聞いてみたかった。

永友は息を止め、考えを巡らせ続けた。重元はほどなく、蟄居中に座敷牢《ざしきろう》で殺《あや》められるか、餓死に追い込まれるに相違ない。

伏魔殿と言ってもいい御城《おしろ》の中で、永友にとって頼みの綱となりそうなのは、紀州徳《きしゅうとく》川家《がわ》の出で公方《くぼう》様の縁戚《えんせき》に当たる老中首座、徳川頼定《よりさだ》だった。

形のよい鼻梁《びりょう》と強い眉《まゆ》は、まっすぐ前を見つめると毛並みのよい鷹《たか》にどことなく似ている。無類の新しもの好き、甘いもの好きで知られていて、京《きょう》や大坂、堺《さかい》、またその先の西国へお忍びで足を運び、庶民の茶屋で名物の饅頭《まんじゅう》や団子を味わうことをひそかな楽しみとしている。また、世に知られた文人でもあった。永友が初めてその私室を訪れた時、漢詩や画才の誉れ高い幕臣とはその方か、と問われ、半時あまりも尋ねに答えて、自作の漢詩も数首、披露した。その後も幾度か呼ばれて、薩摩《さつま》や琉球《りゅうきゅう》の珍しい砂糖菓子を手ずから分け与えられた。

そうして知ったことだが、頼定は、長崎出島のみならず日の本全土の海岸に流れ着く帆船の異人らから話を聴き取らせ、海の向こうの諸国の動向を取り入れた練兵を考えていた。意見を求められた永友がなんとはなしに話したことが、その後の施策に反映されていて、驚いたことがある。

頼定は幕閣となって以来、さまざまな労苦を経て得た智恵と力で、ともすれば形骸《けいがい》化する公儀のまつりごとを、改革の方向へと推し進めてきた。その失脚を望む敵も少なくないはずだが、頼定を信奉する若手から中堅の幕臣には、抜きん出た者が数多くいる。

ただ一方で、大坂城代職を経ていずれ老中になる藤堂と共に難局を打開して来た歳月があり、今昇る龍《りゅう》の勢いと言われる藤堂の一派とは良好な関係にあると見なされている。この件で果たしてほんとうに信じてよいものか、迷いが残った。

国元で教えを受けた鉄斎と、江戸の御城で采配《さいはい》を振る頼定のふたりは、常に永友の念頭にある。迷うた時は、そのどちらか、あるいは双方に尋ねるようにして、これまでおのれの道を切り拓《ひら》いて来た。

一計を案じた。

明日の出立までに、永友に出来ることがあった。奥右筆としての豊富な経験と知識を駆使して、重元の押込が公儀の法に違《たが》うもので、筆頭家老田辺の私利私欲に基づく謀反であり、ひいては天下を乱す行いではないかという、頼定の疑義を誘《いざな》う文面をしたためておく。

——頼定様なら、きっと気づいて下さる。

六

広大な空の下、風と土の乾いた匂いに、確かに国元へ戻ったという喜びを噛《か》み締めて、永友は先を急いでいる。紫に霞《かす》む山々の縁のあたりが、ほのかな茜色《あかねいろ》に染まっていく。山と野の気が上空で大きく交わって、平野へ舞い降りて来るのを感じた。こうして戻るのは実に十年ぶりだった。

鉄斎の庵《いおり》に寄りたい気持ちをこらえて、永友はまず行くべきところへ足を向けた。田辺の役宅は、筆頭家老にしては質素に見えた。此度《こたび》の押込に関わる諸国巡見使の調べについて、じきじきに江戸より来たと言って田辺に面会を求めると、門番はすぐ中へ消えた。永友は冷え込む薄暮の中で待った。

女中が顔をのぞかせ、永友を文蔵へ案内した。数多くの書物と巻物を収めていて、整理も行き届いている。日々、書状に埋もれて来たおのれと遠からぬものを永友は感じた。棚の奥から田辺が現れると、立ったまま永友に礼をした。顔を上げると、見覚えのある顔貌《がんぼう》は以前よりもやや老けたが、面長で、目鼻立ちは優しく整い、若く見えた。元服前の永友と重元が、学問所や道場で遠目に見かけたあの頃と比べると、物腰も声色も随分と柔らかい。陽の差さない所で、国のまつりごとを支える役方特有の、穏やかな頼もしさが漂っている。

田辺が、にこやかに切り出した。

「江戸の御城でのご活躍、しかとお聞きしており申す。大坂への途上でわざわざお立ち寄りとは」

永友は黙って返礼した。田辺にうながされ、その場に座った。

田辺は屈託のなさを見せた。

「いや、まこと、久方ぶり。長谷川様が国元に錦《にしき》を飾るのは、何年ぶりのことにござるか」

永友は微笑みながら答えた。

「十年ほど」

傍らに控える女中に茶を持つよう命じると、田辺は永友と差し向かいで板の間に座った。

「今宵はどちらにお泊まりか」

「急に思い立って立ち寄りましたゆえ、どうかお気遣いなく」

京から取り寄せたという菓子が、茶とともに運ばれて来た。田辺と向かい合って、顔が映るほど磨かれた床に座ると、永友は周囲の書棚を見上げた。余計なものがなく、書物を愛する者が求めるたたずまいが、ここにある。

永友は尋ねた。

「ときに、殿のご様子は」

田辺は眉を寄せ、顔を曇らせた。

「家中一同、殿の御身を案じており申す」

「殿は、今、どちらに」

「殿はすでにご隠居の身の上、いかに幼馴染《おさななじみ》の無二の友といえども、ゆえなく引き合わせるわけには参らぬ」

永友は穏やかに切り返した。

「此度、それがしが参ったのは、公儀の諸国巡見使のお調べになる書状について、二、三、じかに確かめたいことがあるがゆえにござる」

田辺には、永友の言うことを断る力などないはずだった。田辺は言った。

「御城は目下、老中支配、大目付の井上信綱様の手に委《ゆだ》ねられており申す。何事にも、まず井上様のお許しを待たねばならぬので」

「井上様ならよく存じ上げております る」

田辺は少し眉根《まゆね》を寄せた。

「しかし長谷川様は、今や奥右筆ではないはず」

永友は答えず、重ねて尋ねた。

「殿のお加減は」

「われら一同、大変案じており申す」

「して、今はどちらに」

田辺は穏やかに返した。

「何ゆえにか、殿をあれこれ悪し様に言う者が絶えぬこと、それがしは、かねてからおおいに憤激しておった。そもそも、殿を主君としてお迎えした当初、われら家中はこぞって、新しい殿をお慕い申した。その頃の殿のまつりごとへの心意気、そしてわれら家中の者の働きは、今思うてもまことにめざましいものがござった」

白々しいことを、と永友は思った。今気づいたことだが、田辺には、目が合うと、気まずくなる直前にふっと斜め下へ目をそらす癖がある。

「しかしながら殿には、生来の気性の荒さがござった。また、家中の者をどこまで大切に思っておられるか、怪しいところも確かにあり申した。して、誠に無念な事に、殿はほどなく、まつりごとをおろそかになさるようになった」

「そのようなご事情、公儀では聞き及んでおりませぬ」

田辺はかすかに眉を吊《つ》り上げて見せた。

永友は続けた。

「むしろ、主君とご家中の軋轢《あつれき》が、公儀の懸念を呼んでおり申した。正月の賀式を一斉不出仕とした田辺殿らに対し、殿は若手を十四人選んで近習役とし、新たにまつりごとを始めた。相違ござらんか」

「いかにも」

「その後、ご家中一同は不服を訴えて城に出仕し、城内大広間にて白刃の斬り合いと相成った。これも、相違ござらんか」

田辺は永友をまっすぐに見つめ、皮肉な笑みを浮かべた。

「長谷川様は、果たして家中の実情をどこまでご存知か。貴公が江戸の御城の高みへ登ってからというもの、家中は凶作と騒擾《そうじょう》に苦しみ続け、このままではどうにもならぬ有様」

「幸豊かな山がござろう」

「確かに、山に住むものはその恵みで生きてゆくことが出来る。しかし稲作に代わるものを山から得ることは出来ぬ。江戸や大坂へわれらの特産品を出荷するには、菱垣廻船《ひがきかいせん》を使《つこ》うても半月かかる。塩漬けにして売るものは、それで何とかなるかも知れぬが。殿が声高に直仕置を叫ばれるのは、大変威勢がよろしゅうて誠に結構、しかし、こうした事情は一向にお考えになられぬ。この窮状、あのお方には、結局のところ手に余るのであろう」

ここでこれ以上まつりごとの是非を語り合っても、何も引き出せまい。永友は必要なことのみを尋ねた。

「此度の押込で、命拾いした者があるとか」

田辺は平板な目で永友を見定めた。そのまなざしに、永友は底知れないものを感じた。

「大竹五郎左衛門という郡方書役助にござる。若輩なれど、ひとたびお命じを賜ったからには、殿にどこまでもつき従わんとするその心意気、なかなか見上げたものではある」

永友は、田辺との話を切り上げる機会をうかがった。にっこりすると、立ち上がった。

「ご無礼仕った」

田辺はその様子を、座ったまま見ていた。

「城への道は案内せぬ」

永友は一礼すると踵《きびす》を返し、静かに文蔵を出た。

七

日没後、薄暗くなった城下の通りに人影はまばらで、両隣に居並ぶ大店《おおだな》も、軒並み閉まっている。

城に着いた永友は、相手の出方次第で、田辺の名を引き合いに出した。許しは得てある、と言うと、重元に会おうとする永友を止めだてする者はなかった。

その襖《ふすま》を開くと、暗い居室から冷気があふれた。足を踏み入れると、ぐっと冷え込んでいる。奥には、ほのかな行灯《あんどん》の灯がある。まるで、床下を凍った川が流れているようだった。

薄暗い居室の三方の襖に、かすれた墨で描かれた竹林が広がっている。叢《くさむら》の葉陰から覗《のぞ》く縦縞《たてじま》の金色の虎が二頭、仄暗《ほのぐら》いまなざしを絡ませるその先に、銀の羽根を大きく広げた孔雀がいる。虎たちの細めた目には、謎めいた笑みがあった。

ほの暗い居室の中央に、獣じみた沈黙を発する何かが胡坐《あぐら》をかき、薄く目を閉じている。重元だった。永友はそっと近づくと、少し離れたところで膝《ひざ》を折り、真向かいに座った。

「久方ぶりだ」

目を見開いた重元は、頬がこけ、頬髯《ほおひげ》も伸びているが、羽織袴《はおりはかま》は真新しい。永友はふと気配を感じて振り返った。薄く開いた襖の向こうに、数人の見張りがいる。手で追い払った。襖が閉じて、永友と重元はようやくふたりきりになった。永友は言った。

「達者なようだな」

「このざまだ」

「ここで、どのくらいになる」

重元は少し中空に目をやり、何かを数えるように目を動かしてから、ふっと笑った。

「数えていたが、わからなくなった」

重元のすぐそばに太刀があるのに永友は気づいた。蟄居閉門の沙汰を受けた者は、ときには死ぬまで続くという押込隠居に耐えられず、あるいは餓死寸前まで追いつめられて、自刃を求めるという話もよく耳にする。それを待って、わざと手の届くところに刀を置く。それで何か事が起これば、重元を斬る良い口実になるという目論見に相違なかった。

重元が言った。

「ひとつ、尋ねたいことがある。ご公儀の、わが家中へのお沙汰は」

永友は難しい顔になった。

「予断を許さぬところだ」

「はっきり言うてくれ」

永友は軽くうなずいて、言った。

「主家の転封や、あるいはお取り潰《つぶ》しもおおいにあり得る」

重元は動じなかった。

「そのあとは」

「御領となるか、あるいは信濃国の他家に併合されるか。しかし今の有様では、公儀が御領となさることには、あまり得がなかろうな」

「そうなった時、家中の者の行く末は」

「腕の立つ者や優れた者は新たな仕官の道もあるかもしれぬが、多くは路頭に迷うだろう」

「田辺は違う。幕閣との太いつながりがある」

永友はうなずいた。

「もうすでに仕官の伝手《つて》があるのだろうな。そんな気がする」

永友は、ふと上役の藤堂を思い浮かべた。田辺は、藤堂との太いつながりを持っている。

「藤堂様か」

永友はうなずいた。

重元は言った。

「貴公、また大変な上役を持っておるな」

「江戸の御城の複雑怪奇さ、わかるまい。伏魔殿とはこのことだ」

重元は声を立てずに笑った。

「わかる、と言いたいところだが、わかっておらぬから、このていたらくだ。城というのは、どこも気づまりなところだな。ところで鉄斎様にはもうお目にかかったか」

永友は微笑んだ。

「いや。鉄斎様はお達者か」

「そのはずだ」

「ならば良かった。お寄りしてご挨拶《あいさつ》申し上げたいが、此度《こたび》は難しいかもしれぬ」

永友の大坂入りの期日は迫っていた。

「鉄斎様は、われらをふたりとも江戸へ送り出せばよかった、と仰せだったな」

重元は笑った。

「おれは、性に合わん」

永友も笑った。

「おれも随分と苦労した。いや、今もしている」

重元は少し声を落とした。

「主家を襲封するよう使いが来たと鉄斎様に告げられた時、おれは、どうすべきかを鉄斎様にお尋ねした」

永友は、重元の目を覗き込んで尋ねた。

「して、鉄斎様は、なんと」

「ゆくも戻るも茨《いばら》の道、家中に味方はおらぬ、と。といって鉄斎様を頼れば、かえって家中に逆風が吹く。荒波を真っ向から受けて闘うか。それとも、痴《し》れ者を演じて身の危険を遠ざけ、味方を見つけて新たな道を切り拓かんとするか、ふたつにひとつ。そう、仰せられた」

「まさにおことば通りだな」

重元は乾いた唇を舐《な》めて、永友の顔を見た。

「此度のことで、わざわざここへ立ち寄ったのか」

「大坂へは藤堂様の御供だが、行ってみなければ、何がどうなるのかわからぬ。そもそも、一介の奥右筆を、何ゆえにわざわざ大坂へ引き抜くのか」

重元は少し考えるように下を向いていたが、目をあげて尋ねた。

「大坂堂島の米相場では、金のある者はますます金をつかみ、貧者は追いつめられておる。凶作に苦しむ諸藩は米を高値で買わされ、大問屋どもやその金主が暴利をむさぼっている」

永友はうなずいた。

「市というものには、森羅万象に似たところがある。あたかも魂をもっているかのようだ。ひと握りの商人《あきんど》らが好きに動かせはすまい。何せ、全国津々浦々の米が集まるのだ」

重元は、しみじみと永友を眺めた。

「こんな折に、よくぞ訪ねて来てくれた」

永友は、やつれてはいるが眼光鋭く、静かな気を漲《みなぎ》らせている重元を見やった。

「これからどうする」

「それを思案している。時だけはいくらでもある」

「手助けすることもできるが」

というより、今のおのれにできる最大のことはそれだ、と永友は思った。

「いや。かえって迷惑をかけることになる」

「何か、手はあるのか」

重元は笑みを頰に浮かべた。

「力を借りることが、今後、必ずあろうと思う」

「待っておるぞ」

永友は力強く応じた。

重元は、永友の顔を眺めて思案していたが、言った。

「此度の押込で、生き残った者がいる」

永友はうなずいた。

「大竹五郎左衛門だな」

「今、どこにいるだろうか。どうしているだろうか」

「尋ねてみよう」

「出来るか」

永友はうなずいた。


重元の居室を出た襖《ふすま》の外に、田辺の配下の見張りが数人、控えている。永友は有無を言わさず尋ねた。

「大竹五郎左衛門の牢《ろう》へ案内せよ。公儀より責問すべきことがござる」

烏合《うごう》の衆のあとを、永友は五郎左衛門の牢まで歩いた。城内に急ごしらえで作られた牢で、厩《うまや》の匂いが消えない。

冷え切った牢の暗黒の中、奥の板壁のあたりに座っている者がある。永友は行灯《あんどん》を手に近づいていった。牢役人はついて来ない。牢の外で腕組みして、早く終わらぬかと待っている。

壁際の影の中で、大竹五郎左衛門が顔を上げた。まだ若いはずが、疲労と汚れで浅黒い頬に、髭《ひげ》がうっすら生えている。先ほど見舞ったばかりの重元よりも、憔悴《しょうすい》を深めているように見えた。

永友はそっと近寄り、話しかけた。

「それがし、公儀で奥右筆を務めた長谷川永友と申す。殿とは旧知の間柄、御身を案じ、訪ねて参った。返答は無用。しかと聞け」

五郎左衛門は目を見開いた。鉄斎様が仰せの、重元様と並び立つもうひとりのお方、とはこのひとか。永友は牢を見張る役人をそっと振り返り、小声で言った。

「いずれ、殿が助けに来られる」

五郎左衛門は目を見張った。

「誠にございますか」

五郎左衛門の声は、思いのほかしっかりしていた。永友はうなずいた。

「それまで心して待て。して、その方の命を賭《と》して殿をお守りいたせ」

闇の中から、五郎左衛門のくぐもった声が答えた。

「はっ」

「牢の中でもやれることはある。鉄斎様の教えを思い起こせ」

永友が言うのは、鉄斎が門下に伝授した、太刀をふるうからだの礎を培うさまざまな鍛錬のことだった。

「はい。いかなるところでも出来ますゆえ、ここで打ち込んでおります」

永友は、五郎左衛門の薄汚れた顔の中の、目の光の強さに気づいた。

永友は今一度、重元の居室へ戻った。先ほどまで永友の先に立っていた見張りらが、おっかなびっくり、後をついて来ている。襖を引き開けると、永友は振り向いて命じた。

「公儀の責問じゃ。立ち聞きいたす者は許さぬぞ」

見張りらがおびえて引き下がるのを見届けると、永友は真っ暗な重元の居室へ入って襖を閉めた。

「大竹は、城内の厩にいる」

「かたじけない。いずれ必ず礼をする」


城を去る折、永友は考えた。上役の藤堂には、大坂への道中で寄り道をしたことを話さぬわけにはいかぬだろう。押込の沙汰《さた》に遭っている主君、重元と会ったこと、旧知の間柄であることも、いずれ知られる。しかし田辺が重元を亡き者とするには、あと二手、三手、詰めねばならぬだろう。

正式な沙汰が定まるまでは、すぐに重元の命が危うくなることは恐らくない。長く押込隠居させられた主君が、見張り役の隙を突いて自刃することはあるが、重元は、耐えぬいたうえでなすべきことがあるとわかっている。

「耐えてくれ」

永友は、立ったまま固く目をつぶり、重元に向かって念じた。

八

永友が来てからいったい幾日がたったのか、重元は畳に爪で傷をつけて数え続けた。襖絵に当たる陽が強まって、乾いた風が幽室の中をそっと吹き渡っていく。冬の湿気が春めいた乾気に変わり、しばらくすると、かすかに蒸す午後が続くようになった。

廊下をやってくる足音がして、行灯を手に傍らに立った城勤めの平士と、食事を盆に載せた女中が、襖を開け、両手を突いて頭《こうべ》を垂れる。重元は、盆の上でかすかにゆれて光る、椀《わん》の中の汁物を見た。冷え切っている。

三方を囲む襖絵の中では、金色の虎が二頭、竹林に見え隠れしつつ、悠然と歩んでいる。重元には日々、幽室がとらえどころなく広がっていくように感じられた。目を開けておれぬほど疲労の濃い折には、幽室の竹林が狭まり、四方から迫って来る。竹林は、分け入るほどに深まり、大気は澄み切り、木々の陰の闇が濃くなってゆく。重元は、この歩みの果てのどこかに、大竹五郎左衛門がいるように思った。

ほのかな臭気の漂う幽室の中で、額から汗が零《こぼ》れ落ち、畳の上で散る。重元は呼吸をととのえ、からだの中心を走る軸をありありと感じ、毛筋一本、足のつま先に至るまで、すべての動きをこの軸の線に合わせて、構えを新たにする。静かに座した姿勢から、完全な立ち姿に至るまで百を数え、またゆっくりと座るまでの百を数えて、これを日に百回往復した。

次は拳作《こぶし》りだった。鉄斎の教えでは片手に一刀ずつ、両刀で闘う時に備えて、太刀の重たさに耐えうる手の内を作らねばならぬ。両の小指から両腕の下側、そして腋《わき》の下を通って背中へと抜けるおのれの筋をありありと感じ、見えない太刀の重みと自重を乗せて、見えない敵を日に百人斬る。

これが終わる頃には日が暮れる。襖の外の物音が絶える様子で、そうだとわかる。重元は幽室の暗がりで、足を広く左右に開いて立つ。骨盤の向きと上体の向きを一致させ、ねじれをつくらず、腰を落として重心を低く構える一重身《ひとえみ》になる。この足構えをからだに叩《たた》き込んでおけば、太刀を実際にふるう際、そして敵の太刀を受ける際に、その太刀が果たしてどこまで届くのか、間合いがわかる。

重元は、薄闇の中で、一重身から次の一重身へ、からだをねじらず足を踏み出して転換し、畳を蹴《け》らず膝《ひざ》を使って前へ進む。畳の上の摺《す》り足がかすかに響く。衣擦れのような音で、見張りには気づかれない。

真夜中、幽室の闇に、かすかな青みが残っている。昼の光の名残なのか、闇そのものの持つ艶《つや》なのか。重元は目を大きく見開くと、頃合いを見計らっていたことを決行した。

傍らに置かれていた太刀を手に取る。自刃することを隠然と意図して、田辺がわざと置かせていたものだった。硬く、重たい手応えで、鞘《さや》を抜くと、闇の中でぬらりと光る。そっと立ち上がると、空いた片手で襖を引き開け、廊下に出た。慌てた見張りが、おののきを目に浮かべて立ち上がるのを、重元は片手で押しとどめ、話しかけた。

「座っておれ。命を大切にせよ」

見張りの者はことばを失って、かすかにうなずいた。重元は、手近な行灯を持つと、抜き身の刀を提げ、静かに廊下を進んだ。圧倒されて立てずにいる見張りを振り向くと、尋ねた。

「厩はどこだ」

見張りの者は、ただその方角を指した。抜刀した主君を目にした者らは皆、ことばを失ってただ遠巻きにしている。遠くからどやどやと走って来る足音があった。

重元は廊下から障子を蹴破って庭へ出た。厩への近道なら知っている。庭の生垣をいくつか乗り越え、厩の前まで来た。抜き身の長刀を見せると、見張りの牢役人はおびえた。牢《ろう》の扉を開けさせると、中の暗黒に向かって重元は呼びかけた。

「大竹。大竹五郎左衛門」

「はっ」

五郎左衛門は影の中から月明りに姿を現わすと、牢の出口に這《は》いつくばる牢役人から、腰刀を受け取った。ふたりは静かに庭を横切り、城の正門まで歩いた。門衛らに重元は言い渡した。

「下がっておれ。その方らを斬りたくはない」

門衛らはおとなしく城の門を開けた。五郎左衛門は門が開くまで気が気ではなかった。

重元はと見ると、悠然と立っている。重元は、門衛ふたりに命じて草履を脱がせ、受け取った。

草履を履いたふたりが静かに外へ出ると、城の門が内側から閉じられた。

城の内側から騒動の声や物音がするのを尻目《しりめ》に、重元は通りの真ん中を歩き、五郎左衛門はその後をついていく。

五郎左衛門には夢の中のようだった。ほんとうはまだ牢の中にいて、闇の中で目を固くつぶっているような気がした。

明るくなればひと目につく。すれ違う人出はなく、城下町は静まり返っていた。

あたりが明るみを増して来た頃、町が終わった。乾いた田畑が目前に広がっている。

そのはるか向こうに、高い山々が、刷毛《はけ》で描いたようにうっすら見える。白濁した空の下の田畑に、鳥の声が響き渡って、はるか上空をすぎていった。

五郎左衛門はふと、ひとの匂いがあたりにただよっているのに気づいた。なまなましくてあたたかい。空腹を覚えた。ふっと、なおの炊いた飯の匂いが鼻孔の中でよみがえる。

重元が畑の畔に腰を下ろした。

五郎左衛門は片膝を折ってそばに控えた。

重元は眼前に広がる田畑と、その向こうの薄青い山並みを見やった。それから五郎左衛門に目をやって、微笑んだ。

「そのほうは大事《だいじ》ないか」

「はい」

「牢におっても、太刀なしでも、稽古《けいこ》は幾らでも出来るものだな。見ろ」

重元は、おのれの片方の手の平を開いて五郎左衛門に見せ、笑顔を見せた。五郎左衛門は重元の手の平を間近で見た。節々が乾いて硬く盛り上がっている。鉄斎に習った流儀では、たとえ真剣や木刀がなく、からだの鍛錬を十全に行うだけの広さもないような牢内であっても、自らのからだの重さを負荷とする様々な鍛錬法がある。

五郎左衛門は内心、感嘆した。殿にはかなわない。かすかにうつむいて平伏し、重元のことばを待った。

「田辺の追っ手が迫る前に、山に入る」

「はっ」

重元が登っていく道は、霧の中へとふたりを導いた。鬱蒼《うっそう》と生い茂る林の中で、突然、奇蹟《きせき》のような陽の光を浴びた。どちらを向いても森閑としている。

五郎左衛門は無言で重元につき従った。傾斜の厳しい森を進み、岩の断裂を跳び越え、乾いた沢の跡を渡った。この山をよく知る重元に、追いてゆかれないようにするのがやっとだった。鉄斎の言うていた、前髪も下ろさぬ年頃の重元と永友が脇差《わきざし》に糒《ほしいい》を携えた山支度で、意気揚々と山へ入っていく姿が目に浮かんだ。

　五郎左衛門は、いったいどこへ向かおうとしているのか尋ねたかった。もはや、戻るところはどこにもない。妻のなおの、光を浴びた面影が、瞼《まぶた》の中にふとよみがえった。

第三章　骨を拾う者

一

早朝、頭上の雲が切れて陽が顔をのぞかせると、田辺の邸《やしき》の庭は明るくなった。庭木の幹に薄い陽が当たり、乾いた庭土にほのかな影を落としている。立って庭を見ていた田辺は、座っている国家老らを振り返って、庭木と空の雲を指した。

「この様子では、山の天候は崩れる。山越えは難儀じゃ」

国家老らは、田辺が指した先を見やった。田辺は続けた。

「重元様が押込隠居のお沙汰に抗い、出奔なされた。賀式の一斉不出仕の際に裏切った、十四人の下士のうち生き残った郡方書役助、大竹五郎左衛門と共にじゃ」

一番年嵩《としかさ》で、白い髷《まげ》の国家老が言った。

「大竹の父親は郡方書役であったが、常日頃から家中のことを第一に考え、粉骨砕身働く者でござった」

田辺は白髪の家老を見返した。

面長で上背のある国家老が、意を決して尋ねた。

「重元様を討つことは、主君への謀反になりはせぬか」

田辺は国家老らに向かって微笑んで見せた。

「さよう。われら、呉越同舟にして、死なばもろとも。重元様の押込を執り行ったわれらの正しさ、いずれ必ず天下に認められよう」

国家老らは黙り込んだ。田辺は、話を続けた。

「重元様は飯山を出ようと山越えをするに相違ないが、健脚が歩きづめに歩いて二昼夜かかる、どちらを向いても難所ばかりの道のり。まして街道を使えぬとなれば、山中を進むことと相成ろう。常人であれば、放っておいても行き倒れて、熊か猪の餌じゃ」

「ならば此度《こたび》は、捨て置くことは」

年嵩の白い髷の国家老が言った。田辺はにべもなく封じた。

「それはあり得ぬ。討ち取った亡骸《なきがら》を引き取らぬと、われらにとり後々、厄介なことになる」

この場で一番歳若く謹直な表情をした家老が、恐る恐る田辺に尋ねた。額にうっすらと汗をかいている。

「江戸の留守居の申すところでは、ご公儀は此度の件そのものを、まだ認めてはおられぬとか」

田辺は諭すように言った。

「先頃、すでにご公儀の役方がじきじきに訪ねて来られた。これこそ、押込はすでに起こったものとして、お調べが進んでおる証《あかし》じゃ」

田辺は、永友が旧友の重元を訪ね、私用で来ていたことは言わずにおいた。

「この期に及んでわれらが弱腰になって、なんとする」

白い髷の家老は、田辺に念押しした。

「此度の押込、確か、ご公儀の若年寄にして今の大坂城代、藤堂様のお取次ぎとは、相違ござらんか」

「いかにも」

「聞き及んだところでは、重元様押込の儀の書状、いまだに御用部屋の中を、手から手へと行きつ戻りつしておって、今なお、正式なお沙汰《さた》には至っておらぬようでござる」

「なに」

田辺は気色ばんだ。

「書状は確かに藤堂様へ手渡し申し上げた。藤堂様は大坂城代となられるより前に、書状を確かに回して下さった。われらの訴えはすでに公のものとなって、お認めいただいておるはず」

田辺は苛立《いらだ》ちをそのままぶつけた。

「どこか他人事《ひとごと》のような仰せばかりであるが、此度のこと、もしも認められねば、われら郎党、もろとも地獄行きじゃ。覚悟されよ」

国家老らは黙り込んだ。庭木の節々に芽吹く緑の芽に目をやりながら、田辺は苛立ちで五臓六腑《ごぞうろっぷ》が焦げつくようだった。藤堂様に確かめねばならぬ。

二

明け方、なおはまどろみの中に焔《ほのお》を見た。金色の炎熱の流れが、滔々《とうとう》とうねって燃えているのを見つめていた。暗がりの中で目を開けると、その形が瞼《や》に灼きついている。長いこと、その焔を眺めていた。

床をそっと抜け出すと、朝日を浴びた庭の小さな畑に、子どものように裸足《はだし》で降り立ってみた。青菜の種はまいてあるが、まだ水が足らない。今日も井戸の水を汲《く》んで来てたっぷりやるつもりで、急にからだから力が抜けたのがわかった。

なおはしばらく、そのまま裸足で立っていた。乾いて柔らかい土が足の裏に心地よい。このままここで、木になれたらと思った。気配を感じて振り返ると、ほの暗い台所の中に、真っ黒な竈《かまど》が見える。おのれひとりのために火を入れるのが嫌でたまらなかった。

眠っても目覚めてもひとりだということに、寂しさはなかった。夫の生き死には、なおの生き死にだった。夫が今この刹那《せつな》、そしてこれまで、これから先、どんな苦しみや痛みをじかにその身に受けるのか。それと寸分たがわぬ同じ痛みと苦しみを、知らねばならない。そうでなければ、ともに生きることにはならない。

表から、ひとの声がした。

——鉄斎様だ。

なおは飛んで行った。

鉄斎は風呂敷《ふろしき》包みをなおに渡すと、なおの顔色を見て、すぐに帰ると言った。

「乾物と青菜を少し持って来た」

なおはにっこりしてお礼を述べた。

縁側で、まだ何も芽吹かない畝を眺めて、鉄斎は、なおが久しぶりに淹《い》れた茶を啜《すす》った。まばたきもせず、黙って陽の光を浴び、色の薄い瞳《ひとみ》がかすかに光っている。鉄斎はずっと畑を見ていた。なおも畑を見ていた。なおは鉄斎の湯呑《ゆの》みを取り替えた。鉄斎はなおの様子を確かめて、言った。

「五郎のことだが、殿と共に御城を出たようじゃ」

なおは驚きで立ち上がりかけた。

「ご無事にございますか」

「今まさに、たったひとりで殿に付き従っておるはず」

「どちらへ」

鉄斎は首を振った。

「命がけで山越えを試みるはずじゃ。わしが五郎なら、そうする」

なおはからだが震えた。からだの内側が、痛いほどに静まり返った。

「山を越えて、どちらへ」

「江戸か、大坂か」

「もしも鉄斎様なら、どちらへ」

「大坂じゃ」

「なにゆえにございますか」

「殿は大坂に、なすべき事を残しておられる。わが家中は、大坂の商人《あきんど》に大借金を抱えておる。その噂が広まって、もう相手にしてくれる商人はおらぬのだ」

鉄斎は湯呑みの茶を啜ると、遠い目で庭先を眺めた。

「だが、五郎はいずれ必ず、ここへ戻って来る」

庭の向こうの遠くを眺めていたなおは、かすかにうなずいた。

「わたくしは、ここでお待ち申し上げます」

鉄斎は、なおを見やった。

「それがよい」

三

風が渦巻いて、人柱のような砂埃《すなぼこり》が立ち、流れていく。城内の広場に百人余の軍勢が集められていた。いでたちや背格好はまちまちで、ざわついている。

国家老らを引き連れた田辺が現れると、軍勢は静まり返った。

田辺は声を張り、一同へ呼びかけた。

「その方《ほう》ら、よくぞ集まってくれた。此度は、家中の内外から腕の立つ者を呼び集め、力を合わせて山狩りをいたす」

軍勢は四つの集まりからなっている。田辺は隅々までよく聞こえるよう、区切って話した。

「わが家中の仇敵《きゆうてき》が山中に逃げ込んでおる。早急にひっとらえて討ち取れ。山中で出会うものは、邪魔立てすれば、ひとであろうが何であろうが、斬り捨てよ。焼き滅ぼせ」

一同は、田辺のことばの激しさに静まり返った。

「組頭の和光《わこう》。皆に顔を見せよ」

名を呼ばれた和光は、馬上から中庭の一同へ、軽く黙礼した。栗毛の馬が二歩ほど退いたのを、鐙《あぶみ》で胴を締めつけ、とどまらせた。

「この和光が足軽の組を率いる。者ども、立って姿を見せよ」

その数、五十人余の足軽のうち、最前列の十数人が鉄砲足軽だった。鍔《つば》の広い笠《かさ》をかぶり、軽装の鎧《よろい》に腰刀を帯びた手甲脚絆《きやはん》姿で、丈の長い火縄銃を持っている。銃に弾込めする役目の者がそばについていて、銃身を短くした火縄銃をはすかいに背負っている。薬売りのような長方形の箱を背負い、腰刀を帯びて、銃身に火薬と弾込めをする鉄の棒を携えた玉《たま》薬箱持の姿もある。

遅れて広場に入って来た一団が、和光の組に合流した。いでたちと装備は足軽らと同じだが、小さな砲門を二門、六人がかりで運んでいる。砲身の両側に車輪がついている。田辺が越前屋に口利きを頼んで買い入れたものだった。広場の真ん中に腰を落ち着けた砲門を指して、田辺は言った。

「この大筒《おおづつ》、一撃で大軍を蹴散《けち》らす力がある。どのような悪路や悪天候の中でも、大きな戦果を挙げられよう。和光の足軽組は此度《こたび》はこれを用いて山狩りをいたす」

一同は、初めて見る山砲を、かすかに目を剝《む》いて眺めた。続いて田辺は声を張った。

「では黒澤《くろさわ》、立って姿を見せよ。此度の山狩りで、物見の役を果たす忍びの者らじゃ」

汚れた頰かむりをした男たちの集まりがあった。いでたちは町人や農夫とさほど変わらない。その頭《かしら》は、煮しめたような手拭《てぬぐ》いを頭に被《かぶ》り、陰惨な目をしている。

「皆の者、この黒澤らを、目とし耳として戦うがよい。一に間見（近くへ忍んで様子を探る）、二に見分（探って確認する）、三に見付（敵中に入って監視）というであろう。この者らは、敵中に潜んで形勢をうかがい、間隙を探し、夜討をし、敵城に火を放ち、刺客となって殺《あや》めるつわもの揃《ぞろ》いじゃ。ときに乱暴狼藉《ろうぜき》が過ぎて、通ったあとには草も生えぬとも聞くが」

陰鬱《いんうつ》な目をした黒澤は、周りに向かって軽く頭を下げた。

田辺は、黒澤らの後ろを指した。武家とも町人ともつかない着流しの一団が、地べたに胡坐《あぐら》を搔《か》いて、無駄口を叩《たた》いている。

「そこにおるのは、三都に名の聞こえた使い手ども。道場の稽古《けいこ》に飽き足らず、天下泰平の世でひと斬りを試す者らが、此度、われらに助太刀いたす。頭領は富樫直次郎《とがしなおじろう》、立て」

頭の富樫は、長身に役者のような面長で、白地に椿をあしらった着流し姿、名を呼ばれて立ち上がったが、すぐに座り込んだ。

田辺は次に、集められた軍勢の端にしゃがみ込んだ一団を指した。長い総髪に縮れた髭《ひげ》、赤銅色の肌に黒ずんだ顔の中の目は、子どものように真ん丸だった。めいめい網袋を背負っている。

「此度の討伐、武家のみならず、山人も力を尽くす。多吉《たきち》。立って、皆に姿を見せよ。此度の先鋒《せんぽう》、この山人猟師どもが務める。熊や猪を狩るように、風上から敵を追いつめ、しとめにかかる。慣れ親しんだ山々を案内してくれよう。頼んだぞ」

鞘《さや》に入った長刀を肩に担いだ富樫が、芝居がかった口調で尋ねた。

「田辺様。此度の仇敵とは、いったい何者にございますか」

「わが家中に害をなさんとする逆賊じゃ。ご公儀からも、その征伐を任じられておる。天下の大悪人を討つと思うて、心ゆくまで太刀をふるうて参れ」

組頭の和光が、馬上から尋ねた。

「数は、いかばかりにござりますか」

「ふたりじゃ」

かすかな驚きが広がった。

富樫の顔に、皮肉な笑みが広がった。

「たったふたりを、この数で、山狩りにございますか」

田辺は皆を見渡した。

「首を取った者は、金二十両。またその組には一律、金五両」

鉄砲足軽の組頭、和光が尋ねた。

「討ち取った組のみにございますか」

着流しの富樫が不服を言った。

「田辺様、そいつぁ割りに合わねえ。そいつぁ話が違います」

田辺は富樫に言った。

「その方ら、品川《しながわ》の茶屋に狼藉を働き火付けした一件、忘れたか。今頃、火盗改《かとうあらため》は血眼で下手人を捜し回っておるはず」

富樫は、口をつぐんで横を向いた。

田辺は軍勢全体に向けて声を張った。

「敵は山をよう知っておる。油断すれば足をすくわれよう。心してかかれ。して、必ず首を持て。よいな」

田辺が踵《きびす》を返して立ち去ると、隊は塊ごとに移動を始めた。

城の正門に至ると、三方の石垣を背にして、各組の頭、四人が顔を合わせた。鉄砲足軽を率いる組頭の和光、忍びの頭の黒澤、着流しの富樫、そして山人の多吉だった。

黒澤は馬上の和光をねめつけた。

「まず馬から降りろ。それからだ。そんなものに乗って山に入るつもりか」

和光は憤然と馬を降りた。

四

見渡す限り濡《ぬ》れそぼつ深緑の山肌が、もうもうと湿気を放っている。白い曇天の下で、樹々の梢《こずえ》から雨滴が滴った。

進むほどに狭まる急勾配《きゅうこうばい》の山道を、山人猟師らが先に立っている。力士のように固太りの大柄だが、身ごなしも足もめっぽう速く、叢《くさむら》に座り込んで草の葉を食《は》みながら後続の組を待つ。ようやく追いついて来ると、無言で腰を上げ、先へ行く。

獣道を登っていく足軽らの足元に、泥の色の小流れが出来ている。ひとりが足を滑らせると将棋倒しになった。

解体した二門の山砲を手分けして運ぶ足軽らは、荷の重みで、軍勢よりも常に遅れて山道を登った。急勾配の獣道を避けた迂回《うかい》路を探すのに手間がかかり、徒歩で先を行く組との間に物見を立てて、互いのいどころを確かめながら進んだ。丸一日はぐれたこともあった。

富樫ら着流しの一団は、薄着で早々に風邪を引いた。ひとりが戯れに脇差《わきざし》を抜いて草木を払うと、もう刀身に褐色の錆《さび》が散っている。

四つの組の頭が、互いに声をかけ合い、軍勢を休ませ、集まった。

富樫が口火を切った。

「このままではこの山ん中でへたばっちまう。戦どころじゃねえ」

「先刻承知だ」

陣羽織姿の和光が言うと、富樫は鼻を鳴らした。

「あんた、山のことは知らねえだろう」

それから富樫は山人猟師の多吉に尋ねた。

「どこか、心当たりはねえのか」

多吉はぼそっと言った。

「休むところはござります。皆の足が遅うて、一向にたどり着かぬだけ」

「何だと」

忍びの頭の黒澤が口を開いた。

「この先に村があるはずじゃ」

小糠雨《こぬかあめ》の中、黒澤の案内で山腹の斜面を登ってたどり着いたのは、傾斜地の棚田に稗《ひえ》や粟《あわ》を植えた十戸ほどの廃屋で、光のない家屋の中へ立ち入ると、それだけで濛々《もうもう》と埃《ほこり》が立った。傷んだ土間は黴《かび》の匂いがひどい。陽が暮れてから、山砲を運ぶ足軽らが着いて、ようやく全員揃《そろ》った。

軍勢は、組ごとに分かれて夕餉《ゆうげ》の支度を始めた。ひとり扶持は玄米が一日五合、塩は十人に一合、味噌《みそ》は十人に二合と決まっている。これを一度に炊き、三つに分けて、ひとつを食べ、残りを腰兵糧にする。鍋釜《なべかま》も洗い桶《おけ》の類《たぐい》もないので、生米を菰莚《こもむしろ》に包んで水に浸し、浅く囲炉裏の灰に埋め、その上で火を焚《た》いて米を炊き、それぞれの組で分け合う。火を焚くこともかなわぬ富樫らは、生米をかじり、水を啜《すす》った。

夜着の蒲団《ふとん》も板の間もない囲炉裏の周りに荒莚を敷くと、どの隊の廃屋も、眠りについた。具合の良くない者はほとんど寝息を立てず寝汗をかき、体力の残る者は鼾《いびき》を掻いた。各組で分担して物見に立った。また雨が降り始めた。音のない、たっぷりとした雨量だった。

四人の頭が集まると、囲炉裏の周りに胡坐《あぐら》を掻いた。片肘《かたひじ》を突いて寝そべった富樫が、山人猟師の持つ網袋を指して尋ねた。

「中に何が入っている」

「玉型に、鉛の塊」

「火筒の弾を、おのれでこしらえるのか」

感心したように富樫が尋ねた。多吉はうなずいた。胡坐を掻いて何かを編んでいた忍びの頭の黒澤が、水を向けた。

「さて、山狩りの手筈《てはず》だが、どういたす」

白湯《さゆ》を啜って口中を潤すと、富樫は言った。

「その前に、まだ頭領が定まっておらん」

陣羽織を半分脱いだ格好の和光が、憤然と言った。

「それがしだ。田辺様からじきじきに此度《こたび》の討伐を請け負うておる」

富樫が囲炉裏の火の向こうの和光を見て、鼻で笑った。

「それを申すなら、われら皆、田辺様からじきじきに請け負うておるぞ」

黒澤は握り飯にした玄米を一口かじって呑《の》み込むと、言った。

「首を取った者に二十両、またその組の者には一律五両、それがすべてだ」

和光が色をなした。

「田辺様の意を受けておるのは、組頭のそれがしだ。それがしの申すことが田辺様の仰せじゃ」

富樫が鋭く言った。

「ならば、田辺様は今なんと言うておられる。言うてみろ」

和光が憤然と立ち上がるのを、黒澤が抑えた。

「座れ」

和光が座ると、黒澤は言った。

「それがしが思うに、田辺様はこれといった頭領をあえておかず、われらが先を争うて敵を狩るよう仕向けておられる」

富樫は黒澤をじっと見ていたが、和光を顎《あご》で指して言った。

「こやつが偉そうなことをぬかすからだ」

黒澤は皆に向かって釘《くぎ》を刺した。

「もしもわれらがひとつにまとまらず、てんで勝手に動けば、敵の思う壺《つぼ》」

山人猟師の多吉が、囲炉裏の火に薪《まき》をひとつくべると、言った。

「わしらは好きに動きます。田辺様はお許し下さります。兵糧も薪も皆、わしらはわしらの分がござります」

和光があわてて口を挟んだ。

「皆が勝手に動いては、山狩りは成り立たぬ。いざという時、われらの組の力に頼らねば、その方らは何も出来ぬぞ」

黒澤はため息をついて、和光を睨《にら》んだ。

「いざという時がくればな。だいたい、敵がどこにおるのか、目星はついておるのか」

多吉がうなずいた。黒澤も富樫も和光も、驚いた。

「どこにいる」

多吉は、火にくべていた生米と干し肉を少しずつ口に入れ、長いこと噛《か》んでいるが、何も言わない。

「おい。答えろ」

多吉は、丸い三白眼で三人を見渡した。

「お武家様方。いや、お武家だけではあるめえな。野武士だの夜盗だの、素性の怪しいお方もいなさるが」

黒澤はかっとなった。

「何だと。山猿が」

今度は富樫が黒澤を止めにかかった。多吉は平然と言ってのけた。

「敵とやらは、確かに山中におります。わしらにはそれで充分」

多吉が黒澤を向いて尋ねた。

「ところで、獲物は何者にございますか。猿のように身が軽いのか、それとも猪のように剛直なのか。追い方も攻め方も、相手次第で違《ちご》うて参ります」

富樫が黒澤に問うた。

「田辺様はなにゆえ、われらに敵の素性を仰せにならない。いったい何者だ。侍か。悪党か。謀反人か」

「それがしも聞いておらぬ」

富樫が疑わしげな顔になった。

「そんなことがあるか」

黒澤は答えた。

「知っていたら言うている」

富樫と黒澤のふたりは、和光に問うた。

「その方、何か聞いておるだろう」

和光は少し黙っていたが、顔を上げてふたりを見返した。

「先頃、押込隠居と相成った重元様ではあるまいか」

重元が押込隠居になったことを惜しむ声は、家中のとりわけ平士や下士に少なくない。富樫も黒澤も噂は耳にしている。富樫は軽口を叩《たた》いた。

「ほう。要するに、お家騒動か。それにしては、安うはないか。田辺様も随分と吝嗇《けち》になられた。ご家中の財布がよほど淋《さび》しいと見える」

黒澤はその時初めて、この役目に面白みを覚えた。主君を狩るということか。

やりとりを聞いていた多吉が、こらえきれずに体を揺すって笑い出した。

「たったふたりを狩るのに山狩りをなさると。放っておけば野垂れ死ぬものを。この多勢で」

黒澤は、多吉が笑い終えるのを待ってから、尋ねた。

「その方が山を知り尽くしておるのなら、山狩りをどういたす、言うてみよ」

多吉は三人を見やった。先ほどまでくすぶっていた囲炉裏の火が、潰《つい》えかけている。鍋《なべ》を脇へ動かすと、多吉はまず、指で灰の上に楕円《だえん》を三つ描いた。

「やり方は、熊の巻狩りと同じにござります」

三つの楕円は、三手に分けた軍勢を示している。姿を見せぬ敵を山からいぶり出して追いつめ、その動きを徐々に減じ、待ち伏せしたところに追い込んで仕留める陣形だった。

「まず、山取りをいたします。見通しの利く山の頂に腰をすえて、全体を見渡します」

多吉は身を乗り出すと灰の上に小石を置いた。三人は黙ってその石を眺めた。

「風が、こちらからこちらへ吹くといたしますと」

多吉は二本の指で灰の上をなぞって、左から右へ風の流れを描いた。

「これが熊。この熊を追う役目が、勢子」

多吉は熊と勢子それぞれをあらわした小石を、風の流れの曲線のただ中に置いた。

「この勢子らが、熊を追ったてます」

多吉は、勢子に見立てた小石を、熊に見立てた赤茶色の小石に近づけた。

「追われた熊が、この尾根を越えて」

尾根を示す斜めの線を指先で描いてから、多吉は左手の小石を将棋の駒のように動かし、斜めの線をまっすぐ突っ切って乗り越えさせた。

「山ん中で追われる熊は、高い方へ向かうもの」

熊をあらわす小石が、多吉がはじめに描いた三つの楕円のうちのひとつに近づいていく。楕円の中へ入った。

「この真っ正面のが、一の射場にござります」

多吉はその隣の楕円を指先で示した。

「して、こちらが二の射場」

黒澤が尋ねた。

「二の射場は、一の射場よりも風上だな」

多吉はうなずいた。

「この風下に、三の射場を置きまして」

追われた熊は、度を失って尾根を越える。三手に分かれた射手たちが、これを待ち構え、撃ち倒す。

多吉は、三人の頭たちを眺め、つけ加えた。

「お武家様が運んでなさる大筒、あれを使《つこ》うて、勢子の代わりに獲物を追い立てることも出来ましょう」

黒澤が尋ねた。

「どうやる」

「わしらは夜目が利きます。獲物のいどころをつかんだ上で、どのあたりに大筒を撃ち込んだらよろしいか、合図をいたしますので、その通りおやりくだされ」

三人は黙ってうなずいた。黒澤が皆に言った。

「この巻狩りは、皆で力を合わせよう。誰が頭領ということもない。ただ、この者の指図なしには動けぬ。どうだ」

「相分かった」

富樫が応じた。和光もうなずいた。

五

夜明け前、囲炉裏端で眠る他の組の者を起こさぬよう、黒澤はそっと動いた。達者でな、とつぶやいて外へ出ると、空は白く濁ったように曇って、陽の出る気配はまだない。全員揃《そろ》った忍びの組は、黙って山の斜面を登り始めた。

雲の切れ目から刃物のように光る朝陽が射し込んで、あたりが急に明るくなる。山の湿り気を含んだ風が出て来て、雲の切れ端が箒《ほうき》で掃いたように空から消えた。

先に送り出していた物見の者らが、走って戻って来た。黒澤の前で膝《ひざ》を突き、申し述べた。

「おりました」

敵の動きをつぶさに聞いた黒澤は、言った。

「待ち伏せる」

「はっ」

忍びの組は山中の小さな集落に入った。山肌に沿って切り拓《ひら》かれた細長い棚田で、村人たちが総出で働いている。黒澤は抜刀した配下らに命じ、村人らを小さな広場へ集めさせた。怯《おび》えた表情で誰かが何か言い出す前に、懐から摑《つか》み出した銭を、鳥餌を撒《ま》くようにばら撒いた。

「命が惜しくば、拾って失《う》せろ」

地面の銭を拾っていた男たちが、家々に隠れていた女子どもを呼び集め、老人から赤ん坊まで十数人が、着のみ着のままで山道を上がって木立の中へ消えた。

黒澤の号令で、忍びの組は各々散ってあばら屋に入ると、戸口の背後で待ち構えた。

谷間に忽然《こつぜん》と現れた村の頭上に、陽が高く輝いている。人の気配が絶えた村の通りは乾いている。突風が、家々の間を舞い踊って砂を舞い上げた。風が止むと、あたりは余計に静かになった。耳の痛くなるような静けさだった。小屋の戸の外に、鋤《すき》や鍬《くわ》が打ち捨てられている。

主従のふたりは、どちらからともなく、何かを奇異に感じた。五郎左衛門が、重元に尋ねた。

「殿」

重元が顔を向けず、うなずいた。十数歩先のあばら屋の戸が、一斉に音もなく開いた。

五郎左衛門の足が止まった。重元が短く言った。

「足を止めるな」

はじめに姿を現わした男は野良着姿で、煮しめたような頬かむりを取った。浅黒い肌に太い眉《まゆ》、ぎょろりとした目のどこか狭量な感じ、その目尻《めじり》が吊《つ》り上がって、音のない笑いが顔中に広がった。腰から鞘《さや》が後ろへ突き出している。

抜刀した野良着姿の者らが、あばら屋の戸口から続々と現れ出た。刃《やいば》の切っ先を心持ち下げ、崩した構えで突進して来る。ふたりへ向かって強く踏み込むと、太刀を大きく払った。

腰刀を抜いてとっさに重元を横へ突き飛ばした五郎左衛門は、自らも勢い余って転がった。殺到する白刃を低い姿勢でかわし、刃の届かぬところへ抜け出して体勢を立て直す。跳ねた土埃《つちぼこり》が頰や首筋に刺すように当たる。次々に迫る太刀の切っ先をかわすのがやっとだった。

取り囲まれた刹那《せつな》、五郎左衛門は、押込の時のことが禍々《まがまが》しく蘇《よみがえ》って心が押しつぶされかけた。焦りを浮かべた敵の醜い顔が、間近にある。敵同士が勢い余ってぶつかり合うのを、水の中の魚のように柔らかくかわし、相手の懐へ入る。すべて鉄斎に習ったことだった。

太刀を素早く撓《しな》らせ、正面から斬りかかる太刀を半身でかわすと、左の首筋を一気に斬り伏せた。直後に刀尻で思い切り突き飛ばすと、男は大きく口を開いて、木戸のように後ろへ倒れていった。

五郎左衛門はおのれがとっさに行う一連の動きのすべてを、他人事《ひとごと》のように眺めた。どこかで見たことを忠実に繰り返している。この呼吸、この構え、この抜刀のありよう、すべて鉄斎の太刀捌《さば》きそのものだった。長い時間をかけて教わったことが一気に実を結ぶ、信じがたい手応えが全身をとらえている。すべてが瞬時に流れ、豆腐を斬るように易しい。

もうひとり迫って来たのを、五郎左衛門は相手の倍の速さで叩《たた》き切った。斬ってから、呼吸がふっと楽になった。それから、五郎左衛門の身ごなしと太刀捌きについて来る相手はいなくなった。手首を柔らかく回して打撃をかわし、次々に捌いていく。

ひとり斬るごとに、太刀を通じた両手の平に、相手のからだの重みとその手応えが残った。それが消え去らぬうちに、次を斬る。冷たい泥のような血しぶきを、五郎左衛門は顔面に浴びた。、太刀を構え、摺《す》り足で間合いをはかって来るどの顔にも、躊躇《ちゅうちょ》の色が見える。五郎左衛門はそれに乗じて飛びかかった。敵の間に音のない恐れが広がっている。忍びの頭の顔に、青白い驚愕《きょうがく》の色が見えた。

五郎左衛門は主君の姿を捜した。いない。とっさに怒鳴った。

「殿っ。山へっ」

重元は十数歩先を走っている。猿のように猛々《たけだけ》しく身軽だった。五郎左衛門も走った。背後からものものしい気配がせり上がって迫って来る。砂を蹴《け》散《ち》らし、山裾《やますそ》に向かう斜面を駆け上がると、ふたりは繁みへほとんど同時に飛び込んだ。

六

夕暮れ時、風は落ち、遠くの物音や獣の声がすぐそばで聞こえている。山肌に当たる陽の色がみるみる変わっていく。重元について必死に登っていくと、赤土の露出する平らな高台が現れた。重元が言った。

「草履を脱いでみよ」

裸足《はだし》で踏み締めた赤土は湿って温かく、五郎左衛門は柔らかな寝床に横たわったような安堵《あんど》を覚えた。青い薄闇の向こうに、低い灌木《かんぼく》に囲まれ、静かに澱《よど》んで泡を浮かべた沼がある。その周りに、卒塔婆《そとば》が十数本立っている。

「このあたりは冬場も緑がある。鉱泉が湧いている」

重元は沼の周りを歩き回った。何度もここへ来ているのだと五郎左衛門は気づいた。

重元は、薄闇の中の木の根に腰を下ろした。

「今宵はここで休む」

「はっ」

重元は五郎左衛門を見ていたが、やがて言った。

「その方のことは、気の毒に思うている。これより先、もしも山を下りたいと思えば、そうして構わぬぞ」

五郎左衛門は、山を下りるおのれの姿を思い浮かべた。奥深い山中の獣道をとぼとぼと下って行って、なおの待つ我が家へたどり着く。薄暗い中から、なおが飛び出して来る。五郎左衛門は固く両目をつぶった。間近に近づいたなおの息が顔にかかるさまを、そのからだの小さな重みを丸ごと抱えた時の内奥からの喜びを、ありありと感じた。

五郎左衛門は目を見開いた。かすかに息を吐いて微笑むと、正気を取り戻すことが出来た気がした。

五郎左衛門はそっと尋ね返した。

「殿は、これより、どうなさるおつもりにございますか」

重元は笑った。

「もう殿ではない。その方、郡方書役助であったな」

重元は木の根から立ち上がると、沼に沿って向こう側の岩場へ向かった。手近な大岩に手をかけて登ると、その上に立って五郎左衛門を振り返った。

「ここから里の様子が見える。来るか」

五郎左衛門は重元の登った跡を追って、大きな岩に足がかりを探した。重元が手を伸ばした。その手につかまって上がってみると、確かに里が見える。陽が沈んだばかりで、ひとの姿が見えた気がしたが、じっと目を凝らして待ってみて、動くものはなかった。煙が立ち昇って、少し上空に至ったところで吹き流れている。隣に立って、同じように遠くへ目を凝らす重元が言った。

「大竹。聞かせてくれ。その方が、命に代えても大切なものといったら、いったい何だ」

とっさになおのことを五郎左衛門は思ったが、言った。

「ご家中にございます」

「それがすべてか」

五郎左衛門は、少しためらったが、答えた。

「妻女がござります」

「子は」

「まだ、おりませぬ」

「そうか」

「夫婦ともども、早くに親を失い、ともに天涯孤独の身にございました」

「そうであったか。実は、おれもだ」

腰を下ろしたふたりの頭上を、ひんやりした夜風が流れていく。重元は少しの間、黙っていた。

「残された方は、さぞ心細かろう」

なおのことだった。

五郎左衛門は、重元の心の細やかさに、じんと来た。

「いえ。しっかりしたおなごゆえ」

「おれの生まれや育ちのことは、訊《き》かぬのか」

「ご無礼ながら、少しは存じ上げております。鉄斎様からお聞きいたしました」

重元は顔をほころばせた。

「鉄斎様か。お懐かしい名を久方ぶりに聞いた。まだ前髪を伸ばしておった頃、おれは、鉄斎様のところへ預けられておった」

「それがしも、幼い頃より鉄斎様に剣の稽古《けいこ》をつけていただき、ここまで参りました」

「そうであったか。では、同門だな」

山と里が夜に包まれ、しんとした空に星々が輝き出すのを、ふたりは岩の上から黙って眺めた。ひときわ強く輝く星を見ながら、重元が言った。

「その方には大変な苦労をかけている。この先、二度と家中には戻れぬだろう。それどころか、この山中で最期を迎えるかもしれぬ。ほんとうにそれでよいのか」

五郎左衛門は、重元のことばにこころを揺さぶられた。

「殿にお助けいただきました命にございます」

重元は、黙っていたが、やがて口を開いた。

「大竹。おれにはもう何もない。だが、何も持たぬ者がなしうることというのが、この天下にはあると思うている。わが家中は今や、そうした者にしか、どうにもしようがないところまで来ているのだ」

「はっ」

「大竹の思うところを聞かせてくれ」

五郎左衛門は、かすかに息を深く吸い込んで、そっと吐いた。

「それがしには、命を賭《と》して殿にお仕えすること以外、なにもございませぬ」

五郎左衛門は身を低め、重元を振り仰いだ。

「殿。これより先どうなさるのか、お聞かせください」

重元はうなずいた。

「まずはからだを休め、英気を養い、態勢を立て直す」

重元が闇の中で立ち上がったのを、五郎左衛門は感じ取った。尋ねた。

「その後は」

「このまま山中にあれば、ほどなくして捕らえられ、田辺どもに汚名を着せられ、なぶり殺しの目に遭うであろう。死すことそのものはもとより覚悟の上だが、奴らの悪事には断じて膝《ひざ》を屈しはせぬ」

五郎左衛門は静けさの中に波紋が広がっていくのを感じた。ざわついた、憤怒《ふんぬ》の波の中にいる。

「して、追っ手はすでに迫って来ておる」

重元の声は落ち着いていた。山は静かで、変わった様子はなかった。山を知り抜いている重元にはすぐわかることが、おのれにはまったく、見えも聞こえもしない。

「どれほどの数にございますか」

「およそ百人ほどだ。大筒を抱えた足軽組もいる」

五郎左衛門は勢い込んで言った。

「御供いたします」

重元は屈託なく笑った。

「ありがたい。骨を拾う者がひとりおれば、もう何もいらぬ」

なぜ逃げおおせるということをしないのか、と五郎左衛門は思った。

「殿。ときには、闘うよりは逃げおおせたほうがよい、ということもあるかと」

「いっとき逃げることはできても、逃げおおせることはできぬ。やつらはどこまでも追ってくる」

「しかしながら、少なくともこの山中では、敵方に見つからなければ、なんとかなるのでは」

「その方は、この山のことを知らぬだろう」

「はい。しかし、あちらはもっと知らぬはず」

「向こうはすでにわれらのいどころを大まかにつかんでいる。早晩、われらと決着をつけようという勢いだ」

五郎左衛門は驚いた。いつの間に、どうやってそうしたことを知ったのか。

「殿のお心のままに、どこまでもまいります」

「そのことば、忘れぬ」

「敵をうち滅ぼした暁には、どちらへ」

「大坂へゆく。わが家中の惨状を救うには、他に手がない」

「大坂で、何を」

重元は穏やかな笑みを浮かべた。

「博打《ばくち》を打とうと思うている」

七

鉄砲足軽の組頭、和光は頭上の薄蒼《うすあお》い闇を見上げた。かすかな疵《きず》のような星々が瞬き始めている。見る間に、空の隅々に濃紺の光が広がっていった。どこからなのかわからない光が、磨いたような光沢を帯びて透き通っていき、やがて夜の闇の重たさそのものになる。山肌の急勾配《きゅうこうばい》に、貼りつくような寒風が吹き始めた。山全体が、底知れない闇を吸って、刻一刻と大きくなっていく。

斜面の上方から、何かが転がり落ちてくる。和光が振り向くと、暗がりの中、忍びの組の黒澤が、数人を背後に従え、息を弾ませている。その姿を見咎《みとが》めた富樫が、腰刀を手に山道を登って来た。山人猟師の多吉が、すでに濃くなっている暗がりの中から、ぬっと顔を出す。富樫は、膝に両手を突いて荒い息を整えると、顔をあげ、黒澤に向かって言った。

「どこへ行っていた」

「道に迷うてな」

「手柄を独り占めしようとしやがったな」

黒澤は富樫をまっすぐ見返した。今さらどんな言い訳も効かない。

「そうだとしたら、何だ」

「開き直るのか」

摑《つか》みかかろうとする富樫を、和光が横から止めて、黒澤を振り返った。

多吉が黒澤の背後の一隊を眺めて、言った。

「これで皆様、お揃《そろ》いにござりますか」

多吉は不敵な目で、暗がりの中の忍びの一団を眺めやった。

「随分とお疲れのご様子。何人、やられたので」

富樫が笑い出した。

「うぬら、返り討ちに遭うたのか」

黒澤は答えなかった。多吉は言った。

「向こうのいどころは、大方わかります」

「どのあたりだ」

「近くにおります」

和光が尋ねた。

「どうやってわかる」

「山は、わしらの庭にござります。お武家様というのは、お宅の庭に誰か入っても、わからぬのでござりますか」

四人は夜風の中で互いの顔を見合わせた。誰からともなく言った。

「やるか」

「どうすればよい」

「わしらは巻狩りをいたします。皆様は、山ん中の暗がりに獲物が潜んでおれぬよう、火を焚《た》いてあっちこっちから追っ立ててくだされ」

富樫が遮った。

「うぬらが独り占めしようという魂胆なら、そうはゆかぬぞ」

それから富樫は和光に言った。

「大筒や種子島《たねがしま》で討ち取るなど邪道じゃ。田辺様は首を持てと仰せだったはず。忘れたか」

多吉が、富樫に冷たく言った。

「お武家様。いや、お武家だかどうだか知らねえが、この山ん中で刀を振り回しても役には立たねえ」

富樫はいきり立った。

「では、どうせよというのだ」

「おびき出して、引き寄せて、一気にやる」

話を聞いていて、和光は不安になった。

「しかし、われらは道がわからぬ。しかも夜だ、見通しがまったく利かぬ」

多吉は背負っていた網袋から、白い油脂を取り出した。何が始まるのかと三人はその手元を見た。

多吉は何も言わずに立っていって、木立の暗がりへ姿を消し、すぐ戻ってきた。手頃で頑丈な枝を手にしている。細い縄で油脂を枝の先に縛りつけて松明《たいまつ》をこしらえると、手元の暗がりで木切れを少々擦り合わせ、ぱっと火種を生み出した。水辺から手づかみで魚を獲るような手つきだった。

松明は、光の輪を伴って明るみを四方へ放った。白く輝く炎を吐き出す松明を、その場の皆が黙って眺めた。

多吉の指図で山人らが林の中へ入っていって、太くて曲がりの少ない枝を山ほど運んで来た。焚き火でもするように一同の真ん中に積むと、その周りに黙って座り、あっという間に数十余の松明を作り終えた。

多吉らは、松明に火をつけて配った。

「これで進んでくだされ」

多吉は呼子を取り出すと、ひとつ吹いた。喉《のど》の深い鳥の鳴き声のようだが、山中の生き物の発するどの声とも違っている。水面《みなも》に広がる波紋のように、長く響き渡ってから消えた。

「これで合図をいたします」

進む、止まる、発火する、松明の火を消すなど、いくつかの合図を多吉は決め、皆は覚えた。

多吉は、和光の組が解体して運んで来た山砲を、それとなく指した。

「此度《こたび》の巻狩りの面白えところは、この大筒を使うというところにござります。こんなもんを見たのは初めてだが、これで巻狩りするとなりゃ、獲物は震えあがることでしょうて」

和光が尋ねた。

「して、巻狩りに、この大筒をどのように使うのだ」

多吉はにっこり笑った。

「とにかく撃って、撃って、撃ちまくってくだされ」

「よいのか」

多吉はうなずいた。

「山の生き物は皆、驚きおののいて騒ぎ立てましょう」

黒澤が言った。

「それに乗じて一気に、ということか」

「よし、来た」

富樫が言った。多吉は、和光とその配下の山砲を運ぶ足軽らに伝えた。

「撃っていただくときは、こう」

呼子を三度、短く、長く、最後はまた短く吹いた。山砲を撃つ合図だった。

行軍が始まった。夜陰に沈んだ谷と尾根全体に、松明の一灯一灯の炎がおよそ数十、黒々とした樹々の間を見え隠れしながら、山肌を登っていく。

黒澤は、先を急ぎたかった。夜の山中では足元が不確かで、おのれらの歩みの速さもわからない。泥のように疲れたからだを投げ出し、目をつぶって休みたかった。歩きながら眠ることもできた。ほどなくして、斜面を歩むおのれの足がからだから離れていくように感じ始めた。やがて空の中へじかに歩み出していくのでは、とすら思われた。

梟《ふくろう》のような呼子が野太く響き渡る。多吉だった。松明が次々に消え、山が闇に沈んだ。草を切り払って進む物音だけが聞こえる。

一行は、闇の山中を進んで尾根を越えた。湿地帯の広がりを見渡せた。そこから先は、転がりおちそうな急勾配で、森の闇は深い。頭上を覆う木立の繁みのはるか上に、青い闇の空がある。透明でぶ厚い殻のようだった。無数の星々が空全体をほんのり明るくしている。火花の飛沫《ひまつ》のように、輪郭がはっきりしている。

多吉は山取りをしている。夜の山のすべてを高い所から見渡す高台の岩の上で、腹這《はらば》いになって梟の声音の呼子をくわえ、夜目を利かせ、耳をそばだて、真っ黒な谷間全体へ気を巡らせている。

多吉が呼子を吹いた。短く、そして長く、再び短く。谷の下方でかすかな発破音がして、その後、谷間全体にこだました。少しあって、山頂に近い辺りに火柱が立つと、先ほどの倍の大きさの地響きが腹に堪《こた》えた。

多吉は呼子で二門の山砲を交互に発火させた。扇状の山肌全体に火薬の爆発音が響き渡る。鼓のようだった。火薬の匂いがうっすらと谷間全体に流れる。逃れようと暴れ出す羽ばたきとかぎ裂きのような鳴き声が、山肌のそこここを走り抜けていった。

夜目が利く山人猟師らは、怪しい岩陰や繁みを鉄砲足軽に伝え、早足で山肌を上がっていく。足軽らはふたり一組で交互に弾込めし、片膝《かたひざ》を立てて座ると、引鉄《ひきがね》を引いた。樹木の幹が裂け、生木が露わになり、株根が根こそぎ払われた。銃声と山砲の発破音が交互に響き渡った。木こりが大挙して一斉に夜の山の木を切っているようだった。

忍びの組は、山人猟師と鉄砲足軽の後塵《こうじん》を拝している。黒澤は焦りを覚えた。こやつらに先んじて敵の首を掻《か》かねばならぬ。

山砲の炸裂《さくれつ》音が鳴り響く。どのあたりから、どこを狙って撃っているのか、誤って撃たれないか、忍びたちの足がすくんだ。絶え間ない銃声や破裂音で、山全体が大きな騒がしさの渦中にあった。

忍びの組は一斉に刀を抜いた。誰かいる。黒澤は目を凝らした。

「よぅ」

声の主が富樫だとわかって、黒澤は配下に、刀を鞘《さや》へ戻させた。富樫たちも刀を収めた。夜陰に紛れるよう、頬と額と首筋に泥を塗っている。

富樫は、互いがよく見えるよう松明の火をかざした。鬱蒼《うっそう》とした急斜面を背に、富樫と黒澤それぞれが率いる十数人が、向かい合って立った。

富樫は苦々しげに唾《つば》を吐いた。

「太刀なんぞ、棒切れほどにも役に立たねえ」

富樫の顔が、ぐっと黒澤に近づいた。忍びの組を見やって頭数を数えた。

「しかし、忍びがたったふたりを追うて幾人もやられるとはな。いったいどれほどのやつらだった」

黒澤は答えなかった。富樫は山の上方を振り返った。多吉がいるとおぼしき、高台の辺りだった。

「だが、相手がなんであろうと、首は首、金は金だ」

富樫は配下の者らに声をかけ、再び山を登り始めた。その背中に向かって黒澤が尋ねた。

「どうするつもりだ」

「前へ出るのよ。こちとら、天下泰平の世に斬り合いで渡世して来た者揃《ぞろ》いだ」

それから鎖骨のあたりに重たい衝撃があり、黒澤はからだ全体が沈み込んだが、痛みはなかった。目の中が暗くなり、光が失《う》せたあと、何も聞こえなくなり、誰もいなくなった。

黒澤はとっさに富樫の名を呼んだ。答えはなかった。あったとしても聞こえなかった。気がつくと、静けさの中で凄《すさ》まじい耳鳴りがしている。膝《ひざ》の裏と脇腹にも、鎖骨と同じ打撃がある。

やられた。腹に黒い穴があいたような恐ろしさで、黒澤はからだがすくんだ。重たく耐え難い激痛が押し寄せて来て、溺《おぼ》れそうになった。

黒澤は怖くなってまた富樫を呼んだ。青い闇を見上げると、夜の樹々が空に向かって生えている。

黒澤は、横倒しになっていた。片肘《かたひじ》でからだを支えているのがやっとだった。肘がぬるりと滑る。地面が油のように濡《ぬ》れている。血だまりだった。

闇の中のあちこちで、どうやらひとが倒れている。背後から脇から斬り裂かれ、土くれでできているように打ち壊され、黙ってくずおれると、かすかなため息をついて絶命する。

闇の中を、何かが素早く動き回っていた。ひとつではなかった。太刀を振るうその動きがゆっくりして見えるのは、黒澤の目のせいだった。飛び散るしぶきを、地べたに横たわった顔で受けた。起き上がろうとすると、全身を新たな激痛が貫いた。どこが痛いのかわからない。おのれが痛みにこれほど弱いのかと愕然《がくぜん》とした。口中に土と血の錆《さ》びた味がする。舌が滅びたようになった。

忍びの組はほぼ全滅して、骸《むくろ》が周りに転がっている。起き上がれぬまま長く時が経ったように思われた。生きているのはおのれだけのようだった。ふと、目が冴《さ》えてきた。

黒澤は、喉《のど》を振り絞った。

「おい。聞け」

動いていた影が、動きを止めた。

「重元様の首を持ち帰れば、田辺様はその方を召し抱えるぞ。まだ間に合う」

影は、黒澤のことばを黙って聞いていたかのようだった。不意に光を浴びたように、はっきり姿が見えた。

そこに立っているのは確かに、山村で討ち損じたあの重元だった。穏やかな笑みを浮かべてこちらを見ている。黒澤は凝然とした。


立ちすくんでいた富樫は、走り寄って来た和光の表情に嫌悪を覚えた。目の前の闇の中に、たくさんの骸が倒れている。数はわからない。

「皆、やられたのか」

腕に触れようとした和光を振り払うと、富樫は怒鳴りつけた。

「山猿どもはどうした」

山人猟師の多吉たちのことだった。

すぐ近くで大きな爆裂音があった。火柱と、爆裂する肉片と飛び散る黒い粉塵《ふんじん》が、ふたりの周囲を明るくして、すぐにまた何も見えなくなった。富樫は、山砲の砲弾で砕かれた和光の頭蓋《ずがい》を間近で確かに見た。瓜《うり》の中身のように赤かった。

富樫は舌打ちすると、さっと腰をかがめ、這《は》いずって進んだ。山の急斜面を登るのか、下るのか、どちらがよいのかわからない。

五郎左衛門は間近から撃たれた。火弾が脇の下を通った。背後の木の幹が裂けて飛び散る。次にこちらを狙う足軽らが弾込めする隙を突いて、思い切り飛びかかると二太刀で斬り伏せる。その向こうにも鉄砲足軽がいる。

集中砲火をかわして敵の密集する懐へ飛び込むと、足軽たちは火縄銃を撃ち散らし、誤って互いを撃った。胸板を撃ち抜かれた足軽が、前へ手を伸ばして後ろへ倒れる。その男を撃った足軽は顔の真ん中を撃たれている。顔面の黒い穴から、泥に似た血をこぼしながら横倒しになる。

五郎左衛門は残りを斬り伏せ、打ち貫き、断ち割った。拳《こぶし》と腕は力まず柔らかく、水中を泳ぐ魚のごとく太刀を扱った。この山中での数日で、鉄斎から長い歳月をかけて習ったすべてが生きている。

五郎左衛門は斬る相手の眼を、ひとりひとり見た。目を背けることが出来なかった。死にゆくものの眼には、何か違う光がある。五郎左衛門は、あとに残して来たなおのことを思った。幾度も見るその面影が、悲しげに思われた。

重元が来た。宙を飛んで転がった火縄銃には、どれもまだ火種が残っている。ふたりはめいめい拾い上げると、あとから殺到して来る軍勢に向けて手早く撃った。弾を撃ち尽くすと、押し寄せる肉弾を、太刀で手当たり次第に右へ左へと切り裂いた。

ふたりで捌《さば》く限界になると、山を知り尽くす重元の背中を追って、五郎左衛門は山林の闇へいったん逃げ込み、形勢を立て直した。重元は獣のように猛々《たけだけ》しく動いた。五郎左衛門はその背後を守って太刀を振るった。林の中へ追って来る敵勢の隙を突いて、ひとり、ふたりと斬り伏せる。危うくなると森の中へ退き、逃げるように見せかけ、踵《きびす》を返して薙《な》ぎ払う。敵勢の数が目に見えて減っていく。

ふたりは奪った太刀や火縄銃をその場ですぐ使った。敵はたやすく散って、土器や甕《かめ》のように脆《もろ》く毀《こわ》されていった。

重元が、五郎左衛門に叫んだ。

「大筒を潰《つぶ》す」

「はっ」

ふたりは、斜面に飛び込み、駆け下りた。転がるような速さに敵勢はとっさについてゆけず、目で追った。

繁みや木の幹や株をかわし、梟《ふくろう》が飛ぶように素早く下って行った先に、月明りを浴びて濡れたように黒光りする砲身が見える。斜面が緩やかになって来た。

五郎左衛門はそのまま全速力で砲門に駆け寄り、足軽らが立ち上がる前に、上から斬り伏せた。倒した後で人数がわかる。四人。

　重元が叫んだ。

「もう一門は」

五郎左衛門は、山の暗い裾野《すその》を振り返り、見渡したが、音も光もない。弾込めに手間がかかっているのかも知れなかった。

　梟の深い喉を思わせる呼子が、谷間全体に響き渡った。短く、長く、そして短く。鳴っているのは、山の頂あたりからだった。重元の声がした。

「ゆけ。おれはもう一門潰してから、後を追う」

「はっ」


　五郎左衛門は太刀を鞘に収めて腰に帯びると、四つん這《ば》いで両手両足を使って山肌の岩場を登って行った。からだの奥から、おのれも知らないような力が、後から後から湧き出て五郎左衛門を突き動かす。背中に翼が生えたようだった。

　岩場を登り切った先に、高台がある。夜空に黒く大きな塊がそびえている。五郎左衛門は岩の窪《くぼ》みをつかみ、その上方へと一気に駆けのぼった。

　人ひとりが横たわる広さがある。腹ばいになった猟師が、振り向いてこちらを見た。熊ほどもある体軀《たいく》だった。くるりと仰向けになると、くわえていた呼子を傍らへ吐き捨てる。五郎左衛門が振り下ろした刃《やいば》を、傍らの火縄銃の銃身で十文字に受け、物凄《ものすご》い力で払いのけた。体勢が狂った五郎左衛門は男の上に倒れ込んだ。膠《にかわ》のような口の息を感じた直後、五郎左衛門は闇の中で顔面を食いちぎられた。突き飛ばされて後ろへ倒れた。頰かと思ったが、耳だった。獣のような犬歯を感じた。痛みよりも、頰を流れる血の量が恐ろしかった。

膝立ちで起き上がると、五郎左衛門は猟師の顔面の真ん中を固めた拳で砕いた。軟骨が砕ける感触があったが、胸の真ん中を蹴《け》られて後ろへ吹っ飛んだ。腹に火縄銃を突きつけられたが、火種が消えている。銃が目の前で回転したかと思うと、五郎左衛門は台尻《だいじり》で横ざまに顔面を殴られた。頰骨が陥没したのがわかった。

上から物凄い力で押さえつけられた。指一本持ちあがらぬほどだった。五郎左衛門の上にのしかかった猟師は、後ろ手で匕首《あいくち》を取り出した。喉に迫って来る刃を、五郎左衛門は手の甲で払った。中指と薬指の間の股《また》を裂かれ、悶絶《もんぜつ》したが、声がまったく出ない。

空いていた手をやみくもに伸ばすと、獣じみた顔の眼窩《がんか》に、ひとさし指が引っかかった。濡れた眼球をえぐると、猟師は獣のように唸《うな》ってからだを離したが、余計に怒り狂ってぶつかって来た。五郎左衛門の喉を両手で滅茶苦茶に締めつけた。

どれほどもがいても、黒山に呑《の》まれるようで、すぐ息が出来なくなった。あらがうのをやめれば楽になる、五郎左衛門はその時そう考えた。

なおの横顔を、光る産毛を、五郎左衛門は闇の中ではっきり見た。なおは何かに顔を歪《ゆが》めている。渾身《こんしん》の力でなおを呼んだ。うめき声すら出ない。喉から息が漏れていく。

不意に猟師の力が抜けた。岩のような重たさが、五郎左衛門のからだから横へ転がり落ちる。肘で起き上がると、猟師の首から上がない。その向こうに、重元が荒い息で立っている。転がり落ちた猟師の首が、こちらを見て半眼を閉じている。

五郎左衛門は、片目の瞼《まぶた》が下がってきた。重元は、傍らに落ちていた太刀を拾うと、五郎左衛門に持たせた。手に力が入らず、うまく持てない。重元は、五郎左衛門の頬を張り飛ばした。

「大筒は潰したぞ。大竹、太刀を取れ。まだ終わっておらん」

重元は岩から飛び降りていった。五郎左衛門は強い眠気に押し流されかけ、とっさになくなった左耳に手をやった。脳天から足まで貫く激痛で目が覚めた。耳があった箇所は濡《ぬ》れて傷が露出している。

猟師に裂かれていない方の手で太刀を拾うと、大岩からそろそろと降りた。少し離れた藪から、声を嗄《か》らして殺到してくる群れがある。敵勢はまだ残っていた。重元が怒鳴った。

「立てっ」

五郎左衛門ははっとして立った。知らぬ間に、太刀にすがりつくようにして座り込んでいたのだった。

八

立ち上がった五郎左衛門と重元は、富樫たちに四方を取り巻かれている。闇の中で、じりじりと距離を詰めてくる。

富樫はふたりに向かって怒鳴った。

「名を名乗れ」

辺りが一気に明るくなった。富樫は空へ目をやった。雲が切れて月が出ている。泥をかぶったように血で汚れ、肩で息をつくのが、もしもこのふたりだけなら、まだ勝算はある。富樫は配下の者らを怒鳴りつけた。

「前へ出よっ」

誰も前へ出ない。

重元は刀を下ろして、富樫らを見渡した。

「その方ら、どこから参った」

「それが何だというんだ」

「それがしは信濃国飯山家中、主君、本多豊後守重元。して、これは、郡方書役助、大竹五郎左衛門」

誰かが言った。

「殺しちまえばおんなじだ。金をもらえるんならさっさとやろう」

「その方ら、江戸者か」

重元の声は落ち着いていた。

「なかなかよく太刀を使うが、ちと、邪道だな」

他の誰かが言った。

「早く斬ろう」

その直後に斬り込んだ数名が、重元の素早い太刀捌きで次々に斬り伏せられた。富樫は残りの手勢を目で数えた。あと、三人。

重元の声がした。

「こちらは名乗った。そちらも名乗れ」

名乗り合ってしまったらおしまいだと富樫は思ったが、刀を下ろした。

「おれは富樫直次郎。あんたの首は金になる。おれたちは、その金が要る」

「誰がその金を払う。田辺か」

富樫は答えなかった。重元が言った。

「わが家中は、早晩なくなるやもしれぬ。その方らに払うというその金も、消えてなくなるものやもしれぬ。して、明日にもご公儀の沙汰《さた》が下れば、家中の者らはすぐ路頭に迷う」

富樫は動じなかった。

「ご家中のお取り潰しなんぞ、珍しい事じゃねえ。いったんそうなっちまえば、その後はお上が入れ替わろうが、どうということはねえぜ」

「確かにそうだ。われらは所詮《しょせん》、民の上の浮島のようなもの」

富樫は目だけでふたりを確かめた。もうひとりの、片耳から黒い血を流している若い家臣が、力を込めた両手で太刀を構えている。ぎらつく目と荒い息で、両の手を引き絞り、構え直す。

富樫は太刀を上段に構え直した。それを見て、太刀を下ろしかけた配下の者らも高く構えた。

ふと周囲が暗がりの中に沈んだ。月が雲に隠れている。敵の姿を見失って富樫の配下一同は慌て、総崩れになった。断末魔の叫びに富樫がぎくりと目をやると、配下がひとり、足元を深く斬られてひっくり返っている。

その上を跳び越えた影が、正面にいた者の喉《のど》を一刀で刺し貫く。重元だった。根元まで刺さった太刀を回して首を捩《ね》じ斬る。大股《おおまた》に歩んで三人目を袈裟《けさ》懸《が》けに斬る。次々に、どさりと倒れ、息絶えた。

雲が切れて、頭上に輝く月がむき出しになった。足元に、ぬかるみのような血溜《ちだ》まりがあり、富樫の手勢は皆、突っ伏し、横を向いて、静かになっている。

富樫は観念しかけた。もし多吉らまでもやられたのなら、もう手はない。山の闇に耳を澄ませると、もう誰もいないように静まり返っている。梟《ふくろう》の啼《な》く声が大きく響く。多吉の笛とは違う音だった。皆死んだか、逃げたのか、そのどちらかで、もう、おのれひとりだと富樫は悟った。もともとなんの縁もない、こんな地の果ての山中で命を落とすなど、真っ平御免だ。

富樫は眼前の敵ふたりを改めて眺めた。

――たったふたりの若造が、ここまでやるのか。

かぎ裂きのような叫びと共に、頭上をばさばさと翼が飛び去っていく。持っていた太刀を血振りして鞘《さや》に収めると、富樫はふたつの人影に向かって言った。

「ここまでだ。どこへでも、好きなところへゆけ」

死屍《しし》累々《るいるい》の只中《ただなか》に立つ重元は、五郎左衛門を抱き起こすと、背中にかついだ。重元の体躯《たいく》は鋼で出来ているように頼もしかった。一足一足、重元は屍《しかばね》を踏み越え、森の中に獣道を探った。生きている者がみな姿を消した後に、黒い血溜まりが月光に照らされて残った。

五郎左衛門の乗った重元の背は、飛ぶような速さで山の中を進んだ。まるで激流を下るようだった。

五郎左衛門は、腹に重元の温かみを感じながらまどろんだ。瞼を開けていようとするが、持ち上がらない。なおの頬の産毛を、その温かさをおのれの頬に確かに感じていた。腕が下へ下がったと思うと、五郎左衛門は全身を地面に叩《たた》きつけられたように感じた。

激痛だった。山人猟師に裂かれた方の手だった。

身の丈も五郎左衛門とほぼ同じ重元の背中は、馬の背に乗っているように安定している。健脚で、息もまったく乱れていない。

五郎左衛門は安堵《あんど》して目を閉じた。その後を、何も覚えていない。

九

田辺は、飯山城を下がると本町牢《ほんまちろう》へ向かった。此度《こたび》の直仕置に加担した者のうち、主君と逃げた大竹五郎左衛門の他、ほとんどは正式な手続きを経て刑場の露と消えたが、まだひとり残っている。各所から助命の嘆願が田辺のもとへ寄せられていて、ここで無理責めすると城内で反感が余計に募る恐れがあった。

田辺は見張りの牢役人を下がらせ、牢の扉を開けた。昼間でも中は暗く、すえた匂いがこもっている。

壁際の暗がりにただひとり座っている男に向かって、田辺は声をかけた。他に誰もいない牢の壁際で座禅を組んだ男は、薄闇の中で目を見開いた。白目のかすかな光が、田辺にも見えた。田辺は言った。

「こちらへ参れ」

男は、立ち上がると板間をゆっくり数歩進んで田辺の前へ来た。田辺は先に座ると、男にも座るよう、うながした。男は躊躇《ちゅうちょ》を見せたが、少し離れたところに用心深く腰を下ろした。

田辺は男を眺めた。頰髯《ほおひげ》が伸び、月代《さかやき》もうっすらと毛が生えて憔悴《しょうすい》し切った様子だが、からだの軸はぶれていない。大柄な体軀が一回り小さくなった。穏やかだった小さな目鼻が、猪のように尖《とが》っている。田辺と決して目を合わせず、どことなく剛直さが増したように感じられた。両の頰には不吉な影がある。

田辺は穏やかに尋ねた。

「先般申した事だが、肚《はら》は決まったか」

男はかすかに震える息を吐くと、田辺の方を見ず、言った。

「どうあっても、それだけは」

田辺は、懐から書付のようなものを取り出して、まるで今初めて見るように、ざっと目を走らせてから男に差し出した。

文を受け取り、誰からなのかわかると、男は血相を変えてむさぼるように読んだ。

「暗くはないのか」

長くここにいる男には平気なようだった。

男は文をもとのように畳んだ。

「達者なようで、安堵いたしました」

「持っておれ。大切な文だろう」

男は目を上げ、二度三度まばたきして、足元の床を見つめた。

田辺は穏やかに持ちかけた。

「もとの暮らしを手に入れ、妻子を幸せにしてやれぬか」

男は首を横に振った。

「やはり、それがしには出来ませぬ」

田辺は冷たく言い放った。

「では、おのれの手でじきじきに妻と子を地獄に落とすまで」

男は上目遣いに田辺を凝視した。

田辺はもう一押しした。

「松浦。その方の答えひとつじゃ」

男は呻《うめ》くような声を漏らした。

「田辺様。このようなこと、非道ではござらぬか」

田辺は男のことばを押し返すように声を高めた。

「その方にしか出来ぬことだ」

松浦は、膝元《ひざもと》の板間を凝視している。

「首の数はふたつ」

松浦は、解せぬという顔になった。

「ふたつ、とは」

「もうひとつは、その方もよう知る大竹五郎左衛門。ただひとり生き延びて、若殿と共に逃げておる」

松浦は、まばたきをして、田辺を見すえた。先ほどまでとは別人のような、鈍い光があった。

第四章　堂島米相場

一

田辺は大坂へ向かった。大坂は、もう初夏だった。着いた日の夕刻、大坂城代の書状を携えた遣いの者が下屋敷に現れた。隆とした若侍だった。

行く先は、大坂城ではなかった。書状には、駕籠《かご》を使わず来るように、とある。田辺はすぐ支度すると、遣いの者について行った。

川をはさんだ対岸の浜通りに、堂島米相場が見える。真っ暗だった。白塗りの米蔵、その中ほどに、越前屋が町人蔵元を務める諸藩の蔵屋敷が幾つも並んでいる。田辺は、建ち並ぶ大きな蔵の土壁が放つ冷気と、その腹の中に抱えられた米俵の山の、ひんやりとした重たさを思った。そのうちのひとつへ近づいていくと、表に立つ門番がふたりを小さな裏門から中へ通した。さほど大きくはない屋敷門だが、居並ぶ他の門とは少し違い、屋根瓦《やねがわら》がよいのに田辺は気づいた。どこの名工だろうか。

敷地の奥まったところに、低い土蔵造りで、ナマコ塀の米蔵がある。鉄扉の前に、手代のなりの男がひとり、腕組みをして立っている。黙って田辺を中へ入れると、外から扉を閉めた。

蔵の中は飴色《あめいろ》の明かりでほの明るく、高いところに小さな窓があるが、閉め切られている。米糠《こめぬか》と籾《もみ》が匂った。米俵が、田辺の身の丈の倍の高さまで積み上がっている。四隅に行灯《あんどん》の柔らかい灯があった。

越前屋が立っていた。田辺に深々と一礼した。

「お晩でございます」

猪めいた体躯《たいく》に広い額、用心深く光る目は相変わらずで、肩から腕が蟹《かに》のように太い。上の方のどこからか、田辺を呼ぶ声がした。

「上がって参れ」

藤堂の声だが、姿は見えない。越前屋らに伴われて米俵の梯子《はしご》をのぼっていくと、俵が積まれた平らなところに、ちょうど土俵くらいの広さに茣蓙《ござ》が敷かれている。金屏風《きんびょうぶ》を背に、藤堂が中央に座り、傍らの茶坊主が茶をたてている。藤堂の近くへ行きかけて、田辺はぎくりとした。藤堂の隣に長谷川永友が控えている。

藤堂は永友を指した。

「挨拶《あいさつ》するがよい。長谷川」

進み出て口上を述べる永友に、田辺は何か隙がないか、じっと眺めた。落ち着いている。先般、国元で会ったときよりも少し頬がこけたが、表情に野性味がある。何より若々しさがまぶしい。

永友から目をそらした田辺は、強い憎しみと嫉妬《しっと》を、うつむいてこらえた。

藤堂が、永友と田辺の双方を見て、表情を和ませた。

「そうであったな。その方《ほう》ら、出所は同じよのう。よいか田辺、この長谷川永友、たいそうな出世頭じゃ。先頃まで御城の奥右筆であったが、此度《このたび》、わしがこの大坂へ城代として赴任するにあたって能ある若手を引き連れよ、との老中首座、頼定様のありがたき仰せでな。今は、東の御番所《ごばんしょ》で力をふるっておる」

老中首座の徳川頼定は、大藩、紀州徳川家の出で、公方《くぼう》様の縁戚《えんせき》に当たる。永友の背後に大物が控えているとわかって、田辺はますます警戒を強めた。

奇妙な茶の湯の席だった。藤堂の脇息《きょうそく》にかけた手が、扇子を弄《もてあそ》んでいる。茶坊主から受け取った椀《わん》の中身をじっと見下ろすと、藤堂は煎《せん》じ薬を飲むように飲み干した。茶坊主は作法どおりに、その場の一同へ椀を回した。

藤堂が屈託のない声色で言った。

「密議をするには、かえって広いところがよいという。壁の耳も、大広間の中で何が話されているのかは聞き取れぬというわけじゃ。しかし田辺よ、その方の面倒を見るためにわざわざ大坂城に上げるというのは、ちと、ひと目を引きすぎる」

藤堂の声は、土蔵の中にひんやりと響き渡った。

「これもまた珍しきこと。して、珍しきことには風情がある」

回ってきた椀を田辺は黙って干した。ふと目を上げると、藤堂が田辺を平たいまなざしで眺めている。

藤堂はそばに控えた越前屋を指した。

「田辺。この越前屋の近頃の評判、聞き及んでおるか。たいそうな働きぶりぞ」

堂島の場立《ばたち》、総勢千数百人余の間では、近頃、越前屋の堂島市場での動きについてゆけば、儲《もう》けは堅いという評判だった。堂島には、提灯《ちょうちん》をつける、という言い回しがある。勢いのある大店《おおだな》と同じ買い、あるいは売りに乗っかって儲けようというやり口だった。

越前屋本人は堂島の市場にほとんど顔を出さず、代わりに番頭や手代たちが主だった米問屋の店先を走り回って売りや買いを指図するのだった。

「今宵の茶席も、この越前屋の思いつきよ」

田辺は越前屋を見やった。細い眼光に不遜《ふそん》な色がある。表情は変わらない。

藤堂が田辺を正面から凝視して、穏やかな声で問うた。

「田辺、その方の後見人として、この藤堂、これまでいろいろと苦労を重ねて参ったが、寄る年波もある。いつまでも面倒をみてやれぬ」

藤堂は咳払《せきばら》いして続けた。

「して、押込となった主君が逃げたと。誠か」

どう答えたものか、田辺は口ごもった。藤堂は脇息の上で弄《もてあそ》んでいた扇子を、床にぴしゃりと叩《たた》きつけた。一同が身をすくめた。

田辺は搾り出すように答えた。

「はっ」

藤堂のゆっくりした哄笑《こうしょう》が辺りに響き、それに追従するような笑いが起こった。茶坊主まで笑っている。藤堂は脇息にすがって身を乗り出した。

「見つかったか、そやつは」

物見遊山のような口ぶりだった。

「手を尽くして捜しておりまする」

「見つけることも出来ぬのか」

藤堂は嘆息してから永友を見やり、田辺に視線を戻した。田辺は言った。

「逃げ込む先はおそらく江戸か大坂、どちらにも網を張っておりまする」

藤堂はほくそ笑んだ。

「どちらへ逃げても地獄よのう。田辺、もしもその方が重元なら、どちらへ逃げる」

「この大坂にござります」

「そのわけは」

「家中を大切に思う者なら、この大坂でこしらえました大きな借財、必ずや、これを何とかしようとするはずにござりますゆえ」

藤堂が永友に水を向けた。

「押込となった主君、その方の竹馬の友とは、誠か」

田辺は永友を注視した。永友はそつなく答えた。

「仰せの通りにござります。学問所では机を並べておりました」

「此度、その方が国元に立ち寄った折には、会うたのか」

永友はうなずいた。

「まだご健在にござりました」

田辺は用心深く藤堂と永友のやりとりの様子をうかがった。どうやら、藤堂からは全幅の信頼を得ており、また老中首座の頼定からの信任も厚いようだった。ここに付け入る隙はない。

田辺に向き直った藤堂の口調が、一転して叱責の調子を帯びた。

「田辺。その方の為政、いかにも無様よのう。近頃、公儀は目付や諸国巡見使を各地に送っておる。御領の他は、どこも戦々恐々じゃ」

藤堂のことばに、次第に熱がこもった。

「余計なことを案じる前に、なすべきことをなせ。その方の不始末で、すでに公儀の探索方が動いておる。各地の主家が、ない腹を目付に探られ、因縁をつけられた挙句の果てに、ごっそり入れ替わるようなことになってもみよ。その方らの首など、幾つあっても足らぬわ」

藤堂の声は激昂《げきこう》の響きを帯びた。

「わかっておるのか。その方の不手際が、わしを危うくしておるのだぞ」

田辺の下げた頭に、何かが当たった。藤堂の扇子だった。茶坊主が恭しく前に手を伸ばして扇子を拾い、藤堂に差し出した。わざとゆっくりと扇子を受け取った藤堂が、腰を浮かすともう一度、扇子を田辺に投げつけた。今度はまるで的を狙って遊ぶような具合で、楽しむような笑みを浮かべている。

田辺はことばを失った。腹の中を熱くかき回されるような屈辱だった。

「此度のこと、打つ手を誤れば、おおごとになる。主君の跡目を継ぐことも、いっそう着実にいたせ。そうでなければ、わしもこれほどの無理をしてその方への力添えを続けられぬ。田辺、なすべきことをなせ。すべては公儀に見られておるぞ。現に探索が、幾重にもその方らを取り巻いておる」

「まさか、そこまでは」

藤堂は手にしていた器を田辺に投げつけた。

「うつけ者めが。気がつかぬか」

田辺は額で受けた。器はふたつに砕けて床に落ちた。額から鼻筋にかけて一筋、あたたかいものがゆっくり伝い落ちて来る。

田辺は、穏やかな笑みを作り、顔を上げたが、ことばが出て来ない。藤堂が畳みかけた。

「聞き及んだところでは、その重元に、剣の使い手がつき従っているという。誠か」

「使い手というほどでは」

「その方が差し向けた軍勢が総崩れというではないか」

藤堂のことばに一同がびくりとして、田辺と藤堂を見やった。藤堂は詰問した。

「何者だ」

「国元では郡方の書役助を務めておりました」

藤堂は驚いた顔になった。

「ますますもって大きな不手際。田辺、その方、なすべきことが山積みぞ。時は限られておる。心せよ」

二

藤堂は脱いであった羽織を取ると、片袖《かたそで》を通しながら言った。

「今宵は越前屋からもうひとつ、申し出があるそうじゃ。越前屋、言うてみよ」

越前屋はかしこまってみせた。

「いえ、申し出などと偉そうなことではございませんで、これはほんのご相談にございます。よろしゅうございますか」

田辺は越前屋がどう出てくるのかを注視した。

「田辺様に融通申し上げました五万両ですが、実はもともと、いったんは使い処《どころ》が決まっておってございまして。わたくしとしては、なんとかこのまま田辺様に気持ちよくお預け申し上げようという肚《はら》をいったん決めたのでございますが。なかなかそうもゆかぬ事情というのも、いろいろとございまして」

藤堂がその後を引き取った。

「田辺。この越前屋、江戸でも大坂でも知らぬもののない分限者だが、そもそもは米相場の勝負に勝ち抜いて財を成したつわものぞ。相場の商人というのは、われら武家が太刀をもて闘うのと似て、金をもて闘う武者のようなもの。貸した金がその方らの手で運用もされず死に金になることが、たまらぬと言うのじゃ」

田辺はとっさに何と返すべきかわからず、黙って藤堂を見た。藤堂は越前屋を見やった。越前屋はおとなしい口ぶりになったが、かえって狡猾《こうかつ》さがにじみ出た。

「田辺様。ひとつ、武運をお試しになるというのはいかがでございましょうね。うまくゆけば、ご家中の窮状を一気に変えられます」

「武運を試す、とは」

田辺はおうむ返しに尋ねた。尋ねてから、口車に乗せられたのではと思った。

「いえね、わたくしが帳消しにして差し上げております五万両の借財、あれを、堂島の米相場で生かしてみるという手がございますよ」

田辺は嫌な予感を覚えた。藤堂が言った。

「田辺。今のその方の借財、本来なら総額で十万両であったたな。そのうちの半分は、いったんこの越前屋が担ってくれておる。しかし、ただ担うというのは、いささか荷が重すぎるとは思わぬか」

　藤堂は越前屋に水を向けた。

「越前屋。その方の求め、ありていに言うてみよ」

　越前屋は平伏すると、顔を上げて田辺を見た。

「いったんお貸しいたしましたあの五万両、堂島の米相場で生かしてみるってのは、いかがなもんでございましょう。あの五万両ってのは要するに、田辺様のご家中があちこちに振り出した手形をこっちで引き取るということにござりまして、つまりはうちがご家中の代わりに借金を支払っていくんでございますが、こう言っては何ですけれども、いわば、死に金なんでございます。金ってのはそもそも、うまく動かしてナンボなんでございますよ」

　越前屋は恵比須顔《えびすがお》になった。

「そこで田辺様、こういうのはいかがでございましょうな。五万両を元手に、いっちょ堂島米相場に打って出て、倍に増やしてから返済にあてたり、ご家中の再興にあてたりするってのは。なかなか悪くない考えじゃあございませんか」

　つまりは、いったんは帳消しにしたはずの借財で博打《ばくち》を打って金をこしらえ、返済せよ、ということなのだった。

　藤堂は満面の笑みで、田辺に向かってうなずいてみせた。

「家中の困窮を一気に救うには、またとない好機ぞ。何、案ずるな。もし何か不測のことがあれば、大坂城の金蔵を動かし、助太刀してやってもよい」

田辺は抗《あらが》おうと試みた。

「ありがたきおことばにござりますが、しかし、そのような賭《か》けに乗ることは、かえって家中を危うくいたします」

藤堂は厳しく言いすえた。

「すでに危ういであろうが」

越前屋は田辺の様子を冷ややかに見ていたが、猫撫《ねこな》で声で言った。

「わたくしどもも、米相場の売り買いでしのぎを削ってなんとか日々を生きながらえておる身でございまして、ご家中をお助けするためにこっちがたおれになるわけにはいかないんで」

田辺がとっさに断ろうとするのを、藤堂が制した。

「よいな。田辺。では越前屋、そのように進めよ」

「では、早速」

藤堂は言い添えた。

「田辺。これは、その方の武士としての正念場じゃ。家中のまつりごとを放り出さず、最後まで闘い抜いて持ち直し、家中の皆を幸せにすることぞ。それが出来るのは、その方をおいて他におらぬ。あらゆる手立てを尽くせ」

そう言われると、田辺も引き下がれなくなった。

三

その夕刻、店は混み合っている。酒も肴《さかな》も、ほどよくさっぱりしたものを取り揃えていて、物静かな客の多いところだった。客の出入りはひっきりなしで、窓も戸もすべて開け放った茶屋の空気は澱《よど》み、話し声がこもって響く。何もかもに、汗ばんだあとの弛《し》緩《かん》したような暖気があった。店の中のそこここで、団扇《うちわ》がゆったりひらめいている。脇差《わきざし》を帯びている連中が、真ん中の大きな卓を占領している。頬や首に深い刀傷が残る者が数名、交じっていた。窓から蛾が入って来る。しばらく中空を飛んで回り、灯に飛び込んで焼けたあとに、あがく羽音が残った。

五郎左衛門が戸口に立った。中に入るでも知り合いを探すでもなく、ただ立って、店の中の客を眺めた。それから、手近の卓にひとりで座った。運ばれて来た銚子《ちょうし》から手酌で呑《の》むと、まっすぐ前を向いて軽く目を伏せ、何かを待ち構えている。

片方の耳朶《みみたぶ》が削《そ》ぎ落ち、頬骨のあたりに歪《ゆが》みが残っていて、前よりも表情にぎこちなさがある。総髪で身なりはつつましく、削いだような浅黒い面立ちは静かで、瞳《ひとみ》には黒々とした光がある。

五郎左衛門は、ひとを待っていた。その夜で、会うのは二度目になる。これまでは、ひとの出のある夕刻、橋のたもとですれ違い、橋から大川の流れや西の空を見て明日の天気を占うひと群れの中で、二言ほど符丁を交わした程度だった。

人影が、戸口から迷いのない足取りでこちらに向かって来る。外はとっぷりと暮れている。腰に差している刀の白い鍔《つば》は、象牙《ぞうげ》と見まがうような格調の高いもので、草履も汚れていない。五郎左衛門の向かいに腰を下ろした。

それからふたりはしばらく、互いの盃《さかずき》に銚子を差し、肴を箸先《はしさき》でつまんで、黙々と呑んだ。永友はまっすぐ前を見つめ、五郎左衛門はわずかに首を傾けて、戸口に注意を払っている。

永友が前を向いたまま、静かな声で言った。

「こちらから出向いたほうがよければ、参るぞ」

五郎左衛門は永友の方を見ずに答えた。

「いえ。殿はここへおいでになります」

ふたりは別々に立つと、勘定を払い、外へ出た。向から方角もまるで逆だった。

ほどなくして、先ほど帰った客ふたりが暖簾《のれん》を分けて再び現れたのに店の主人は驚いたが、すぐ奥の卓を用意した。

客が入れ替わり、数も減って来た頃に、重元が入って来た。あえて同じ店にもう一度来ることで、追っ手をまくという手だった。

重元を目にして、永友はかすかな驚きを覚えた。前に会った時よりもいっそう野性味を増していた。浅黒く引き締まって、選《え》りすぐりの駿馬《しゅんめ》を小さくしたようで、目には鋼のような緊張が輝いている。その若さに似合わぬ厳しい面立ちだが、歌舞伎役者などよりよほど色気があり、店の中がほの明るくなった。

その背後からもうひとり、気配を消して入って来たのは、中肉中背の町人風の男だった。素早く店の中を見回すまなざしは抜け目なく、年の頃は四十前後、にこやかで腰は低い。善人にも悪人にも見える面構えだった。

四人は、銚子と盃が運ばれてくるのを待って、まず一杯をめいめいが口の中に放り込むと、小さな声で話を始めた。

永友は、重元と五郎左衛門をじっと眺めた。

「ふたりとも、よくぞ無事でここまで来た」

重元は五郎左衛門をそれとなく指して、言った。

「この大竹に、おおいに助けられた」

重元は両腕を卓に置いて背筋を伸ばし、永友を見ると、微笑んだ。

「勝負はこれからだ」

「そうだな」永友はうなずいた。どことなく明るい目をしている。笑い出しそうな兆しが表情にあった。

「あの城も山も、よう抜けて来た。ときに、どうやって関所を越えた」

重元は目に微笑みを湛《たた》えて答えた。

「あの山を知るわれらなら、造作もないこと」

幼かった重元と永友が、山支度をして分け入り、何日も里に下りて来なかったということを、五郎左衛門はふと思った。

闇夜の合戦の直後、重元の背に乗って気を失い、朝が来たと気づいた時には、藩境は遥《はる》か後方にあった。関所やぶりは主人や親殺しと並ぶ重罪で、磔《はりつけ》あるいは獄門と定まっているものの、実のところ刑に処された者は数少なく、重罪人で手配書が回っていない限りは、道に迷ったと訴えれば大概は放免となる。

また、関所の手前の集落では、手形がなくとも畑作などのために行き来が出来、そして関所抜けのための間道を案内することは、小銭稼ぎの常道でもあった。

「宿はどこだ」

永友が問うと、横に控えて座っている五郎左衛門が重元の様子をうかがったが、重元は大らかな笑みを浮かべて答えた。

「町人の木賃宿だが、いどころは毎夜替えている。無宿人の寄せ場にも行くが、無心に汗して川底を浚《さら》うのもなかなか面白い。貴公も一度やってみてはどうだ」

永友は快活に応じた。

「面白そうだが、おれもこのところ、御城からかどうかわからぬが、見張りがついておってな。どうにも身動きが取りづらい」

「そうか。お互い、気をつけねばならんな」

重元は穏やかに言った。五郎左衛門もそっとうなずいた。

戸外を出歩くのは、人混みに紛れることの出来る雑踏か下町のみとして、大坂城の周りや諸侯の屋敷が立ち並ぶあたりには寄りつかないよう、心がけている。

田辺の手の者が多数、この大坂に来ているはずで、また各所の高札場にはふたりの人相書きが貼り出されているのを、五郎左衛門は頰かむりで顔を隠した、その隙間から確かめていた。

多くを殺《あや》めた重罪人、見つけた者には賞金あり、と書かれてあった。

永友が尋ねた。

「おれが国元に会いに行ったとき、なぜ大坂に来ると言わなかった。言うてくれれば、こちらでも動いたものを」

重元は微笑んだ。

「言えば、迷惑がかかる」

「そんなことはない」

「いや。そうだ」

いどころが田辺らにけどられることを警戒して、関所を迂回《うかい》して大坂に入る間際、重元と五郎左衛門は、出会った浪人らと着ている物を交換した。

その後はまず口入屋へ行き、日銭を稼ぐ仕事を求めた。刺客の目を欺くことのみならず、日々の銭に事欠いてもいた。

口入屋がくれる日雇いの護岸工事や、用心棒まがいの日銭仕事をし、夜は無宿人や浪人が素泊まりする宿に潜んで、ふたりは藩に大金を貸していた立入町人のもとを一軒一軒訪れ、借財を申し入れる隙をうかがった。

何者かにつけられていると感じるときは用心を重ね、同じ宿に二晩ととどまらぬよう心がけている。

また、上方ことばもうまく話せぬので、外では口をきかない。

重元は、声を落として永友に尋ねた。

「そちらには、国元の報《しら》せは何か入っておるか」

「というと」

「鉄斎様や、この大竹の妻のことだが」

永友はうなずいた。

「実は鉄斎様より、お出しした文へのお返事があった」

「ご健在か」

「今のところは。田辺とやり合《お》うておられるそうだ」

重元はうなずいて手元の盃を見やった。

「そうか」

少し遠い目になった。

永友は、五郎左衛門に向かって言った。

「その方の妻女だが、なお殿と申したか」

五郎左衛門が永友を食い入るように見た。永友は続けた。

「田辺がじきじきにやって来て、あれこれと難癖をつけ、責問を続けておるようだが、鉄斎様が田辺に立ち向かい、お助けくださっているご様子」

五郎左衛門はこわばった顔のまま、そっとうなずいた。

「ありがたき幸せ」

あの田辺が、なおに、あれこれと難癖をつけ、責問しているというその様を思い浮かべないではいられなかった。今ここにこうして座っていることすら耐え難い。ぐっと堪《こら》え、息を殺し、ゆるやかに息を吐いた。

永友が言った。

「今宵、ここにおるわれらにはどうしようもないが、今はただ、持ちこたえていただくほかは」

重元はうなずいた。

「わかっておる。このままにはせぬ」

五郎左衛門はそのことばに、重元を見やった。いったい、どうなさるというのか。この苦境をどう脱して、敵ばかりの国元へ戻るというおつもりか。想像もつかなかった。

永友はぐっと一献傾けてから、本題に入った。

「公儀が、此度《こたび》の押込の成り行きに関心を寄せている。とりわけ、幕閣で田辺の後ろ盾として動いている藤堂様の動向にな。奥右筆組頭からも、おれにじかに内々のお尋ねがあった」

重元が尋ねた。

「そちらに危険が及ばぬか」

永友は笑った。

「おれは抜け目がないことを知っているだろう」

身を隠しているおのれらよりも、表立って身をさらしているといえる永友が、鷹揚《おうよう》にこの場にいてゆっくりと酒を呑《の》む姿を、五郎左衛門は感心して眺めた。

重元は永友に尋ねた。

「そちらで動いてくれたのか」

「おれが思うに、今の幕閣でまことのこころをお持ちになるのは、老中首座の徳川頼定様おひとりだ。紀州徳川家の出で公方《くぼう》様の縁戚《えんせき》に当たるが、随分と先を見通しておられる。これまでわれらを導いてきた鉄斎様に、勝るとも劣らぬお方。また、鉄斎様とはものの見方が重なり合うところも多くある。頼定様なら必ず田辺の策謀にお気づきいただけるはず」

重元はふと、同席している町人風の男が、目を伏せて何かを待っている風なのに気づいた。時々盃《さかずき》を舐《な》め、様子見を決め込んでいる。

重元は、永友に尋ねた。

「ご公儀は、藤堂様の何を調べている」

永友は声を低めた。

「大坂城代として、また将来のご老中としてふさわしからぬ点がないかどうか。袖《そで》の下に滅法弱いという芳しくないご評判も、瑕疵《かし》もある。私欲のために公儀の法を曲げることも多々あったという。無論、このまま立ち消えになることもありえるが、もしもわれらの申し立てが聞き入れられれば、関係する皆々が評定所でのお裁きを受けることになろう。おれとしてはそれが一番よいと思うが、どうだ」

永友の言う評定所のお裁きでは、江戸の御城の老中と町奉行、寺社奉行、勘定《かんじょう》奉行など主だった重臣が集まって、幕政や藩のまつりごとの根幹にかかわる大事に裁定を下すこととなっている。

重元が永友の顔をじっと見つめた。

「そう、うまくゆくだろうか」

永友は、はっきり言った。

「この件は任せろ」

重元はうなずいてから、穏やかに尋ねた。

「しかし、このまま評定所にこの押込の件が持ち込まれたとして、気がかりなのはやはり、わが家中のことだ。万一お取り潰《つぶ》しになれば、家中の者らは路頭に迷い、国元は荒れる。たとえ評定所で正しいお沙汰《さた》が出ても、国元がそうなってしまうのではな」

永友は、重元の喉元《のどもと》と、穏やかだがぎらつく目をじっと見つめていた。隣に控えて下を向いている五郎左衛門の無言が、ふと気になった。

永友は五郎左衛門をちらと見て、それから重元をまっすぐ見た。

「そこで、今宵はこのひとを連れて来た」

四

四人の中でただひとり黙り通していた町人風の男が、重元に、ご無沙汰しておりました、と頭を下げたので、永友は少し驚いた。

「顔見知りであったか」

重元は快活に話した。

「この吉田《よしだ》屋さんは、わが家中の立入町人の組におられた。また、以前、借り入れを申し入れた際に快く応じてくれたので、よく覚えている。その節は大変世話になり申した」

重元が頭を下げると、吉田屋はひどく恐縮した。

「いえ。今はもうその頃の組を抜けておりますので、残念ながら、御殿様のご家中とのご縁はなくなってございます」

富裕な商人が大名に金を貸す際の利子は低く、抵当もない代わりに、返せぬ場合には その年の秋に穫《と》れる米で返すことになっている。それでも踏み倒す藩が後を絶たないの で、町人側の組は結束して、これより以後一切の融通はお断り、と申し入れることをた めらわなかった。

万策尽きた藩はどこも、立入町人らへ手土産を持たせて重臣を行かせ、詫《わ》びを入れ、 機嫌を取った。駆け引きや接待などの小細工を排して、財政を助けて欲しいと訴えるの だが、これを聞き入れるかどうかは、取引する相手方、立入町人の組次第だった。

重元はこれまで、なしうることはすべてなして来た。そうでもしなければ、ここまで もたなかった。


永友は、重元と吉田屋の双方の盃になみなみと注いだ。五郎左衛門の手元の盃は、ほ とんど減っていなかった。

「この吉田屋さんは今、ある大きな座に入っている。いや、率いていると言うべきか」

重元と五郎左衛門は、改めて吉田屋をまじまじと見た。

吉田屋は、謎めいた笑みでふたりのまなざしを受け止めた。

「米仲買っちゅうのは、米そのものを売り買いするのがそもそもの本業でございます」

永友が補足した。

「吉田屋さんは、困窮する諸侯の財政を肩代わりもしている。家中の米の米札発行から流通まで、そうなると諸国の経済は、吉田屋さんのような分限者一座の切り盛り次第になる」

吉田屋が、手を振ってにこやかに言った。

「長谷川様、それは大げさにございます。手前どもはあくまでも町人の立場で、御殿様に銀を少々お貸し申し上げるのがせいぜいやさかい」

永友の話では、吉田屋の率いるような大きな規模の米仲買一座は、堂島の米相場の中に十数組ある。これまでのところ、どの組が米会所を掌握しているというわけではなく、何か事が起こると合議で解決をはかってきた。ただし、今後のことはわからないという。

また、こうした座の他にも、米市場で相場を張ることを許された総勢千数百人の米仲買から脱落し、あるいは相場の儲けに憧《あこが》れて集まってきた者たちを客とする、相場の値を賭博《とばく》の種にした現銀商売というものがあるのだった。

重元は思わず口を差し挟んだ。

「ご公儀は取り締まらぬのか」

「武家の俸禄《ほうろく》は米で支払われる」

永友は、盃の中身を口中に放り込んだ。

「ご公儀は、米の値が高ければそれでよいのだ。それに大坂城代自らが、御自身が蓄財できればそれでよい、というおひとだからな」

吉田屋の口調が熱を帯びた。

「手前ども米仲買は、日々の勝負に何もかも賭《か》けておりますから、例えばたった半日のしくじりで店も身代もなくして、仲買の株も売らんとどうしようもなくなるところまで堕《お》ちることなんぞ、ざらにございます」

永友がつけ加えた。

「米相場の米仲買の株は、こっそり売りに出ている。金さえ出せば誰でも、というわけにはいかぬが、しかし外からこの堂島に入ってこようとする分限者にはたやすいことだ。例えば今、越前屋という米仲買の大物がいる。もとは江戸から来た札差で、藤堂様の後押しにより堂島で幅を利かせているが、これを快く思わぬ米仲買は少なくない」

吉田屋は、一呼吸置いて目の前の盃を覗《のぞ》き込んだ。さっと戸口に目をやり、外に誰の気配もないのを、今一度確かめた。

「ところで長谷川様。誰もつけてきてはございませんね」

「先程、まいた。しばらくは追って来ぬだろう。まさか、同じ店に戻ってくるとは思うまい」

五

では、と言って吉田屋は本題に入ると、重元を驚かせることを言ってのけた。

「此度《こたび》の融通の件でございますが、手前ども、喜んでお役に立ちたいという気持ちはございます。ただ、手前どもを改めて銀主に据えてくださるというからには、ご家中のお金御用そのものも思い切ってお任せくださることが、一番かと」

重元は吉田屋をじっと見た。

「ひとまずは、相わかった」

重元は借り入れに対する礼を述べ、吉田屋が懐から出した証文の末尾に一筆書き入れた。吉田屋は証文を受け取って懐にしまうと、声を潜めた。

「実は、先ほど長谷川様が仰せになった越前屋でございますが、よそからこの堂島に入ってきてさんざん好き放題やっとる輩《やから》で、いつか必ずこの大坂から叩《たた》き出したろと、今はもっぱら様子見ですわ」

永友が言った。

「田辺殿は、この大坂で大博打《ばくち》を打つようだ。越前屋に家中の借財のうち五万両を肩代わりしてもらい、しかしながらその金を元手に堂島米相場で仕手戦をやるよう仕向けられている。ゆくゆくは、借財の総額十万両を、相場で稼いで返済するという算段だ」

重元は思わず目を剝《む》いた。

「そんなことが出来るのか」

永友も重元も、吉田屋を見た。吉田屋はふたりを見て、なんとも言えぬ表情になった。

「理屈の上では、大きく賭けて大きく勝てばええ、っちゅうことになりますが、そないな大きい金額でこういう危なっかしい勝負に打って出たもんは、堂島始まって以来、おらんと思いますわ」

重元は唇を嚙《か》んで考えていた。緊張した面持ちで口を開いた。

「おれが大坂に来たのも、その大博打を打つためだ」

吉田屋は重元に、にっこり笑いかけた。

「せやから、そのために今日はこちらも肚《はら》を決めて参りましたんで。幾らでもお貸しすると、うちの組は決めてここに参りましたが、それと引き換えに、若殿様にお願い事がございます」

重元と五郎左衛門は永友を見た。永友が吉田屋をそっと制して、重元に言った。

「断ることはまだ出来るぞ」

「いや、聞こう。われらの入用なだけ金を貸す、という話だな」

吉田屋はうなずいた。

五郎左衛門は訝《いぶか》しく思った。そんな都合のよい話があるだろうか。重元を見ると、かすかに片方の目を瞬きさせ、頰の辺りが心なしか硬く見える。深く考え込むときの癖だった。重元は吉田屋に言った。

「そちらは、われらに何を望む」

「今から申し上げることにございます」

五郎左衛門はその時気づいた。永友も今宵、吉田屋がどのようなつもりでここに来たのか、恐らくそのすべてを前もって知っていたわけではない。

吉田屋は、重元に静かに訴えた。

「堂島市場に米価を聞きに走る丁稚《でっち》も、資金も、雨露をしのぐ店の軒も、手前どもがお貸し申し上げます。その代わり、越前屋を文無しにしてこの堂島から叩き出すまで、銀を投じてほしいんですわ。手加減は一切なしに」

吉田屋がいよいよその正体を現わしたと五郎左衛門は思った。この男、善人でも悪人でもない。決して敵ではないが、味方のようでいて、味方とは微妙に異なる。これから闘う銀の商売という戦では、確かな実利がすべてを決め、雌雄を決する。五郎左衛門はまざまざと思い知らされた。これが商売というものか。

「ただ、もしも御殿様の方がすってんてんになってしもたら、誠にすんまへんけど、ご家中の米も特産品も何もかも一切合財、うちでいただくことになります。そやなかったら、うちも共倒れになってしまいますねん。商売ちゅうのは、取引っちゅうのは、こういうものでございまして。御殿様の傾きかけたご家中を、ただただ丸ごと救って差し上げるだけ、っちゅう御都合のよろしい話には、なかなかなりまへんのや」

重元は黙っている。ふと顔を上げて吉田屋に尋ねた。

「その大博打、なぜその方がおのれでやらぬ」

「こういうことは、表立ってっちゅうのは、具合がよろしないんですわ。向こうとも付き合いがないわけでもございませんし」

重元は穏やかに尋ねた。

「今一度、指南してくれぬか。堂島の米相場では、取引をする商人らが、売りと買いをめぐってせめぎ合う。勢いのある大物の周りに、そのおこぼれに与《あずか》ろうと取り巻きが群がる。そうして、この大物が売れば便乗して売り、買えばその勢いに乗じようと買いに走る。相違ないか」

吉田屋はうなずいた。

「提灯《ちょうちん》をつける、と堂島では申します。仰《おお》せのように、相場を大きく左右する大物が幾人かおりまして、その動きを真似ておんなじように売り買いすると、まあ、儲《もう》けは出ますわな」

堂島米相場で大物と呼ばれる米仲買らには、おのれの動きが市場を動かすのだという自負があるという。諸藩や分限者、はたまた大口小口の御用を聞いて、銀を代わりに市場に投じ、動かして、儲けを出す。米の値を高くしたければ買い、安くしたい時は売り、とにかく儲けを出す。

「そやけど、大物からすると、そこにからくりがあるんですわ。買ってばかりやと儲けにはならへん、どこかで売らなあかんけども、それをいったいどこで売りに回るか。値が上がり切った時に売り抜けるしかないんでございますが、いくら大物でもおのればっかりが買《こ》うてるのでは、売れば値が大きく下がって、どえらいことになります。そやから、おのれが買い集めた建米《たてまい》を一緒に買うてくれる連中がどうしても必要になりますんや」

　重元はうなずいた。

「それが、提灯をつけるということか」

「こういう小魚みたいな連中は、ご本尊が買いを進めとるうちはまだまだ値が上がると思うて買いに群がりますが、知らんうちにご本尊が売りに回っとるわけで、そうするとぎりぎり最後の高値で真っ先に損をするのが、この小魚なんでございます。あるいはご本尊が大コケしたりしますと、高値で買った米が下落して、ご本尊と共倒れですわ」

　重元は少し目を輝かせた。

「となると、その小魚どもはご本尊の動きを常に見張っておかねばならんというわけか」

　吉田屋はうなずいた。

「ご本尊が売りに回ると勘づいたら、ついていかなあかんわけですわ。ご本尊の方は、提灯つけとる小魚に気取られんよう、買い一本の姿勢を通すように見せかける」

　重元は感心した。

「そういう駆け引きがあるのだな」

吉田屋も、先ほど話に出た越前屋も、こうしたせめぎ合いを日々やって、生き延びて来ている。重元は重ねて尋ねた。

「新参者の越前屋は、その最たる者だな。して、その方は、これを倒したいと」

「向こうが大損こいて、すってんてんになってこの堂島から逃げ出すまで、情け容赦なく追い込む、っちゅうことですわ」

「つまり、たとえば敵方の越前屋が買いに回れば、こちらはその反対の売りで相場の値を下げて攻める。向こうが売りに転じれば、こちらは反対の買いで値を上げ、また攻める」

吉田屋はうなずいた。

「仰せの通りにございます」

「その売りと買いには軍資金の銀がいる、と言うたな。それはどういうことだ」

「米切手を買い集めて売りと買いを素早く繰り出すには、あらかじめ銀を大量に蓄えておかんと、もうあきまへん。資金が尽きたら、そこでどてんになりますよって」

重元はうなずいたが、尋ねた。

「買うのに銀がいるのは相わかった。して、売るのになぜ銀がいる」

吉田屋は辛抱強く答えた。

「相場というのは、上がれば下がる、下がれば上がる。相場に乗るというのは、売ったら買うて、買うたら売って、終わりというのがありまへん。売ったからそれで終わり、ではございませんで、次の上がりに備えて買いを進めませんと。上がり下がりの波を見越して、見切ってなんぼの勝負にございます。買うために売る。売るために買う。これの繰り返しにございます」

永友が口を挟んだ。

「銀というのは、文字通り軍資金だな」

吉田屋はうなずいた。

「相場というのは生きとりますよって。言うたら鰻《うなぎ》のようなもんで、捕まえようとすると手の中からするっと逃げて、上がったり下がったりで皆を振り回しよりますが、場立っちゅうのは、振り回される大多数のもんと、振り回す一握りのもんに分かれとります」

重元は永友を見た。

「確かに、これは大博打《ばくち》だな」

永友は組んだ腕の両肘《りょうひじ》を卓に突き、手元の盃《さかずき》を見下ろしていたが、顔を上げて重元を見やった。

「さて、いかがいたす」

「相わかった」

重元は、おのれの脇差《わきざし》をそっと取り出すと、卓の上で手近なあたりに置いた。

「いつ動く」

敵方が市場で動き始め次第、と吉田屋は言った。

重元は吉田屋と永友に尋ねた。

「ところで、田辺は今、どこに」

永友が答えた。

「このところ姿を見ておらん。藤堂様もお呼び立てにならぬし、越前屋のところへ現れる気配もない」

「国元へいっぺん戻らはったんとちがいますか」

吉田屋が言うと、永友は首を振った。

「いや。関所を通った形跡がない。藤堂様からも、また越前屋からもせっつかれておるはずだ」

五郎左衛門は、重元と永友を交互に見た。おのれが乗り込んでいってあの田辺を叩《たた》き斬るところを、とっさに思い浮かべた。

重元が五郎左衛門を見た。

「乗り込んで田辺を斬るというのはいかんぞ、大竹」

「はっ」

五郎左衛門は頭を垂れ、頬を引き締めた。

吉田屋のまなざしを感じて、五郎左衛門はそちらを見た。見くだすような冷たさを少し感じた。吉田屋は謎めいた笑みを呑《の》んだ目で、明るく言ってのけた。

「えらいことでんな。大坂城の御殿様以下、お偉方がみんなぐるになっとるわけやから。

お偉いお方が白いもんを黒と言うたら、皆、黒になるっちゅうことですわ」

五郎左衛門は、卓上の盃を黙って見下ろす重元の横顔を眺めた。生死をともにしてきて、その境を幾度も潜り抜けてきたからか、間に他人が入ると、かえってこんな風に冷静に見ることができる。

精悍《せいかん》で穏やかな若武者の目元には、穏やかな明るさが湛《たた》えられている。歳の頃はさほどおのれとは変わらぬのに、主君というのはやはり特別なものだ、と五郎左衛門は改めて思った。

ふと気づいた。この闘いは、田辺にも、重元様にも、めいめいにそれなりの理がある気がしてならない。田辺とて、国元のためを思って動いている。ほんとうは、果たしてどちらのすることが正しいのか。

あとに残してきたなおの面影が脳裏をよぎったとき、五郎左衛門はなぜだか胸騒ぎがした。

重元が店の表の方へふと目をやった。にっこりすると、一同に小声で言った。

「今宵はここまでといたそう。参るぞ」

永友が重元を見た。

「いかがした」

重元は、一同に立つよう、そっとうながした。

「表に客人だ」

四人は席を立った。厨房《ちゅうぼう》にいた主人が目を上げた。五郎左衛門が銭を置いて尋ねた。

「裏から出られるか」

白髪の目立つ主人は濡《ぬ》れた手を拭《ふ》いてうなずくと、裏の出入り口を手で示した。五郎左衛門を先頭に、四人は通路を抜けて外へ出た。明かりはなく、むっとする暑さで、下の方に堀の水が黒く光っている。

四人はそれぞれ、来た方角へ散った。

入れ違いに数人、腰に差した太刀の柄《つか》に手をかけた者らが店に踏み込んで来た。店の主人に荒々しく詰問し、四人を追って裏口から外へ出たが、もう気配はなかった。

六

日に一度、その日の粥《かゆ》と水を運び入れる他、許しのない者は大竹五郎左衛門宅への出入りを禁じられている。煮炊きのために火を熾《おこ》すことも許されず、五日が経った。支給される粥と水が、日毎に減っている。

お調べと称して、毎日、若い下役人がふたりやって来ると、いつも同じことを問いただした。大竹五郎左衛門が立ち戻っては来なかったか、隠し立てをするとためにならぬぞ、などと、通り一遍のことを、立ったままなおを見下ろして尋ねる。なおは一切口を開かない。下役人らは、なおの無言を確かめると、来た時と同じように出て行く。

土塀の外から、なおは鉄斎の声を聞いた。日に一度、必ず、鉄斎は大きな声で問いかけた。

「大事ないか。何か、困りごとはないか」

大竹の居宅は役人たちに見張られているはずだが、鉄斎はものともせず、隙を縫ってなおに声をかけた。ありがたく、心強かった。鉄斎の声に励まされ、なおは一日一日を生きのびた。


その朝、庭に出たなおは、裸足《はだし》についた黒土を洗ってから框《かまち》に上がろうとして、柄杓《ひしゃく》を使って汲《く》み置きの水を盥《たらい》に注ぐと、足元の土間に置いた。そっと置いたつもりが、土間に置いた拍子に、盥の中の水がかすかに波打ち始めた。

なおは盥を両手で持ち上げると裸足のまま庭まで行って、ひと息にばら撒《ま》いた。着物にかかった。膝《ひざ》から下が濡れ、裸足も濡れた。土間に戻ると、足を拭かずに框に上がった。部屋の隅に畳んで置いてあった蒲団《ふとん》を崩すと、その上にそっとからだを横たえて目をつぶった。

あの大晦日《おおみそか》が明けてからというもの、なおは、突き落とされたように感じている。高いところから長く長く落ち続けて、その先の闇に何があるのか、まるで見えない。

夫君は今、どこにいて、何を見ているのか。なおは不意に思った。その目には、今、何かが映っているのか。今、どこかで、大変な窮乏と危機の渦中にあって、息を凝らし、身を潜めているかもしれない。きっと怒り、昂《たかぶ》っておられるに違いない。その怒りを、おのれの中に甦《よみがえ》らせようと、なおは余計に強く目をつぶった。

家の中にいながらにして、なおは息を詰め、夫と同じ時と場とをありありと生きた。夫のからだのありかと、その魂のいどころを、それがどこなのか何もわからないのに、確かなものとして感じた。日が経つほどに、その手ごたえは確かになっていった。

七

大坂から急ぎ国元に戻った田辺には、いくつもの難事が待ち構えていた。

主君重元とその唯一の家臣、大竹五郎左衛門を討とうと軍勢を山に送った田辺は、その試みが失敗に終わると、誰ひとり表立って口にする者はないものの、家中で難局に立たされた。最新式の山砲にも、雇い入れた奸《かまり》や忍びにも、相当な金がかかっている。もともと苦しかった財政をさらに圧迫する支出だった。

主君が藩の外へ出奔していることは、もはやごまかしようのないこととして、城中から市中へ漏れ出ている。田辺は体面を保つ必要があったが、といって公儀の目もあり、その妻女を引っ立てて責問するような真似は、家中の余計な反発を招きかねない。現に、田辺の筆頭家老としての責務のありようを問う小さな火の手が、あちこちで上がっている。背後に鉄斎がいると田辺は信じて疑わなかった。

苛立《いらだ》ちが昂《こう》じると、田辺は大竹五郎左衛門宅へ足を向けた。框で中へ声をかけ、勝手にあがっていくと、大竹の妻を目で探す。

なおは、ほとんどひとつところにいるのではと思われるほど、いつも同じ居室の隅に座っている。こちらが来るのを待っていたかのようだった。

なおの前にどっかりと腰を下ろすと、田辺はそのまっすぐなまなざしに負けまいと見返しながら、尋ねるのだった。

「妻女ならば、夫のことは何もかもようわかっておるはず。どうじゃ」

なおは答えず、微笑んでいる。

「大竹五郎左衛門がどこへ逃げるか、心当たりはないか」

なおが、こちらの言うことなすことが物珍しいような目をしている。田辺は、次第に度を越していく。

「答えよ」

なおは、答えない。田辺は、なおの中にいったいどんな憤りや怒りや絶望があるのか、推し量ろうとその目を覗《のぞ》き込むが、穏やかな笑みは水辺で輝く水面《みなも》のさざ波に似て、いくら眺めても、何もわからない。

「答えよっ」

田辺はおのれが次第に激昂《げきこう》して、止められなくなりつつあるのを感じる。

「その方が泣き叫んで許しを懇願するよう、厳しく責問することも出来る。その前に口を割れ。利口になれ」

なおは黙って微笑んでいる。田辺はほとんど怒鳴っている。

「その方の振る舞い、夫君を助けるどころか、足を引っ張っておること、わからぬか」

なおの瞳《ひとみ》の中に、白い光の芯《しん》のようなものが、縦にある。ひとでありながらひとでない、巌《いわお》のような強さを秘めているように田辺は感じ、かすかに身がすくむのだった。正気を失いつつあるのではないか。しかし、そうではなかった。

じきじきのお調べを、田辺はいつも同じひと言で終わらせた。

「大竹五郎左衛門が戻り次第、引き渡すのだ。よいな」

引き渡すも何も、もしも五郎左衛門が姿を現わせば、たちどころにわかる。田辺は、眼前の大竹の妻に、おのれが何を求めているのかが、わからなくなりつつあった。それでも苛立ちが募ると、足は大竹家に向いていた。框を上がることもあれば、家の近くまで行って引き返すこともあった。


田辺は苛立ちを鉄斎にも振り向けた。御城とは距離を置く鉄斎のもとへ遣いを送り、半ば無理にも呼び立て、城中の広間で長いこと待たせた。

鉄斎は、大広間の真ん中に座って、開け放たれた襖《ふすま》の外の中庭を眺めていた。田辺がひとりで入っていくと、ゆっくり振り向いた。田辺はその向かいに腰を下ろした。

「藤波殿。それがしは、あの妻女も、その夫君も、ほんとうのところは何とか助けてやりたいと思うており申す」

鉄斎は冷ややかなまなざしで田辺の言うことを聞いている。田辺は続けた。

「しかしながら、今のままでは大竹の者らを沙汰《さた》無しで放免とするわけにはゆかぬ。そこでお尋ねいたしたい。長らく重臣として家中のまつりごとをなされた藤波殿が、もしそれがしの立場なら、いったい、いかがなされるか」

鉄斎は口を開いた。

「これは、筆頭家老、田辺殿のじきじきのお調べか」

「調べなどというものでは」

田辺はかぶりを振った。鉄斎は言った。

「ならば、何か返答をせねばならぬということもなかろう。また、その義理もない」

田辺は、鉄斎の物言いに思わずかっとした。

「謀反を起こした家臣の妻女を守ろうというその心意気、藤波殿が日頃から親しくしておられるということなら、人情としてわからぬでもない。しかし所詮《しょせん》は私情にござろう。罪を罪と認めぬのは、藤波殿の品位を損なうことにもなる」

「大竹もその妻女も、もとより罪人ではござらん」

鉄斎は田辺を真正面から見すえた。

「罪があるのは誰じゃ。罪人はどこにおるのか、わからねば教えてしんぜよう」

鉄斎は田辺にひとさし指を突きつけた。

「罪人は、今、ここにおる」

田辺はさっと顔色を変えた。怒りのあまりことばもなく立ち上がると、大広間をのし歩いて、出て行った。

去り際に田辺は鉄斎の方を振り向いた。鉄斎は先ほどの姿勢のまま、両膝《りょうひざ》に軽く手を置いて前方を見やっている。田辺は怒鳴った。

「この先、たとえ悔いて泣きついて来られようと、もう後の祭りにござるぞ」

鉄斎は笑った。

「それはこちらの科白《せりふ》じゃ」


蟄居《ちっきょ》から相当の時が経ってそろそろかという頃合い、田辺は鉄斎のもとを訪れた。御城からは遠く、大竹家からは一町ほどの馬場の裏手に、その小さな庵《いおり》はある。話には聞いていたが、こうして訪れるのは初めてだった。

酷暑の中、閉め切られた質素な居室の畳の上で、鉄斎はこちらに背を向けて何か書をしたためているようだった。猛烈な湿気で、かすかに黴臭《かびくさ》かった。田辺は下役人を遠ざけると、背後から声をかけた。

「藤波殿」

鉄斎は、少しあってから、声に気づいて振り向いた。

頰が暗くこけて黄色い皮が突っ張り、髷《まげ》は張りがなくなり、隈《くま》のひどい両目だけがぎらついている。剝《む》き出しの手首は、竹筒ほどの細さだった。

「何用じゃ」

「ご様子をうかがいに参った次第」

鉄斎は田辺を見やって、笑った。

「死ぬのを見物に来たのなら、気の急《せ》いた話よ。このくらいではびくともせぬわ」

田辺の指図で、鉄斎は蟄居中、責問を受けぬ代わりに米と水を減らされている。命を保つにはぎりぎりのはずが、ひと月もっているというので下役人らは怪しみ、何かの霊力の賜物ではと、恐れてすらいる。

これほど厳しい蟄居の沙汰は、これまで家中でもあまり例がなかった。大竹五郎左衛門の妻女、なおにも同じ沙汰を与えているが、果たしてどちらが先に音を上げるか、あるいは倒れるか、というところまで追い込んでおきながら、田辺にはこの先、おのれが何をどうしようというのか、ますますわからなくなっている。

むやみに責めたいのではなかった。なぜか無性に、何かを話したかった。

田辺は、背を向けた鉄斎に声をかけた。

「藤波殿」

鉄斎は、土間に立つ田辺の方へ向き直ると、胡坐《あぐら》を搔《か》いた。そして微笑んだ。

「何か、仰せになりたいことがござるか」

鉄斎は穏やかな顔で言った。

「では、申してしんぜよう。すべては順番じゃ。わしに訪れることは、その方にもいずれ訪れる」

田辺は鉄斎の顔をまじまじと見た。鉄斎は屈託なく笑って言った。

「いずれわかる」

「何が、でござるか」

「その方が、揚がり屋の暗がりに、ただひとりでうなだれて座っておる姿。わしにはよう見えておる」

田辺は突き飛ばされたような気がした。

「わしがその方に申すことは、これで終《しま》いじゃ。遺言と思うて、しっかりお聞きなされ」

田辺は思わず身構えた。

「もしその方がなお殿に何か危害を加え、苦しめれば、それはその分だけ、その方自身を苦しめることと相成ろう。その方が加えた責め苦は、倍になっておのれの身に返って来ようぞ。おわかりか」

「何のことにござるか」

「おのれの魂に尋ねてみよ。わからぬわけがない」

鉄斎は微笑んだ。

八

その夕刻に田辺が城を下がった時、頭上の薄雲は赤く輝き、空全体に、墨を溶いたような闇が広がり始めている。

左右に築地塀《ついじべい》が続く狭い道を戻って、田辺は藩校の道場の門をくぐった。竹刀が打ち交わされ、素足が床板を踏み切り、気合を叫ぶ声が夕闇に響く。

筆頭家老が単身で現れたのに驚いた師範代が、あわててそばへ来た。肩と胸が盛り上がっている。道場の皆が田辺を振り向いて、竹刀を持つ手を止めた。道場の格子窓から射す夕陽が、床板の上で柿色に照り返している。

田辺は、皆のまなざしを無言で浴びて道場に上がり、竹刀を取ると、胴着の帯を締めた。一番前に出た平士が、うわずった声を発した。

「田辺様、お手合わせを」

若手から支持を受けているが、激しやすく思慮に欠けるところがある男で、元旦《がんたん》の不出仕以来、取り立ててやったのにすぐ恩を忘れた軽輩だった。

他の者が前後して押しかけた。田辺が黙っていると、師範代が一同を叱りつけた。

「無礼ではないか」

田辺は顔を上げて皆を睨《にら》み渡した。

「望むところじゃ。手合わせいたそう」

竹刀を構え、向き合って一礼すると、田辺と平士は激しい掛け声を浴びせ合い、互いの周りを回って隙を探った。

平士のすり足にわずかな乱れがあり、吸い込まれるように動いた田辺は、素早く連打した。相手の勢いを削《そ》ぎ、動きを封じて首を突き倒すと、拳《こぶし》でじかに突いたような、確かな手ごたえがあった。

のけぞった平士をよそに、田辺との手合わせを求める者が殺到した。田辺は師範代に次の相手を決めるよう命じた。足払いをかけ、よろめいたところを上段から打ちすえた。竹刀を構えた肘《ひじ》で相手の顎《あご》を突き上げ、強打を脇と首筋に浴びせた。見る間にふたり倒すと、田辺は額の汗を拭《ぬぐ》い、師範代に向かって怒声を上げた。

「木刀をもて」

木刀で打ち合うと頭の骨を叩《たた》き割ることがある。師範代があわてた。田辺は、一同を見回して一喝した。

「太刀に命を賭《か》けぬ者など侍ではない。腰抜けどもが。恥を知れっ」

道場の奥から、声が上がった。

「大坂で私腹を肥やすことは、恥ではござらんのか」

「今、ものを言うた輩《やから》は、前へ出よ」

田辺は荒い息を整えた。誰も出て来ない。今度は違うところから違う声がした。

「ご隠居や若い妻女をやたらに苦しめるやり方、卑怯《ひきよう》ではござらんのか」

とっさに田辺は、責問を浴びるなおの黙った瞳《ひとみ》の光を、血相を変えてあらがって来る鉄斎の表情を、思い浮かべた。

「今、もの言うた輩、前へ出よ」

全員が前へ出た。

田辺は、師範代に木刀を持ってこさせた。片手で一振りすると、木刀が空を切って低く唸《うな》った。

「かかって参れ、若輩者共が」

道場内が殺気立った。

九

顔に白い布を被《かぶ》せられた鉄斎の亡骸《なきがら》を、敲《たた》きに立った田辺は、長いこと眺めている。下役人が数人、そばで控えている。奇妙なことに庵からは、かび臭さも湿気も消え失《う》せていた。

田辺はひとつ、深く息を吐いた。いったいおのれがどのような気持ちなのか、哀しいのか怒っているのか、わからない。

その朝、いつものように下役人が庵《いおり》の中を検分すると、蒲団に横臥《おうが》した鉄斎は幾度声をかけても応じず、下役人が畳に上がってみると、すでに息を引き取っていた。両の目は、かっと見開かれていたという。

田辺は、おのれの手でその両の目を閉じてやることを思い浮かべた。そうしたことは、遺された家族の者がすべきことのようにも思われたが、鉄斎は独り身になって久しかった。

藤波家の係累の菩提寺《ぼだいじ》に亡骸を引き取らせると、その後は丁重に弔った。一切が終わってしまった後も、田辺はそのことを、なおに告げずにいた。


大竹の居宅を訪れた時、いつもと同じところに座っているなおが、澄明なまなざしで田辺に尋ねた。

「鉄斎様は、ご無事にござりますか」

とっさのことで、田辺は答えに窮した。

「さて。近頃はご様子をうかがうこともない」

なおは、じっと田辺を凝視していたが、やがて言った。

「鉄斎様のご様子を知りとうござります」

田辺は不意に苛立《いらだ》ちを覚え、なおの前に座っているのをやめ、立ち上がった。

「知らぬ」

なおは、表情のない顔で田辺を見つめた。何かを見出《みいだ》そうとしているようにも、何かの答えを待ち続けているようにも見えた。

田辺は、胸騒ぎがした。おのれが何かを裏切ろうとしている。何を裏切ろうとしているのか。おのれの魂だった。

なおが、静かに尋ねた。

「鉄斎様はご無事にござりますか」

田辺は、思わず顎を上げて、うなずくように曖昧《あいまい》に首を動かしたが、何も出来ない。なおがこらえきれず、両手の平の中に顔を埋《うず》めた。わっと泣き伏すかと田辺は思ったが、なおはかすかに肩を震わせ、声を殺していた。

田辺はいたたまれなくなった。なおが傷つき悲しむのを見ていられないのは何ゆえなのか。

なおが、泣き濡《ぬ》れた目を上げて田辺を強く睨んだ。

「鉄斎様は今、どちらにおられますか」

田辺は口を開いたが、何を言えばよいのか、言いあぐねて、ようやく言った。

「藤波家の、菩提寺におられる」

なおは、田辺を真正面から見つめた。

田辺はその目の色に肝が冷えた。突き落とされたように思った。それは仇敵《きゅうてき》を見る目だった。

なおは、はっきりと言い渡した。

「決して許しませぬ。決して許しませぬ。決して、許しませぬ」

田辺は憤然と立って大竹の居宅を飛び出てから、おのれがしたことを知った。

田辺は、逃げ出して来たのだった。

十

木賃宿の大部屋に主君を残して、五郎左衛門は二日ぶりに様子見に出た。宿を出るや否や、きつい日照りで着ているものが汗で濡れる。そここで振りまかれる打ち水の瑞々《みずみず》しさを、全身で感じた。

永友と吉田屋、その双方と日ごとに連絡をつけ、外出して主君の用を足すのが五郎左衛門の務めだった。

大川のほとりまで来ると、流れに抗《あらが》って浮かぶ水鳥の群れが、水中に嘴《くちばし》をいれて何かついばんでいる。川べりには荷の上げ下ろしをする茶船がいくつも繋《つな》がれている。低い川面に至る段の途中に、場立が三々五々座り、茶を呑《の》んで一息入れている。

五郎左衛門には、米相場を動かす場立の姿格好が珍しかった。示し合わせたように幅の狭い下駄を履き、紺や浅黄縞《じま》の単衣《ひとえ》を尻《しり》で端折《はしょ》って、襟元に白い手拭《てぬぐ》いを折り込んでいる。結んだ帯の腰に矢立《やだて》を差し、売り買いをつける帳面を手にしている。揺らぐ川面が放つ砕けた陽の光が、五郎左衛門の目に灼《や》きついた。咽喉《のど》の渇きを覚えるような緑の水だった。

道行くひと通りに、なおに似た後ろ姿をたびたび見かけた。明るい陽のもとを、女子の友連れと三々五々歩いて笑いさざめいている。それとなく前に回って顔を見やると、まったくの別人だった。鉄斎と同じ背中をした商人や、白い柄《つか》の太刀を帯びた高位の武家もよく見かけた。

水しぶきを散らして宙へ上がった水鳥が、大江《おおえ》橋の方角へ向かってまっすぐ飛んでいく。その真下、六間ほどの通りに、挙げた手を打ち合い、怒声を発して売り買いする場立が入り乱れる帳合米相場が広がっている。

堂島の浜通りには正米、石建米、帳合米と、三種の米の相場が立っている。そもそもは天下の台所、大坂に集まる日の本全土の米を売り買いする際に、米俵を蔵屋敷から出し入れする手間を省くために考えられた、米切手の売買が主だった。この堂島相場に米はない。米と同等の価値を持つ米切手、そして帳合米相場では米の売り買いの権利そのものが、場立ら相互の覚えと花押で記録をつけられ、とんでもない素早さでやりとりされる。

ここでだけ許された特別な市で決まる米価は、日の本津々浦々の米相場で米価の礎となるのだった。江戸のご公儀、勘定奉行や町奉行は、たびたびお触れを出し、大坂の主だった商人らに米を高い値で買い上げさせ、米価の高位安定をはかったが、それも焼け石に水だった。

五郎左衛門は、橋を渡ると、ぎりぎりのところまで歩み寄った。通りはすでに場立で埋め尽くされ、さながら餌を待つ鯉のような様相だが、まだ誰も手を挙げていない。狭い通りに数百人がひしめいている。両側の茶屋の軒下には、殺気だった目で値動きを見張る、場立よりも身なりのよい旦那衆《だんなしゅう》たちがずらりと雁首《がんくび》を並べている。

看板を持って出て来たのは帯刀した者で、拍子木を鳴らし、よります、と一声呼ばった。

「五十二匁、二分から。五十二匁、二分でございい」

相場を司《つかさど》る米会所の水役人だった。

午後の立会が始まった。人混みが途端に活気づいて、水中の魚の群れに似たかたまりが動き出し、激流の中でぶつかり合った。

渦の中に立つひとりの場立が、五郎左衛門の目についた。どこかの手代のなりだが、右の手の平を前へ向け、ひとさし指と中指の二本を頭上に振り立て、やったやった、と大声で呼ばわるもう一方の手は腹のあたりにあり、指を三本立てている。

頭上にかざした右手は、二分、を示し、一方、腹にある左手は、指一本につき二十石、都合三本で計六十石を、五十二匁二分の価格で売る、という仕草だった。

すぐそばから、背伸びして二本指を立てた手首ごと摑《つか》むと、おのれの空いた方の手に打ちつけ、とろう、と叫んだ小男が、買い手だった。

売り買いが成立すると、売り手と買い手はその場ですばやく手帖《てちょう》に売買を書き留め、認めの花押《かおう》を書き合った。後日訪れる精算日に漏れなく精算するためだった。

他にも買い手が数人現れた。焦って手招きすると、もどかしげに売り手の右手が空くのを待って、おのれの手に打ちつける。また帳面を出して花押を送り合う。

その後に続く数人の同じ仕草で、五郎左衛門にもようやく売り買いの動きの実際が呑み込めた。あらかじめ吉田屋に聞いていたことを踏まえて様子をうかがっていると、次第に値動きが見えて来た。

帳合米相場は、面白いように値が動く。五十三匁一分、二分、三分、とじりじりと上がった後、いきなりぽんと二匁も上がって五十五匁一分になったところで、場立たちの渦の動きが少し鈍る。

やった、やった、と呼ばわって右手を掲げた売り手らが、買い手を求めてうろつくが、飛びつく買い手が目に見えて減っていく。先程看板を出してきた水役人が、拍子木を鳴らして青空の下の市場を歩き回る。

「ただいま、五十五匁、三分。ただいまの値、五十五匁、三分でございー」

振り返ると、市場の様子を外から熱心に見守る者たちで、橋の上は足の踏み場もない。帳面を出して書き留める町人がいる。値段をききつけるや否や、ぱっと踵《きびす》を返し大人のひと垣を掻《か》き分けて走ってゆく丁稚《でっち》が数人、あれは、吉田屋が言っていた走り坊に相違ない。水役人が発表した半刻《はんとき》ごとの平均値を、奉公する仲買の店に知らせにゆくか。あるいは、米相場の値で賭《か》け事をする高下の店へ向かうのか。

米仲買でない者は浜通りの相場に立ち入ることが許されていないが、相場の様子を遠巻きに眺める者は多く、近場の橋も対岸も鈴なりの人の出だった。

また、提灯《ちょうちん》をつけると称し、勢いのある立役者の売り買いをそっくり真似て便乗しようとする小者の仲買も、大勢いた。

空の端が茜色《あかねいろ》に色づいて来た。拍子木が鳴った。浜通りに目をやると、詰所の格子窓の箱に置かれた火縄が消えている。これが大引けの合図で、すなわちその時の値が本日の終値となる。橋の上も、相場の浜通りの対岸も、西の空を見上げて明日の相場の値を占うひとだかりでいっぱいになった。

五十八匁三分。水役人がよばわるその日最後の値を頭に刻むと、五郎左衛門は橋を渡っていったん対岸の川べりを歩いた。それからたっぷり半刻、でたらめな道筋をたどった。角を曲がる折に確かめたが、あとをつけられているかどうか、はっきりとはわからない。

ひと群れの行き交う通りを歩けば、五郎左衛門は、なおや鉄斎の似姿をそここに見てしまう。思わず振り向くと、屈託なく笑うなおの似姿がまぶしく、つらかった。

宿に戻ると、丸腰の重元が、相手なしにふたつの賽《さい》を転がして、何かを占うかのようにその目を確かめている。大部屋の四隅にある行灯《あんどん》の火の周りを、羽虫が飛んでいた。

新しい無宿人が三々五々たむろして花札をし、互いの危うい儲け話を披露している。

五郎左衛門は、大部屋をそっと見回した。脇差《わきざし》を帯びた者は少ないが、その気になれば重元を殺《あや》めることはいくらでもできる。主君をひとりこの中に放っておいて、果たしてよいものか。しかし、誰かが市場に行って様子見をしなければならぬ。

五郎左衛門は、重元に堂島の動向を余さず申し述べた。立てた片膝《かたひざ》に伸ばした片腕を置き、もう片方の足を前に伸ばした姿勢の重元は、五郎左衛門の話をまばたきせずに聞き終えた。

「大引け値はいかほどであった」

重元が五郎左衛門に尋ねた。

「確か、五十八匁三分にございました」

重元の表情が変わった。

「結局、朝から何匁上がった」

「六匁にございます」

五郎左衛門は答えてから、ふと気づいた。値上がりの幅が大きいのではないか。

重元は手の平の中のふたつの賽を親指でいじって、一から順番にぞろ目を出し続けた。

その親指が止まった。目を上げて五郎左衛門を見た。静かな目だった。

五郎左衛門は申し出た。

「吉田屋に確かめて参ります」

重元がうなずいた。五郎左衛門は、重元を丸腰で残すことがどうしても気になった。

「殿。せめて脇差だけでもおそばに」

「案ずるな。それより、吉田屋を訪《おと》のう際、誰にも見られぬようにせよ。そこから足が付く」

十一

吉田屋の店は、すでに表戸が閉まっている。大きな店構えの裏に回り、潜り戸《くぐりど》の前に立つと、五郎左衛門は軽く握った拳の裏で、叩いてみた。その後、真っ暗な裏通りを見渡して耳を澄ませた。声は立てぬほうがよいだろう。

吉田屋の丁稚が持って来た文には、気をつけるように、とあった。相場の動きは素人にはわからぬから、こちらから知らせるまで、みだりに動かぬこと。

しばらくして戸が開くと、猫背の吉田屋本人がいた。五郎左衛門よりも、頭ひとつ低い。

「はよ、入んなはれ」

奥の小部屋に案内されると、吉田屋は五郎左衛門の向かいに腰を下ろした。重元からの用件を伝えると、腕組みをした吉田屋は鋭い目で五郎左衛門を見た。

「大竹様。その格好で堂島を歩き回ったんでっか。その耳と、そのお顔で」

五郎左衛門は思わず、裂けた耳に手で触れた。破れた肉の房には、もう何の感覚もない。歪《ゆが》んだ傷の残る頬は、触れずともどうなっているのかわかっている。

「そんなんで浜通りをうろついたら、すぐ向こうさんの目につきまっしゃろ。こっちが堂島に現れるのを待ち構えとりまっせ。何もなしに、宿までよう帰れたもんやわ」

五郎左衛門は急に気が急《せ》いて来た。宿で待つ重元のもとへ、早く戻らねば。

「今日、堂島を出歩かはったんは、これから戦をやるっちゅうことを、こっちからふれてまわったようなもんでっせ」

「そう言えば、本日の値動きだが、六匁も上がっておった」

吉田屋はちょっと黙って五郎左衛門の顔を眺めた。

「そのくらいの値幅は、ないこともないですわ」

「重元様は、その方《ほう》と会《お》うてじかに話がしたいと仰せだ」

吉田屋は軽く頭を振った。

「今、話に行って、どないせえと。向こうさんの目にとまったら、若殿様もこっちも終《しま》いですわ」

「ならば、どうすればよい」

「今宵は、もう出歩くのはやめときなはれ。泊まったらよろしいわ。今戻ったらあきません。こんな遅くに通りを歩いとったら、明日の朝は大川に浮かんどるかもしれへん」

「しかし、重元様がそれがしの戻りをお待ちだ」

「ほんなら、うちの丁稚を行かせますよって。御殿様にはひと晩くらいお待ちいただけますやろ」

「しかし殿はおひとりだ」

「御殿様のいどころが向こうさんに知れるのと、一晩くらいおひとりで過ごすのと、どっちをとるんや、っちゅうことですわ」

吉田屋は店の女中を呼ぶと、五郎左衛門を奥へ案内させた。幼子かと見まがうほどの背丈の男児を呼んで、土間に立たせた。唇の赤い、とろんとした目の幼子に見えたが、名を呼ばれるとしっかり返事した。

「この子に行かせますさかい。まさか向こうさんも、小僧が行き来するとは思うてへんはずですわ」

「危なくはないのか」

「生まれも育ちもこの大坂やから、そこいらの大人よりよっぽど裏道を知っとります」

吉田屋は、重元が逗留《とうりゅう》している宿の名を丁稚に吹き込んだ。丁稚は目をあげると、木戸の敷居を静かにまたいで出て行った。後ろ姿を見送りながら五郎左衛門は尋ねた。

「あの子ひとりで走り回るのか」

「いえいえ、何人か交替で走らせます。この大坂には、うちの本家と分家が四軒ありますよって、そのときどきに、どれかの店を経由させて走らせます」

「それでかえって足が付くことはないか」

「半日で丁稚を全部入れ替えますし、向こうさんも小僧の顔はみんな同じに見えるやろうし。ほんまは御殿様がここに来はったら一番ええんやけども、そういうわけにもいかんやろうし」

吉田屋との関わりは、相場の合戦が始まれば、いずれ露呈する。しかし、ぎりぎりまでなるべく田辺らには知られないほうがよい。

吉田屋は笑った。

「そやけど、大竹様がここへ来はるんやったら、一緒ですわ」

この吉田屋は、恐ろしくはないのだろうかと五郎左衛門は思った。

大坂を支配する大坂城代の藤堂、そして堂島相場で一、二を争う実力者の越前屋が与《くみ》する国家老、田辺の側。もう一方は、国元を辛くも脱して徒手空拳《としゅくうけん》で姿を潜める主君と、そのたったひとりの家臣。果たしてどちらが優勢か、言うまでもない。

吉田屋は五郎左衛門の表情を見て、にっこりした。

「そないな情けない顔しとったらあきまへん。負けたら地獄を見るのは、そちらさんや。こっちはこれが生業《なりわい》やから、なんとでも乗り切れますよって」

吉田屋はふと手を伸ばし、思わず五郎左衛門の肩をどやしつけかけて、手を引っ込めた。

「こういう合戦みたいな相場は、ゆうたら、駆け引きでどうこうできるもんとは、もう、ちゃいます」

吉田屋は、かつてこの堂島米相場で起こった大きな喧嘩《けんか》相場をいくつか、例に挙げた。加賀《かが》や紀州、越前などの大藩の米を扱って左団扇《ひだりうちわ》で暮らす大店《おおだな》の場立らが、千人余の場立が蠢《うごめ》く相場の中で、ふとしたことで売られた喧嘩を買ったのが発端だったという。

普段は聞いたこともないような米価の乱高下が起こって、そのあおりを食った中小の米仲買が幾十人も、夜逃げするか首を吊《つ》るかの騒ぎに至ったという。負けた方の大店はたおれとなって跡形もなくなり、また勝ち残った店も、その後の相場の浮き沈みを生き延びた者は少なかった。

「大きい波が来ると、その大きさに持ちこたえられへんもんは、ひっくり返ってまいますねん。そうなると大物だけ生き残って、そのまわりに集まる提灯《ちようちん》持ちの雑魚《ざこ》が、けち臭い相場の値段を作る、ちゅうことになります。それはおもろない。何よりも天下の台所として、まっとうな米の値段を定めるこの大坂の名に恥じる。それではあかんのです」

吉田屋はかすかにため息をついた。

「今宵は、よう休んだらええんちゃいますか。これからは夜もおちおち寝られんようになる。明日から戦や」

五郎左衛門は面食らって尋ね返した。

「明日からか」

「もう向こうはわかっとるはずですわ。そんなら、こっちから仕掛けたる。先手必勝や」

吉田屋は立ち上がると小部屋を出た。廊下の暗がりに出ようとして、五郎左衛門を振り向いた。

「しっかり休みなはれ」

第五章　米買上令

一

朝五つ（午前八時）になって堂島の相場が動き始めてから、五郎左衛門は、重元が待つ木賃宿に遠回りして戻った。

草履を脱いで上がる際、見渡すと、大広間の襖《ふすま》は開け放たれ、宿の者が箒《ほうき》で畳を掃いて、雑巾《ぞうきん》がけをしている。

すでに宿を発《た》った者が多いのか、雑魚寝の客がひしめいていた土間も框《かまち》もがらんとしている。泊まり客は、宿を朝出て夕刻にまた入って来る。同じ宿に長くいると、ひと目を引く。

床柱を背に、目をつぶって朝陽を顔に浴びる重元を見つけて、五郎左衛門はほっとした。五郎左衛門に気づくと、重元は軽くうなずいた。

「丁稚が二度来た」

重元は懐から書付を取り出した。

「始まった。先ほど、吉田屋らが合わせて二万五千石、売りを入れた」

「こちらから狼煙《のろし》をあげたということにございますか」

重元はうなずいた。吉田屋ほか、主だった仲間の米仲買、尼崎屋《あまがさき》、中川屋《なかがわ》、岩井屋《いわい》、榎本屋《えのもと》、中本屋《なかもと》ら、座が総出で売りを入れたのだった。五郎左衛門は尋ねた。

「米価はいかほどに」

重元は書付を五郎左衛門に見せた。

「四十九匁三分」

一気に下がった、と五郎左衛門は思った。

「向こうの出方は」

重元は書付を懐にしまうと、大部屋全体を眺め渡した。

「まだ動きはないようだ」

「われらはどういたしますか」

「始めてしまったものは、もう引き下がれぬ。この勢いで売らせよう。朝餉《あさげ》は済ませたか」

五郎左衛門は吉田屋のところで済ませてきていた。

「何か、握り飯でもお持ちいたします」

重元は、よい、といって軽く手を振った。

あのう、という幼子の声がして、五郎左衛門と重元が振り返ると、その日三人目の丁稚が立っている。懐から書付を出すと五郎左衛門に手渡し、軽い足音で立ち去った。

五郎左衛門が手渡した書付を、重元は開いた。すぐ五郎左衛門に中身を見せた。五郎左衛門は声をあげそうになった。

昼の引け時の鱗値《うろこね》は五十八匁六分、買い方の主だった大店は、越前屋をはじめ、高田《たかだ》屋、杉田《すぎた》屋、藤代《ふじしろ》屋、太田《おおた》屋、小島《こじま》屋。それぞれ五万石ずつ、総計三十万石分の買いを入れていると書いてある。

五郎左衛門は重元の表情をうかがった。重元は顔色ひとつ変えず、傍らに用意してあったのか、硯《すずり》に磨《す》ってあった墨で細筆の先を濡《ぬ》らすと、書いた。書かれたその字を五郎左衛門はまじまじと見た。

四十万石　売り

二

水役人が通りに向けて看板を置くと、拍子木を鳴らした。昨日の大引け値は大幅に下がっている。

田辺は米会所の斜め向かい、茶屋の二階から堂島米相場の浜通りを見下ろしている。すぐ真下から見渡せる限りの遠くまで、怒声と激しいやりとりで埋まっていた。

じっと座っているだけで、額や首筋が汗ばんで来る。時折、開け放った茶屋の中を、涼風がすっと吹き抜けていく。

誰かが階段を上がってくる。越前屋だった。米会所の有力者然とした格好で、白足袋姿に帯刀している。

田辺のところまで来ると、膝《ひざ》を折ってそばへ腰を下ろし、窓辺へ手を置いた。

「いい按配《あんばい》ですな」

やった、やった、という掛け声で片手を高く掲げた売り手のその手を、引っつかんでおのれの手に叩《たた》きつける買い手が十数人寄り集まって、腰に差した帳面にその取引を書きつけ、互いに花押を送りあっている。越前屋の手の者たちではない、米価の急騰に乗じて儲《もう》けようという中小の店の手代らだった。

越前屋は手にした煙管《キセル》を、座っている桟敷《さじき》の木の隅に二度、強く打ちつけた。それが合図だった。買い方の手の者らが、浜通りの四方へ散っていく。

田辺は、激しく揉《も》み合うひとの渦を掻《か》き分けてゆく者らの背中を、目で追った。買い方の立役者として名高い越前屋、高田屋、杉田屋、藤代屋、太田屋、小島屋、その他にも、この六軒の提灯をつけて回る中小の仲買の場立、それから手代、丁稚《でっち》、総勢十数名が越前屋の合図を待って、軒先の浜通りの渦の中で目を光らせていたのだった。

越前屋ら買い方の立役者は、すでに今朝方から帳合米相場で三十万石、買い進めている。相場は五十八匁六分から、あっという間に六十匁を越えた。

越前屋が田辺に尋ねた。

「この仕手、いったい、いつまでおやりになるおつもりで」

「国元の借財をすべて返上するまでだ」

越前屋は、何かいわくありげに黙って見せた。

「田辺様。商人と付き合う時は、どうぞ重々ご注意なさいませ。商人というのは、借金を支配する者がすべてを制するものと、ようわかっておりますので」

田辺は皮肉った。

「その方《ほう》は、違うと申すか」

越前屋は笑った。

「もとより手前には、そうした道理に逆らう力はございません」

それから越前屋はわざとらしく目を丸くして見せたが、芝居がかって見えた。

「しかし、田辺様は五万両の元手で十万両の借財をチャラにしようってんですから、えらく豪気な話にございますな」

田辺は思わず憤った。その方が仕向けたのではないか。そう言いかけた。

「その方は米相場の玄人であろうが」

「手前どもは、田辺様にお貸しした金が返って来れば、それで結構なだけにございます。ときに、お貸しした五万両が今どうなっているか、申し上げましょう」

負けが込んでいるのでは、と田辺は不安になったが、越前屋は元手の五万をきめ細かに運用して、およそ一万の利益を上げていた。田辺は念を押した。

「損はしておらぬのだな」

「そりゃ、ちょいちょいとございますがね、まあ、売り買いってものはちょっと勝って
ちょっと負けて、ってな綱の引き合いが、延々続くようなもんでして。そう焦らぬこと
が肝心にございます」

米の現物が一切姿を見せない流れ商いの帳合米相場は、百石単位で、やった、とろう、
と、米の売り買いの権利そのものも売買の対象としている。また、売った仲買は、精算
の期日までには必ず売った分を買い戻す決まりとなっている。

売った分を買い戻す、あるいは買った分を売り戻した際に生まれる差額が、儲けとな
るか、損となるか。堂島の場立は、この差額をめぐって、日々しのぎを削っているのだ
った。

「どいつもこいつも買いだ買いだと騒いでいる最中、提灯《ちょうちん》つけてる雑魚《ざこ》どもが、こっち
の真似して売りに転じる前に売りさばいて儲けを出さねえと、商売にはなりゃしません。
この様子ですと、わたしどもは幾らまででも買い建てができますが、あんまり買い増し
しすぎると、ほれ、この通り」

越前屋は窓の外の喧騒《けんそう》をそれとなく指した。

「相場を荒らしちまいますんで」

田辺は、越前屋の肩越しに浜通りを見下ろした。朝の取引で手持ちの米を売った仲買
が買い戻そうとする動きが、目に見えた。

「とにかく、向こうを相場で叩き潰《つぶ》してくれ」

「ええ、ええ、わかっております」

相場の仕組みでは、多く買って米の値を上げる買い方と、多く売って米の値を下げる売り方の双方が、売り買いを細かく刻みつつ、最終的には米切手を売り払って大きな利益を得ようとする。

つまり、売り方と買い方、ふたつの陣営が米価をめぐって果てしなく争うという構図の中で、勢いのない者、先を見る目のない者、小さい者、弱い者はついえてゆく。

「今に雑魚をあぶり出して喰《く》っちまいますから、まあ見ててごらんなさい」

田辺は座布団を動かして、座る向きを少し変えた。胡坐《あぐら》をかくと、越前屋に向かってまっすぐ座り直した。

「とにかく、先だっての藤堂様の仰せの通りじゃ。そう思うてくれ」

しかし内心は、藤堂がどこまで守ってくれるのか、その代償として、どれほどむしり取られることになるのか、わからない。藤堂からは音沙汰《おとさた》がなく、そのことも田辺の不安を昂《こう》じさせている。

空いっぱいに、細い斜線が無数に光っている。雨が降っていた。窓の下を覗《のぞ》くと、雨に打たれ、かえって狂熱を増した場立らの渦が、盛んに手を打ち合い、売り買いを呼びかけている。腰の帳面に、互いの売り買いの結果を書き記すそのときだけ、浜通りの両側の軒下へとよけるが、花押を送り合うと、雨の中に飛び出していく。

「ただいまの鱗値段、六十七匁二分。ただいま、六十七匁、二分でござい」

拍子木を打ち鳴らしながら、鱗値段《うろこねだん》を呼ばわって歩く水役人の声を、田辺は聞き逃していた。はっとして目を上げた。今の鱗値段、六十七匁二分。

今朝からすると、七匁上がっている。これが米相場の自然な値動きなのかどうか、田辺にはわからない。窓の下の様子を見ると、買いが極端に進んでいるからというだけではない、騒然とした空気が確かにあった。人の出も、朝の倍になった。互いにぶつかり合い、つまずく場立を、そこここに見た。

越前屋が何か言ったが、田辺は聞いていなかった。越前屋が繰り返した。

「で、そちらの首尾は。逃げた御殿様の」

越前屋の、突き出た額と細い目の光を、田辺は睨《にら》みつけた。

「その方の口出しすることではない」

「いえね、手前どもとしては、そういつまでも無茶な買い建てを続けるわけにもいきませんので。もう、はなからまっとうな商売の取引とは違うんですから。その御殿様ってのは、国元じゃ、随分と人望があったようじゃございませんか」

田辺は、越前屋の口振りを不愉快に感じた。

「どこでそのような噂を」

「ええ、米相場ってのは耳ざとい連中の集まるところでして。各地の御殿様のご事情なんざ、ことと次第じゃ、ご公儀よりもよっぽど通じておりますよ」

越前屋の口調が、みるみるうちにくだけて来ている。こちらが言うなりになるとみると、どこまでもつけあがってくる。しかし、こやつの力を借りなければ、米相場で重元を誘い出して打ち倒すことも、また重元を討つことも出来ぬ。

「いったい見つかる見込みがあるんですかい、御殿様は。田辺様はあんまりご存知ないでしょうが、この堂島の米の市ってのは、買ったものはいつかは売らなくちゃ儲けになりませんで、その逆も然《しか》りなんでございますよ。早く御殿様を見つけていただけませんと、こっちはいつまでも買い建てばかりしてやいられませんので。金魚の糞《ふん》みてえについてくる小物が、わんさとおりますから」

越前屋は、にがにがしい口調になった。

「その御殿様の背後にいる米仲買というのが、また、わたしどもからすると、随分とたちの悪い輩《やから》でございましてね。吉田屋と申す輩なんでございますが。そのうちひねりつぶしてやろうと思っておりました雑魚でして、この度のことでちょうど良く、まとめて始末してやれますよ。ときに田辺様、この男をそちら様のお力でどうにかする、ってようなことは、出来ない相談にござりますか」

田辺は何とも答えようがなかった。国元ならいざ知らず、この大坂では、よほどのことがない限り余計な刃傷沙汰《にんじょうざた》は避けねばならない。少なくとも今は。

「ああ、左様でございますか」

越前屋は田辺を見くびったような物言いになった。

互角にぶつかり合っていた場立の様子が、少し変わって来たように見えた。みるみるうちに買いの人出が増え、売りの手数は減った。今しがたまで浜通りいっぱいだったひと群れが、まばらになっていく。片手を高く掲げて買いを求める場立らの、とろう、とろう、という掛け声が響いた。

閑散とした通りを、水役人が拍子木を打ち鳴らして歩く。

「ただいまの鱗値段《うろこねだん》、六十八匁五分。ただいま、六十八匁、五分でござい」

上がっている。田辺は冷静に尋ねた。

「米相場では、噂というのはどのくらい保つのか」

「そりゃ、相場によって異なりますよ。春建物か、夏建物か。ひとの噂が一番障るのは、夏建物、つまり夏の相場にございます。米どころでは、今年はさてどんな実り具合だ、ってのが、もろに響きますから」

今は夏の相場、夏建物の期間に当たる。

「噂の真偽を確かめるということを、米仲買はするのか」

「ええ、いたします」

越前屋は当たり前のことのように答えた。

「夏場に雹《ひょう》が降った、なんていう噂がありゃあ、仲買の店同士で分担して、手代を現地に行かせることもいたします」

越前屋によれば、各地の米どころが冷夏や長雨などの天候不順だという報《しら》せがあると、堂島の米価はすぐに上がる。

天下の米が少なくなれば米価は上がり、豊作ならば下がるという仕組みは、古今東西、市場では変わることがない。堂島で日々米を売り買いする場立らは、取引の終わった夕刻になると、必ず西の空を見て、翌日の天気を占うのがならいだった。無論、今日明日の天候などでは秋の収穫の良し悪しはわからないが、それでも何か少しでもあてになるものはないかと探してしまうのが、場立らの心情だった。

米の出来が悪くなりそうだという報せを各地から堂島に持ち込めば、米価は確実に上がる、と考える輩はこれまでも少なくなかった。しかし、実際の取れ高や天候の知らせが数日以内に大坂に届けば、虚報はいずれ露見する。

越前屋を置いて田辺は段を下り、軒下の日陰から浜通りの市場を眺めた。先ほどまでの騒然とした空気は、もうない。

水溜《みずたま》りが、通りの真ん中で陽光をはじき返している。金色の水の膜に、砂埃《すなぼこり》が浮いている。蚊がその上を飛んだ。照りつける夏の太陽が重たかった。

三

丁稚《でっち》が運んで来る書付を開くたび、重元は胸に杭《くい》を打ち込まれる心地がした。買い方の越前屋らの組に有利な値動きが続いている。鱗値段のみが真ん中に書かれた紙は、皺《しわ》を伸ばして傍らに重ねてある。

吉田屋が集めた資金は、総額二万両（四十億円）余。これを売りに投じているが、今、残額は一万（二十億円）を切っている。おそらく、相手方の買い方に越前屋の組が大金を投じているはず、その額は少なくともこちらの二倍以上はある、と吉田屋は言っていた。

「銀があるうちは何とでもやれますが、肝心なのは、もうこれ以上動かす銀がない、となりましたときにどうするか、っちゅう見極めですわ。引き際、というてもええかもしれません」

それでも覚悟を決め、各所から銀をかき集めて相場に投じるとして、いったいどこまで借金を膨らませる覚悟があるのか。この引き際を見誤って、店がたおれになり、一家離散となり、首を吊《つ》ったり、大川に浮いたり、あるいは路頭に迷うことになった者は、数知れないという。

重元はふと思った。鉄斎様も、かつてこの堂島で、家中の米の運用に取り組んでおられたはず。この堂島のどこかに、確かに鉄斎様がおられた。

廊下から足音がした。五郎左衛門かと思ったが、人違いだった。開け放たれた障子の外へ目をやると、強い陽射しがまぶしく、目の中に緑と紫の跡がしばらく残った。軒先の鉄の鈴の、澄んだ音色が響く。表を吹く風が少し強まったようだった。気がつくと、頰を汗が伝っている。しかし、暑さを感じない。

大竹はほんとうによくやってくれている、と重元は考えた。先が見えずとも、命を投げ出してついてきてくれている。

重元は、丁稚が持って来た一番新しい書付を開いた。七十八匁二分。

昨日、いきなりここへ来た吉田屋は、重元と五郎左衛門に、堂島米相場の最新の動きを伝えた。

噂が出回っているという。毎年、この時季になると必ず聞こえてくる類《たぐい》のものとは違って、はっきりと、全国で大凶作が起こる兆しあり、という囁《ささや》きが、堂島中を駆け抜けているという。重元は尋ねた。

「どのような噂だ」

吉田屋は、畳の上の、開け放った障子から入って来る陽の照り返しに顔をしかめた。薄暗い広間を警戒するように見やると、額を爪先で掻《か》いた。

「この時季に出るよからぬ噂は、ひと通り。雲霞《うんか》の噂もありますわ」

五郎左衛門が堂島市場の周辺で集めて来た噂に雲霞の話はすでにあったが、はっきりしたものではなかった。その時から半月経っている。重元は吉田屋に尋ねた。

「噂の出所は」

「それがはっきりいたしませんで」

「噂の真偽を確かめることはできるか」

「そりゃ、ご当地に行けばすぐわかることで」

重元は吉田屋に頼んだ。

「確かめて欲しい」

「京と堺と江戸に使いをやります。向こうで、米どころからのぼって来るもんを捕まえて確かめるんが、一番早いはずですわ」

「では、頼んだ」

吉田屋は、すっかり米仲買の顔つきになっている。

「重元様、ひとつご相談いたしたいことが。うちの銀が底をつきかけておりまして、うちの組だけでは、もう工面がどうにも」

「その方の座を支える分限者らから、あと、どのくらい借りられるものか」

「あの親方らから大金を借りると、骨の髄までしゃぶられまっせ」

吉田屋は仙台藩の財政を任されて一切を取り仕切る格好となった、京の升平のことを引き合いに出した。

「ああなったら、お武家様はほんまにただのお飾りになりますよって。それでもええ、っちゅうんやったら。あとは御殿様次第ということになりますが、さて、どうなさいます。親方らから借りるか、それとももうひと頑張り走り回って、あぶなっかしゅうないところからなんとか工面するか」

田辺らに打ち勝つまでに必要な銀の額が、いったいどこまで膨れ上がるのか、重元にも五郎左衛門にも見当がつかない。だからこそ、この吉田屋に頼って来たのだった。

「いくらあればよい」

「そら、相場次第にございます。けど、今の流れやと、はじめの二万はもうなくなります。どういたしますか」

吉田屋はふたりの目を交互に睨《にら》んだ。重元は強く言った。

「ここで引くわけにはゆかぬ」

「ま、しかし、今から走り回ってどんだけ集められたとしても、流れが変わらんようなら、またおんなじことで、すぐに消えてなくなりまっせ」

重元は考えていたが、尋ねた。

「おれの名で借銀はまだ出来るだろうか。銀を貸す店というのは、どのようなものだ」

「一応、あることはありますけども、とてもお薦めでけません。小口しか貸さへんし、こっちが米相場で使う、っちゅうことがわかったら、みんな二の足踏みますよって」

「何とか工面をつけてほしい。頼む」

重元が吉田屋に頭を下げた。五郎左衛門はその時、国元を遠く離れたところにいる、と感じた。吉田屋はうなずいた。帰り際、ふたりに言った。

「宿を替えなはれ。もうそろそろ、ここも感づかれますよって。なんやったら、うちの店に」

重元は笑った。

「そのことばのみ、ありがたく受けるといたそう。では、鱗値段を引き続き知らせてくれ。とにかく売りだ。田辺を潰《つぶ》すまで売りだ」

四

吉田屋が広間を出たすぐ後、宿屋の玄関のあたりから、五郎左衛門はものものしい気配を感じ、とっさにそちらへ向かった。廊下いっぱいに黒々と広がったひと群れが、こちらへ迫って来る。五郎左衛門を見咎《みとが》めると、声を上げ、足を速めた。五郎左衛門は背後を振り向いて叫んだ。

「殿」

紋を隠した羽織袴《はおりはかま》の者らが鼻先まで迫っている。抜き身の刃《やいば》を提げ、黒い布で頬かむりし、目には表情がない。

五郎左衛門は急いで戻って、重元を広間の奥へ逃がすと、廊下と広間を仕切る襖《ふすま》をとっさに閉めた。刃の切っ先が襖から飛び出し、勢い余った者らが襖を蹴破《けやぶ》って広間へ転がり込んだ。ひとり転んだその上に何人も乗っかった。転んだ者らをよけてどっと広間に入って来た後続の隊は、広間の無宿人らの驚きをよそに、重元らを捜した。

田辺が動員した大坂詰めと浪人の一隊は、広間に残る客を呼び集め、詰問を始めた。何か書付を差し出す客がいた。重元と五郎左衛門が残していったものだとわかると、同心の頭はそれを懐に入れ、大声で号令をかけた。抜き身の刃を提げて廊下をどやどや立ち去っていくのを確かめると、広間の者らはよそを向き、ごろ寝に戻った。

追われていたふたりが、縁側からいきなり上がって来た。もうひとり、町人がついてきている。足が汚れているが、何事もなかったかのように、元いたあたりへ腰を落ち着けた。

「元のところにおるとは思うまい」

重元が言うと、吉田屋は町人髷《まげ》についた砂埃を、指の腹で払った。

「そやけど、向こうも、そう何度も同じ手にはかかりませんわ。それに、こういう類の宿はもうそろそろ、おやめになったほうがほんまによろしおまっせ。いっそ、うちの店に来なはれ」

重元の目は、ただ笑っている。吉田屋はあきらめた口調になった。

「ほんまに、こういう宿屋はもうあかん」

重元も五郎左衛門も取り合わないのがはっきりすると、しゃあない、と言って吉田屋は立ち上がった。

「そちらも用心せよ」

重元が言うと、吉田屋は片手を上げ、軽く頭を下げて廊下の向こうへ退いていった。

重元は、広間を振り返った。居眠りするひと群れが三々五々横たわっている。広間の真ん中あたりに、開いた縁側から影が長く伸びて届いている。重元は言った。

「いずれ、われらが銀を借りて回らねばならぬな」

五郎左衛門が言った。

「それがしがまいります」

「この大坂の町を、ひとりで荷車を引いて歩くなど、ひと目をひくぞ。手配の仔細《しさい》は吉田屋に尋ねよう」

重元は腰を下ろし、胡坐《あぐら》を掻いた。

「あと何日もつか。こちらの銀がまだある間に、田辺を叩《たた》き潰さねばならぬ」

「吉田屋の話では、その分限者の親方らはいくらでも銀を出す、ということにございましたが」

「そら恐ろしい話だな。そのような得体の知れぬ者らに、際限なく銀を出させるなど」

やはり殿は先を見ておられる。五郎左衛門は少し安堵《あんど》した。

五

夜が明けて、朝五つの値は七十一匁二分、ここ数年の動きからすると、途方もない高値となっている。公儀も諸侯も喜ばぬはずはない。しかし越前屋からは、この高値がこのまま続くわけはないと田辺は聞き及んでいる。反動でどれほど値が落ちるか、今からそれを見越して、売り方に転じる頃合いを見計らっている手合いが増えているというのだった。

この三日ほどは、一気に十匁下がるかと思うと、じりじり上がってぐっと下がり、また持ち直す、という値動きだった。

昼下がり、中間《ちゅうげん》が田辺を捜して下屋敷の道場までやって来ると、越前屋からの使いが待っている旨、耳打ちした。

田辺はすぐに通させ、話を聞くことにした。連れられてきた越前屋の手代は、敷地の中を珍しげに見回して、田辺のところまで来ると、懐から紙を出して差し上げた。田辺が中を開くと、そこにはただ、本日の鱗値段、五十八匁五分、とだけ、大きな字で書かれてある。

田辺は愕然《がくぜん》とした。辞去しようとする手代を呼びとめた。

「これほど下がったのは、なにゆえだ」

「詳しいことは、手前どもは何も。旦那様《だんな》にじきじきにお尋ねになられたほうが」

一筋縄ではゆかぬ理屈ぽさが、口調に感じられる。

「知っていることがあれば、教えてくれまいか。どんな小さなことでもよい」

田辺は態度を変えて穏やかに尋ねた。

手代は田辺を見上げた。

「噂がございます」

「どのような噂じゃ」

「今年は、どの米どころも豊作という噂にございます」

田辺は思わず目を剝《む》いた。

「雲霞《うんか》やら雹《ひょう》やらで今年は大凶作と言うておったんは、全部出まかせやったと、それを、どこぞの米仲買がわざわざ飛脚をやって、京と堺と江戸できっちり確かめたらしいと、そういう噂にございます」

「話の出所は」

「それがわかっとったら、手前どもも苦労いたしません」

田辺は続きをうながした。手代の唇が乾いているのに気づいて、柄杓《ひしゃく》に水を汲《く》んで持ってこさせた。手代は喉《のど》を鳴らして飲み干すと、口元を手の甲で拭《ふ》いて、続きを話した。

「もしも凶作のつもりで米価が上がっておりましたのが、ほんとうはまったく逆や、どこもかしこも大豊作や、ということになりましたら、大損する仲買や、たおれになって路頭に迷う者は、十や二十ではきかへんということになります」

そこまで聞くと、田辺は出かける支度を始めた。帯刀して与力同心を引き連れ、下屋敷を出た。普段なら駕籠《かご》で行くところを徒歩で、そして田辺を追う十数騎が駆け足になった。


一行は、越前屋の大店《おおだな》の前で止まった。与力同心が群がるように立って、手代や丁稚《でっち》たちが慌てて主人を呼びに走った。背後に配下の者らを引き連れた田辺は、立ったまま待った。

越前屋が現れた。いつにも増して不遜《ふそん》な面構えだった。店内には、他にも手代や丁稚が何人もいるが、誰も動かない。越前屋は薄笑いを浮かべ、田辺を眺めた。

「何でございましょう」

「知らせを寄越したのはそちらだ。鱗値段が大きく落ちたのであろう」

田辺は、今しがた一緒に来た手代を捜したが、姿がない。

越前屋は微笑んだ。

「ええ、えらく落ちまして、お知らせしたとおり、五十八匁五分」

越前屋は手代をひとり呼びつけて算盤《そろばん》を弾《はじ》かせると、田辺に見せるよううながした。

田辺は周りの目の手前、辛うじて声を立てなかった。もう、大きな負債が出来ている。

「いったい、幾ら買い建てをいたした」

越前屋はかすかに鼻で笑った。

「それを申し上げても、おわかりになるかどうか」

田辺は眼前の越前屋を凝視して、考えた。大坂城代は、城の金蔵にある銀を動かして助けてくれる、確かにそう仰せだったはずだが、ほんとうのところ、どれほどあてになるのか。ふと気づいて、越前屋に尋ねた。

「越前屋。その方はどれほどの損をした」

越前屋の答えは、芝居がかって聞こえた。

「それはもう、大変な目に遭《お》うてございます」

「幾ら負けたかを言うてみよ。嘘はたちどころにわかる。市にゆけば、噂が飛びかっておる。誰が損をしたか、誰が得をしたか。越前屋、その方、いったい幾ら負けた」

越前屋は無遠慮なまなざしで田辺を眺めていたが、おもむろに、親指を折った四本指を示した。

田辺は愕然とした。四万両（八十億円）。

「田辺様のもともとの借金が、十万両（二百億円）にございます。こちらから五万両（百億円）を手前どもが用立ていたしまして、これを仕手戦にお使いになられて、そのうち四万（八十億円）が消えてなくなっちまいました。田辺様が堂島でお使いになることの出来る銀は、あと一万（二十億円）。この一万で、さて、どこまで勝ってわたくしどもからの借り入れ分、十万両を埋めることができるのか、ということになりますな」

つまり当初からの十万両の借財は、そのまま残っている。もしも返せないままとなれば、国元はこれより越前屋のほしいままとなる。

田辺は苦悶《くもん》を押し殺して言った。

「負けるわけにはゆかん。断じて」

「ようございます。ならば勝つまで、ってことは、あちらの若殿様が完全に潰《つぶ》れるまでこちらは銀をつぎ込むということで、よろしゅうございますね」

田辺は短くうなずいた。越前屋は、田辺と配下の者らを面白そうに眺めた。

「田辺様。御殿様にも逃げられて散々でございますな。乗り込んでって、取り逃がしなさった、と。いくらお武家でも、この大坂で勝手なことばかりなさっては、信用も何もかもなくしてしまいますよ。もっとも、信用がなくなるのが先か、お国がなくなるのが先か、ということはございましょうがね」

今、ここでこの男を斬ることを田辺は思った。大坂城代にも、もうとりつくしまはないように見えた。もはやこれまでか。ならばこの米仲買をこの場で斬ろうとも斬らずとも、同じ事。

田辺は刀の柄《つか》に手をかけ、そっと鯉口を切った。背後の与力同心らが呼応して、めいめい鞘《さや》を抜いた太刀を上段に構えた。越前屋の目に狼狽《ろうばい》の色が浮かんだ。

「田辺様」

越前屋の態度が、少し変わった。

「とは申しましても、堂島の相場は、そうたやすく勝ち負けが決まってしまうわけでもございません。勝って負ける、負けて勝つということが、往々にしてございます。それに、手前ごときを斬っても、田辺様の武名に傷がつくばかりで、得るものはございませんよ」

田辺は滑らかに刃《やいば》を抜いた。

「われらはもう行き場のない浪士同然。帯びている刀だけが、われらの証《あかし》じゃ」

「田辺様。そんな脅しが効くのは一度きりにございますよ」

越前屋は立ち上がり、田辺の目の高さに近づいた。手代がこわごわと、助けを呼びに行こうとしかけたのを、越前屋は手を上げて止めた。抜かれた刃をそっとよけると、田辺の鼻先まで顔を近づけた。

「奥の手がございます」

「何だ」

「藤堂様のお力添えをいただきましょうか」

六

ひぐらしの声が、昼の間の暑気を和らげている。公儀の米蔵を統べる職にある大坂町

奉行支配の蔵奉行が、堂島の米会所を通じて、年行司、月行司らをはじめ主だった米仲

買の数十名を、西町奉行の役宅に呼び集めたのは、すでに陽が落ち始めた刻限だった。

ほのかに暗い広間には、月行司の吉田屋も越前屋もいるが、離れて座っている。茶が

運ばれたが、手をつけるものはいない。これまでに同じことがあったので、これから何

が告げられるのか、皆わかっている。

　小柄な蔵奉行が一同の前に現れ、座った。まず西町奉行が先触れを少し話してから、

いよいよ本題に入った。

「此度《こたび》の米価の乱高下、天下の財政を害する由々しき事じゃ」

凛《りん》とした蔵奉行の声は、その小さな体軀《たいく》とあいまって、鋼のような厳しさで広間に響

き渡った。

「米は、日の本が生み出す宝にして、万民を生かす糧である。公儀は、これを粗末に扱

う者を許さぬ」

　蔵奉行は集まった米仲買たちを睥睨《へいげい》した。それから主だった米仲買が順に名を呼ばれ

た。吉田屋をはじめとして、この間《かん》の取引で巨費を投じている二十余名の米仲買を、蔵

奉行は静かに一喝した。

「よいか。売り崩しも、買い上がりも、断じてならぬぞ」

　ある銘柄の米の値をわざと安くして、相場が下落していると他の場立らに思わせるの

が売り崩し。買い上がりとは、その逆に、特定の銘柄を高く吊《つ》り上げ相場が上がってい

ると場立らに思わせることで、どちらも相場を操ろうとすることにつながりかねない。

過去数十年間、不当に米の値段を下げ相場を売り崩したという咎《とが》で、仲買株を取り上げられ、堂島から追い出され、あるいは敲《たた》きや流罪に処せられた仲買は少なくないが、米仲買らは内心、言いがかりだと信じている。

蔵奉行は言い放った。

「その方らに、米買上を命ずる」

米で俸禄《ほうろく》を受け取り換金して暮らしを立てている武家は、豊作などで市場の米価が下がれば、その分、減収となる。米相場の米を買い上げて貯め込み、市場に出回る米の量を減らすことで米価を引き上げ、ひいては景気を回復させようという買米のお触れは、これまで幾度となく出されて来た。

やはりそうか、という思いと、今、それをされては、という危惧《きぐ》で、集められた一同はかすかにどよめいた。

「これより、公儀から御用金を貸し付け、江戸、大坂、堺、京をはじめ、諸国の主だった商人らに、百二十万石の買米を申し付けることと相成った」

どよめきは、はっきりとしたざわめきに変わった。

「貸し付ける額は、これより吟味致す。その金ですみやかに米を買い上げよ。いったん買い上げた米の転売は、これを固く禁ずる。ひとの命を生かす大切な米じゃ。食すなり、貧者にふるまうなり、搗《つ》いて餅《もち》にするなり、存分にいたせ」

商人たちは、ことばもなく平伏した。これまでにもあったことだから、これからどうなるのかわかっている。御用金《ごようきん》とはいうものの、公儀が出すのはそのうちのほんの一部、残りをこの大坂の大物商人らに肩代わりさせるに相違ない。大坂は天下の台所として、何かあるとすぐ、あてにされた。大きくなったがために、かえって御用金の用命で何万両も出すことに相成り、たおれとなった店も少なくない。

西町奉行所を出ると、吉田屋は、東町奉行所に向かって夜道を歩きながら、ひとつのことだけを考えていた。

米買上令はこれまで何度となく出ているが、此度のようにいきなりというのは初めてのことだった。背後に何かある。誰かが動いている。吉田屋は越前屋を疑った。大坂城代に頼み込んで、公儀が米買上令を出すよう仕向けたとすれば、越前屋をはじめとする買い方の連中も、公儀も、誰ひとり損をする者はない。

昼間の暑熱が引いたあとの夜の通りはなまぬるく、風もなく、人通りも少なかった。

いますぐ雌雄を決しなければ、吉田屋はもう気が収まらなかった。

——もう、あのお方にお願いするしかないな。

七

東町奉行の役宅にほど近い小ぶりの門前にたつと、吉田屋は戸を叩《たた》いた。ややあって戸が開くと、知り合いの同心が顔を出した。これまでも、調べものや尋ね人などがあると、吉田屋はこの男に銀を包んで用を足してきた。

同心は驚いた顔になったが、すぐに仕度をした。ふたりは、提灯《ちょうちん》の灯を頼りに夜道を進んだ。先に立っていた同心が立ち止まり、振り返った。

「ここだ」

銀を握らせると、吉田屋は同心を帰した。

門を叩いて名を名乗ると、静まり返った隣近所に音が響いた。しばらく間があって門が開くと、やせぎすの中間が立っている。

吉田屋を中へ招き入れると、表の路地を見張って、誰もいないことを確かめてから門を閉じた。がらんとした感じの玄関で、吉田屋は履物を脱ぎ、框《かまち》を上がって、中間についていった。

中間が障子越しに吉田屋の到着を告げると、居室の中から戸が開いた。永友は、手元の灯で何か書き物をしていた。

永友は吉田屋に座るよう勧めた。中間が黙礼して出てゆき、障子を閉めると、すぐに吉田屋は言った。

「米買上令が、また出ました。百二十万石ですわ」

永友は書き物をやめると、顔を上げて吉田屋に向き直り、うなずいた。

「聞いている。帳合米相場は」

「上がっとります。先の凶作の噂の時とは、比べ物にならん手強さですわ」

「いくらだ」

「本日の大引け値は、六十八匁五分」

「米買上令がいったん出ると、いったいどのくらい市場にひびくものか」

「そのうち元に戻ることだけは間違いおまへんが、いつ戻るかというたら、それは天のみぞ知る、ですわ」

吉田屋は永友を見すえた。

「恐らく、あの輩《やから》が裏で絵を描いとるんでっしゃろ」

「越前屋か」

吉田屋はうなずいた。永友もうなずいた。

「確かに、米価が上がれば越前屋は得をする。して、公儀も大坂城代も然《しか》り、か」

永友は、吉田屋の顔の真ん中をじっと眺めた。まなざしはやがて、見えない羽虫を追うように天井へ上がった。

かつての盟友、重元が今、この大坂で大勝負に出ている。あまりに大きく、他のすべてを巻き込み、なぎ倒すような勝負だが、いったいどんな手助けが出来るのか。

永友は、眉《まゆ》を歪《ゆが》めて壁と天井の間あたりを凝視していたが、つぶやいた。

――かくなる上は。

「どないしはりました」

永友は、すっと立ち上がると、襖《ふすま》の外へ顔を出し、中間を呼んだ。

「急なことで済まぬが、先日申した早駕籠《はやかご》の支度、さっそく頼みたい」

廊下の真ん中に立っていた中間は、一拍遅れてうなずいた。

「かしこまりました」

中間が奥へ走っていくと、廊下の奥が、ひとの往き来でにわかに慌ただしくなった。外の路地へ走り出て行く足音があった。

永友は、居室の元いた場所へ戻って座ると、朗らかな口調で言った。

「吉田屋。それがしは江戸へ参らねばならぬようだ」

吉田屋は、たまげてすぐにことばが出なかった。

「今から、でっか」

永友はうなずいた。吉田屋は納得がいかなかった。

「誰か、遣いをやったらよろしい話でっしゃろ。なんでわざわざ長谷川様が。しかも、今から」

「文を使いに託すだけでは、事はもう動かぬ。それがしが誰よりもお慕い申し上げる老中首座が、江戸の御城においでだ。それがしが参れば、きっと耳を傾けて下さるはず」

「お目にかかったとして、何をどうなさるので」

「此度《こたび》の馬鹿げた米買上令を撤回していただく。また、大坂城代、藤堂様の私腹を肥やす悪行もお止めせねばならぬ」

　吉田屋は、永友という人物の向こう見ずな一面に、思わず、うへぇ、と唸《うな》った。計り知れぬものを感じた。

「そのために。今から、おひとりで」

「いざというときの特別なお役目のため、すぐ江戸に走る早駕籠というものがある。昼夜を分かたず、一度も止まらずに走り続ける駕籠だ」

　四半時のち、月の光も乏しい屋敷の庭に、屈強な人足が六人立っていた。駕籠は通常のものよりひと回り小ぶりで、軽い材木で作られている。

　永友は、白装束に着替えながら話した。

「大坂に来ると決まった時から、いつかはこうして急ぎ戻らねばならぬだろうと、常々覚悟はしておった」

　吉田屋はふと思った。商人であろうと武家であろうと、江戸と大坂を一刻も早く行き来が出来たら、と思わぬものはない。けれど、この長谷川様のように、それをほんとうにやることを真剣に考え、いざという時のための支度まで整えておられる、そんなお方は他におらんで。

永友は中間らに手伝わせ、胴に晒を固く巻いて、ぐっと腹を引き締めた。濡《ぬ》れ縁から駕籠に渡って、座るのでなく腰を浮かせると、天井から吊《つ》り下がった晒の紐《ひも》に両手でつかまり、濡れ縁に立つ吉田屋に向かって笑いかけた。

吉田屋は、早駕籠なるものを初めて間近で見た。

「その紐は何でっか」

「これにつかまって腰を宙に浮かしておれば、駕籠の揺れで体が揺れたりぶつかったりすることがない」

吉田屋は驚き、あきれた。

「お江戸までずっと、その格好でっか。飲まず喰《く》わず、厠《かわや》も行かずで」

「ともかく一刻も早くひとを運ぶのが、この早駕籠の役目。止まらずに行けば、江戸へは七日足らずで着くそうだ。運んでおる最中は中を見ることも出来ぬから、着いて蓋《ふた》を開けてみたら乗り手が死んでおったということも間々あるらしいぞ」

明るく言ってのける永友の顔を眺めて、吉田屋はつぶやいた。

——とんでもない話やな。大変や、これは。

「大変なのは、この者らの方だ」

永友は、傍らに黙って立つ屈強な飛脚らを、それとなく指した。

「どんな悪路も山道も、雨が降ろうと槍《やり》が降ろうと休まず駆け続けるのだからな。もっとも、宿場町ごとに、交代する者らが待っている」

先ほど慌ただしく走り出た使いの者は、早飛脚を頼んで先に送り出し、江戸までの街道の宿場町で次々と人足を替えていくという手配を進めに出たのだった。

「いったい、飛脚が何人、入用になるんでっか。相当な数でんな」

早駕籠に乗り込んだ永友は、吉田屋を見上げて尋ねた。

「教えてくれ。あと、何日もつ」

重元のことだった。

「この調子で高値が続くと、こっちに提灯つけとる他の売り方が、早々にどてんしまっしゃろ」

どてんというのは、売り方なら買い方へ、買い方なら売り方へ、それまでのことを全部引っくり返して移ることを言う。

「そないなったら、いくらこっちの組が突っ張っても、もうあきません。そのあとには、空恐ろしいような大借金が待っとりますわ」

「相わかった」

「長谷川様。どうか一刻も早いお戻りを」

「それがしが戻るまで、なんとか持ちこたえてくれ。頼んだぞ」

吉田屋は食い下がった。

「いつのお戻りで」

永友はにっこりした。

「片道に七、八日かかるとして、遅くとも十四、五日か」

吉田屋は冗談めかした。

「遅すぎます。干上がってまうわ」

永友は真剣な目の色で言った。

「とにかく、戻ったらその方へ遣いを出す。待っておってくれ」

吉田屋はうなずいた。

いよいよ出立しようという間際、永友は吉田屋を見下ろして、何か言いたそうだった。

「何でございます」

「実は、飯山の国元より、報《しら》せがあった。鉄斎様はお亡くなりになり、五郎左衛門の妻女、なお殿はいまも蟄居させられておるようだ」

吉田屋は顔色を変えずに聞いていた。顔を上げ、問うた。

「おふたりはこれから大勝負にござります。今、お伝えした方がよろしいのか、そうでないのか」

「迷うところだ」

吉田屋は少しの間、考える目をしていたが、やがて言った。

「頃合いを見て、お伝え申し上げます」

「頼んだ」

早駕籠の簾《すだれ》が下がって、飛脚らが立ち上がり、駕籠が地面から持ち上げられると、そっと中庭を出て行った。

吉田屋は、早駕籠が永友の居宅の門を出て通りを行き、角を曲がって見えなくなるまで見送った。その後、真っ暗な中を、提灯《ちょうちん》なしに小走りで店へ戻っていった。

八

吉田屋を中心に、尼崎屋、中川屋、岩井屋、榎本屋、中本屋ら売り方の主だった者たちは、相場を終えたその夜、すっかり暗くなった通りを連れ立って行くと、二階座敷に上がった。

手頃な値段で気の利いた小料理にありつける店で、仲買たちはときどき通っている。このところ相場が荒れて、皆、疲れていた。このあたりで一度、売り方の結束を高めるべき頃合いだった。

初めの一杯を呷《あお》ると、なすびのように面長で心配性の岩井屋が、苦々し気に言った。

「米買上令は、あれからどないなっとんねん」

隣に座る、小柄だが豪胆なところのある榎本屋が、口元に持っていった盃《さかずき》を止めてつぶやいた。

「あれは、来るやろうな。すぐにも」

尼崎屋は、立膝《たてひざ》に肘《ひじ》を置いて伸ばした手の先をぶらりと下げている。仲間内でもいっとう遊び好きで、ひと頃は色街に入り浸っていたが、新しい女房をもらって近頃は商売に力を入れている。

「あれは納得いかんわ」

対面の中本屋がうなずいた。色黒の巨漢だが、気は優しく堅実なたちだった。

腹に据えかねていた買米のことで、皆が口々に言い募った。

「せやな。御用金を貸し付けるっちゅう口実で、わしらからその元手の銀を吸い上げておいて、返さへん、ちゅう魂胆やろ」

「公金やない。わしらの銀やで」

「一体、いくら吸い取られて、いくら買わされんねん」

「お上のやることは、昔からちぃとも変わらへんなぁ」

吉田屋は旨《うま》くない酒を舐《な》め、ふと、重元と五郎左衛門のことを思った。安宿を転々とするお武家がふたり、なんもわからんと、この堂島で命を張っとる。あのふたりは、このままやと、終《しま》いやな。

この先、いくら売り建てをしても、いったいどの時点で買いの勢いが終息するのか、見当もつかない。これまでの相場の流れからすると、しばらくは買いの強気が続くと見るのが当然。売り方のこの一党も、いつかどこかで、どてん、つまり反対側の買い方に回らなければ難しかろう。越前屋がどこまで後押しするのか、どこまでの損なら引き受ける甲斐性《かいしょう》があるのかは、吉田屋にもわからない。此度《こたび》の相場の動きが、あのふたりのお武家にとどまらず、こちらにもとばっちりがかかり、事によっては店が潰《つぶ》されることもあり得た。

出っ歯で狐目、何事も目ざといいたちの中川屋が、吉田屋をついて小声になった。

「おい。隣、買い方の連中やないか」

襖《ふすま》一枚で隔てられた隣の座敷から、聞き覚えのある声がする。吉田屋と中川屋は、障子の隙間を交互に覗《のぞ》いた。

越前屋を筆頭に、高田屋、杉田屋、藤代屋、太田屋、小島屋ら買い方の座が、芸者に三味を弾かせ、幇間《ほうかん》に場を持たせている。だいぶ景気が良さそうだった。

吉田屋は、障子の隙間を目の玉ひとつ分開いて、向こうの様子を眺めた。むらむら腹が立って来て、障子を手荒く押し開けた。

全員が振り向いた。互いに何者なのかわかって、酒を酌む手も呑《の》む手も止まった。覗かれた買い方の方が、先に声を上げた。越前屋の一の子分、藤代屋が、どす赤く酔った顔で、声を荒らげ、からかった。

「これは、これは。売り方の皆さんがお揃《そろ》いや」

肉厚で、色白の達磨のような太田屋が、尻馬《しりうま》に乗った。

「小魚が、額を集めて何の相談や。いよいよどてんするんかい」

最年少で、越前屋の姿格好まで真似する小島屋が、調子づいた。

「提灯つけるの、間違うたんちゃいますか。今やったらまだ間に合いまっせ。どうでっか、遠慮せんとこっち来なはれ。こっちの水は甘いで」

吉田屋は、鼻で笑った。

「雑魚《ざこ》は黙っとれ。越前屋さんに用があるんや」

雑魚と呼ばれた者たちがいきり立つのを、越前屋が止めた。

「お前たち。余計なことはするんじゃないよ」

越前屋は、立ち上がると吉田屋の鼻先までやって来て、座敷の間仕切りぎりぎりにどっかり胡坐《あぐら》を掻《か》き、煙管《キセル》をくわえた。お互いに、手を伸ばせば相手の顔に届く近さで、睨《にら》み合った。

「もうじきたおれになっちまう皆さんが、最後の酒盛りかい。借銀ならウチの店の裏口に回っとくれ。用意しとくぜ」

越前屋のことばの尻馬に乗って、後ろで買い方の一同が笑った。すると、吉田屋はにやりとした。

「毎度毎度、えげつない真似をしよんなぁ。お上を動かして買上令か。ほんまに汚い手を使いよるわ。そのやり口、どこで習うたんや。やっぱり江戸前か」

越前屋の顔色がさっと変わった。首筋の血管がどす赤く浮き出した。

「何だと」

吉田屋は立ち上がった。越前屋も立ち上がったが、越前屋の方が少し低かった。吉田屋は斜め上から怒声を浴びせた。

「お前みたいなもんはな、商人《あきんど》の恥さらしじゃ。屑《くず》中の屑や。早いこと、お江戸に逃げ戻って腐れ女房のしなびた乳でも吸うとけ、ボケッ」

越前屋の背後の仲買らが立ち上がって、吉田屋に詰め寄った。吉田屋の背後から、売り方の仲買らが飛び出して来て、吉田屋を守るように前へ出て並んだ。一触即発となった二組の仲買が互いに手を出す寸前、越前屋が吉田屋の鼻先で、にやりとして囁《ささや》いた。

「ぼやぼやしてるうちに御殿様が首なしにならねえように、せいぜい気をつけな」

「何やと」

越前屋は、吉田屋の背後の仲間たちに声をかけた。

「後ろのおめえたちは安心してこっちに回りな。そんときゃ、提灯つけさせてやる」

越前屋は、吉田屋の鼻先に太いひとさし指を突きつけた。

「だが、てめえは別だ。地獄の底まで落としてやる。店も一家も全員路頭に迷わせて、物乞《ものご》いになるところを見届けてやるぜ。もしもてめえの女房を遊郭に卸したら、真っ先に買ってやる。もっともてめえの女房じゃあ、遣手婆を買うよりつまらねえだろうがな」

吉田屋は、拳《こぶし》を握ったことすら覚えていない。越前屋が畳に倒れ、顔の真ん中から黒い血を流していた。皆、あっけにとられている。止め立てしようとする仲間を振り払うと、怯《おび》えた越前屋に謝ろうと近づくふりをし、今度は反対の拳で確実に叩《たた》きのめした。

越前屋の鼻骨が折れる、確かな感触があった。

米会所で詮議《せんぎ》する、と激昂《げきこう》して怒号する越前屋側の買い方らを尻目《しりめ》に、吉田屋は売り方らを引き連れ、廊下を進んで段を下りると、雪駄を鳴らして茶屋を後にした。

九

夜が更けて来ると、小さな料理茶屋の中は、ひと気もまばらになった。大きな卓を、店の主人が手拭《てぬぐ》いで拭《ふ》いている。奥の座敷から高笑いが聞こえる。

店が閉まる間際にふらりと入って来た長身の男は、役者のような面長で、長刀を腰に差し、白地に椿か何かをあしらった着流し姿だが、襟や袖《そで》は薄汚れている。

男は、手近な卓に腰を下ろすと、足元の壁へ無造作に長刀を立てかけた。もうひとり来る、と店主に言うと、手早く酒を頼んで、手酌でやり始めた。

大柄でむっくりしたなりの男が戸口に立って、店の中を見回した。先に来ていた男が、片手を挙げて呼んだ。

「こちらだ」

戸口の大柄な男は黙ってそちらへ行き、対面に腰かけて腰刀を帯から外したが、手に持ったままだった。先に来ていた着流しの男が言った。

「田辺様から話は聞いているな。おれが富樫だ」

男はうなずいて、富樫が持って来させた盃《さかずき》を何も言わずに呷《あお》ると、詰めていた息を吐いた。富樫は男の様子を見ていたが、目をそらして店主を呼び、肴《さかな》を幾皿か持って来させた。運ばれて来たのを、目の前の男には勧めることもなく、箸《はし》を取って口に放り込んだ。それから尋ねた。

「若殿の人相はわかるのか」

大柄というよりは横に大きい、小さな目鼻の男は、うなずいた。不吉な感じに頬がこけ、くすんだ影が差している。

「もとより、よう存じ上げておる」

富樫は、ふと気づいて、笑った。

「そりゃそうだ。あんたにとっちゃ、一度は忠義を誓った殿だったたな」

男は背筋を伸ばし、正面の富樫をじっと見て、盃に手を伸ばすと、また呷った。空いた手で握った長刀は離さないでいる。店主を呼んで銚子《ちょうし》をいっぺんに三つも持って来させると、水を汲《く》むように注ぎ、喉《のど》を見せて盃を干した。富樫はその様子をじっと眺めていた。

ようやくひと心地ついた男は、手短に名乗った。

「松浦代之助《よのすけ》」

富樫は面白がるような口ぶりになった。

「わかるぜ。酒でもなけりゃ、やってられねえな」

「その方《ほう》に何がわかる」

「ときに、あんた、腕はどの程度だ」

松浦は、目を上げて富樫を見やった。

「田辺様からは、此度の失態はその方《ほう》らの落ち度と聞いている。手勢が、山の中で互いに随分と揉《も》めたそうだな」

富樫は不満げにぷっと息を吹いた。

「おれのせいじゃねえ。うつけどもが互いに足を引っ張りやがってな。そんなことでもなけりゃ、朝飯前だったぜ」

松浦は冷たい目で富樫を見た。

「ほとんど全滅したのであろう」

「全滅じゃねえ」

「確かに。その方《ほう》がここにいる」

松浦の物言いに、富樫は突然腹が立った。目の前の男と、なんとかウマを合わせようとするのはやめ、言うべきことだけを言うことにした。

「どうやるんだ。あんたひとりか」

松浦は落ち着き払って答えた。

「それが田辺様とのお約束だ」

「それで無罪放免というわけか。国元に残した妻子のこともあるな。えらいことだ」

松浦は富樫の軽口に乗らず、黙々と盃を呷ると、富樫を鋭く見やった。

「話はそれだけか」

「いや」

富樫はふと、もう少しこの男と話していたいと思った。家族とお役目のことに懸命な中年の男が、おのれの主君を討とうとして、縁もゆかりもないこの大坂にいる。元は家族思いの男が、ゆえあって、ひと斬りか。考えようによっては、こいつはひどく陰惨で凄《すご》みのある、滅法《めっぽう》面白い刺客かもしれぬ。

富樫は、田辺から預かった伝言を伝えることにした。

「向こうは、堂島の米相場の周りをうろついておる。やるときは田辺様のお指図を待て。勝手にやるんじゃねえ。そういうお達しだ」

松浦は黙ってうなずいた。富樫は松浦をそっと見やって、言った。

「あんたもご苦労なことだな。このためにわざわざ大坂へ来るとは」

「何が言いたい」

富樫は、松浦を無遠慮に眺め回した。

「こう言っちゃなんだが、あんた、これから若殿を殺《あや》めようっていう風には見えねえぜ」

「どう見える」

「どこにでもいる男に見える。妻を持てば良き夫、子を持てば良き父、ってな具合にな」

松浦はおのれの前方を見やって、口をつぐんだ。富樫は続けた。

「もとはといえば、あの若殿様と一緒になって事を起こそうとしたのが、今じゃ追っかける側だ。皮肉なもんだな。押込で生き残ったのは、あんたともうひとり、あの若殿につき従ってる若造の、ふたりだけとはな」

富樫は、松浦の頬のあたりにどうしても目が行った。暗く荒《すさ》んだ陰りがある。たぶん、こうなる前はなかったのに相違ない。

「ちょいといいか。あんたに、ぜひとも聞いてみてえことがある」

「何だ」

「おれはあんたの頭の中が知りてえ。あんたらのような田舎侍には、長く生きれば生きるほど、守らなくてはならんものが増えていくんだろう。守るべきもののために、一度は志を同じゅうした者や、忠義を誓った主君を斬り殺すというのは、いったいどんな心地だ」

松浦は、そっと息を吸い、静かにため息を吐いた。

「わからん」

「わからんてことはなかろう」

「なすべきことをなすのみだ」

富樫は、松浦の様子を確かめるように目をやると、言った。

「あれこれ余計なことを言うのは、これでしまいにするが、もしも、なせぬ時、あるいはあんたが逃げた時、どうなるかわかってるな」

松浦はうなずいた。

言った。

「わかっておる。案ずるな」

松浦は空いた銚子を転がすと、追加で三本、店主に持って来させた。また水を注ぐようにして盃を満たすと、すぐに口をつけ、あっという間に呑《の》み干した。富樫は見かねて言った。

「今にからだを壊すぞ」

松浦は富樫を冷ややかに見た。

「お役目には障らぬ」

富樫は最後に、松浦に酒を注いだ。松浦は注がれたばかりの盃をじっと眺めていたが、不意に手を伸ばし、くっと飲み干した。富樫は言った。

「それじゃ、おれは行くぜ」

松浦はうなずいてみせたが、富樫の方は見ない。

富樫は最後の一杯をゆっくり干すと、壁に立てかけてあった長刀を手に取り、懐から銭を摑《つか》み出して支払いを済ませ、店を出て行った。

松浦は、店が閉まるまでいて、飲み続けた。半ば追い出されるようにして卓からよろりと立ち上がった時、富樫が多めに支払ってくれていたのがわかった。

外へ出ると、夜更けの生あたたかい風が頰を撫《な》でた。堀端を少し歩き、夜の町の明るみから外れ、角を曲がった。

十

早朝、越前屋がいきなりやって来た。田辺は驚いたが、少し待つよう中間に伝えさせた。その日の堂島の市が始まる、一刻《いっとき》ほど前のことだった。

支度を済ませた田辺が急いで出て行くと、越前屋は連れて来た手代数人を、何かの手際が悪いと言って怒鳴りつけている。田辺を見ると、挨拶《あいさつ》抜きに言ってのけた。

「こんなバカげた相場はこれ以上やってられませんや。本日で決着をつけましょうぜ」

田辺は、越前屋の顔の真ん中の青痣《あおあざ》を眺めた。鼻柱が、ちょうど茄子《なす》のような色合いになっている。

「その顔は」

越前屋は答えなかった。田辺はなおも尋ねた。

「藤堂様は」

越前屋は鼻を膨らませて息を吐いた。皮肉めいた口調になった。

「あのお方は、ご自身の得になることでないと、何も」

「此度《こたび》のことなど、藤堂様はもうお忘れか」

「いかがでございましょうね。大坂城の金蔵からすると、どの道、大したことではございませんでしょうから」

田辺は越前屋を眺めた。今、堂島に乗り込んでいって、雌雄を決するべきか。昨日の大引け値は七十五匁二分、高値を保っている。買い方は安泰に見えた。

越前屋が言った。

「どうなさいます、田辺様。こちらだって、こんな危ない綱渡りをいつまでもやってられないんでございますよ。今はいいように見えておりますけれども、値崩れしたらお終《しま》い、値が下がれば下がった分だけ、損になります。そのときに支払えるだけの銀を抱えておかないと、結局そのツケはみんな田辺様のところに回って来るんでございますよ」

田辺は考えた。確かにここで値崩れを起こせば、田辺らが傾けた財はすべて大坂の市に吸い込まれ、その分を越前屋に負うことになる。そうなれば、傾き切った国元に越前屋らが乗り込んで好き放題を始め、ひいては大坂城代の藤堂の懐に、すべてが越前屋を通して転がり込む。決して越前屋の言いなりになるつもりはないが、勝負は早い方がいい。

田辺は決断した。

「承知した。では、参ろう」

「それではまず、うちの店で軍資金を」

越前屋は店の主だった手代らに声をかけ、田辺の先に立った。家中の主だった者らを連れた田辺が外へ出ると、通りの砂地から、蒸すような地熱が立ち昇っている。

越前屋の裏口前の狭い通りが、大坂中から続々と着く荷車で溢《あふ》れかえった。覆いをかけられた荷は、木箱にぎっしり詰まった銀だった。裏口から店の中へ運び込むのに、田辺ら一同は黙って立ち会った。

銀を貸す店々の手代たちが、表から入って来る。越前屋の店の土間に列を作り、借用書を持って、続々と田辺のところに来る。筆を持って待ち構えた田辺は、次々に一筆書いていった。傍らに立った役方が算盤《そろばん》を弾《はじ》き、田辺に向かってうなずくたび、銀の詰まった木箱を載せた荷車が、店の中に運び入れられた。

大坂中からかき集めた銀は高利で、米相場に使うことは、貸し方らには知らせていない。たとえ重元を叩《たた》き潰《つぶ》しても、その後の返済のことを考えると、果たして家中の財政が今のままでもつかどうかは疑わしかった。

田辺は、声を張って一同に告げた。

「これより、堂島へ参る」

ふと見渡すと、皆、冴《さ》えない顔色をしている。田辺は、はっとした。皆、先の見えない緊張で疲労困憊《こんぱい》している。腕に覚えのある者を選《え》り抜いて連れて来たつもりだが、どこかよるべない面持ちで、唇が白く乾いている。早々に片をつけて、皆を休ませねばならなかった。

越前屋の裏口から外へ出ると、まだ人通りもないのに、白く乾いた地面が土埃《つちぼこり》をあげている。そこに見えない雑踏があるようだった。越前屋がのっそり、姿を現わした。顔い。

の真ん中に陽を浴びて、鬱血《うっけつ》した紫色の痣が目を引いた。

道中、田辺は空を見上げた。夏場の暑熱の激しさが、大坂の空全体を覆ってまぶしくしている。翳《かげ》りはないが、空のどのあたりが光っているのか、目を凝らしてもわからない。

夏の相場では、その年の収穫の良し悪しを、他の者よりもいち早く知った者が有利になる。もうすぐ雨が降る、降る、と町の者たちが言い合うのをこの数日、幾度となく耳にしていたが、降る気配は一向になかった。その分、浜通りの米仲買たちは天候から推し量った今年の米の取れ高を案じ、そのことが米価の高騰にもつながっている。

堂島浜通りに向かって大通りの真ん中をのし歩く一団を、道行く町人らが遠巻きにしている。その中に、朝方の用足しにと店を出た吉田屋がいた。

一団の中に越前屋と田辺を見つけると、吉田屋は踵《きびす》を返し、重元と五郎左衛門のいる宿屋へ走った。

上がり框《がまち》で履物を脱ぐのももどかしく、駆け上がった吉田屋は重元と五郎左衛門を捜したが、広間にごろ寝する者らの中には見当たらない。外へ目を転じると、ふたりは濡《ぬ》れ縁に座っている。吉田屋は息せき切ってそばへ行き、挨拶もそこそこに、重元に言った。

「向こうが、いよいよ市に出て来よります」

重元は目を上げて吉田屋を眺めたが、何も言わなかった。五郎左衛門は、緊迫したまなざしでふたりを見た。

吉田屋は早口で続けた。

「今日で大方の決着をつけたる言うて、息巻いとるはずですわ。ま、確かに今の高値は、こっちを一気に潰すのにはうってつけや。さて、こっちはどないしまひょか」

「向こうが市に姿を現わすと、いかが相なる」

「大荒れになりますわ。大物が出て来よると、そいつに提灯《ちょうちん》つけとるもんらは、余計に銀を投じて進めよる。その一方で、大物がわざわざ出て来るっちゅうことは、いよいよ危ないんや、と裏を読んで、その反対側へ提灯をつける連中も、ぎょうさんわいて来る。とにかく、えらい叩き合いになります」

買い方、あるいは売り方の立役者は、めったに浜通りの売り買いの場に現れない。しかし、買い、あるいは売りの方向へ相場を強引に動かしたいとき、同じ買い方、あるいは売り方を大勢引き連れ、帳合米の市の立つ浜通りに面する茶屋に、あえて姿をさらすことがある。そうやって市の皆におのれの姿を見せつけ、大きな流れを強く引きつけようとする。

重元は冷静に尋ねた。

「今の高値で叩き合いが始まると、いかが相なる」

「こういう時は相場が荒れますさかい、たおれになる店がぎょうさん出まっしゃろ」

「どのくらいの数だ」

「何十、何百と」

黙って考えている重元のすぐそばに、五郎左衛門が息を殺して控えている。吉田屋はふと、五郎左衛門に目をやった。重元をもう一度見た。ふたりとも、この夏の熱暑で鰹節《かつおぶし》のように焼け、削《そ》いだように痩《や》せているが、汗ひとつかいていない。目の中に鋼のような光が満ちているところまで同じだった。

どちらももはや、主君にも家臣にも見えない。では、いったい何だろう。

重元が吉田屋に尋ねた。

「銀は、いつ返せば間に合う」

「向こうに勝てば、あとはどうとでもなりますわ。いつでも、幾らでも返せますよって」

吉田屋は、永友からの大事な頼まれごとを思い出した。五郎左衛門の妻、なおと、鉄斎の消息のことを、いつお伝えすればよいのか。

――いや、少なくとも今やない。大勝負の前や。

代わりに吉田屋は、永友が江戸へ発《た》ったことを話した。

「長谷川様は早々に戻って来ると言うてはりました。とんでもない駕籠《かご》ですわ、あれは」

重元は吉田屋をじっと眺めて聞いていた。

「それは並々ならぬことだな。しかし、万一うまくゆかぬ時は、奴にも大きな迷惑がかかる」

「もうそろそろお戻りになってもええ頃です。あのお方やったら、何かすごいことをおやりになるんちゃいますか」

「われらは、何よりもまず、われらの戦を全うするのみ」

五郎左衛門と吉田屋を交互に見て、重元は穏やかな笑みを浮かべ、すっと立ち上がった。

「よし。参るぞ」

堂島相場のことだった。五郎左衛門も立った。吉田屋は腹の中にぐっと熱いものを覚えた。唇をぎゅっと結んで、重元と五郎左衛門のあとを追った。

吉田屋の裏口にひしめく荷車には、木箱がずっしり積まれている。中身は、大急ぎで各所から高利で借り集めた銀だった。

荷を降ろす店の手代や丁稚《でっち》たちに交じって、五郎左衛門も重元も、率先して重たい木箱を担ぎ、店の中へ運び込んだ。

吉田屋は、その場にいる手代と丁稚、皆に号令をかけた。

「行くで。みんな来い」

「へぇっ」

熱を帯びた声が店内に響き渡った。

重元と五郎左衛門を先頭に、両手を懐に入れた吉田屋、店の手代や丁稚らが続いて、乾いた砂埃《すなぼこり》と息苦しい暑さにむせ返る大通りを、堂島浜通りへと向かう。川向こうの蔵が、連なって見えてきた。草履の裏から熱が昇って来る。重元はからだがどんどん冷たくなっていくのを覚えた。

吉田屋は、五郎左衛門が腰に帯びた太刀に気づき、声をかけた。

「浜通りへは、太刀は持ち込んだらあきまへんのや。それとも大竹様、外でお待ちに」

五郎左衛門は憤然と言い返した。

「それで殿が守れるか」

吉田屋は五郎左衛門を束《つか》の間、じっと眺めていたが、うなずいた。

「しゃあない。ほんなら、お腰のそれ、それから若殿様の分も、預からせてもらいます」

「何を言う」

吉田屋はなだめるような口調になった。

「ちゃいます、ちゃいます。浜通りの出入りの時だけや。うまいこと隠しますさかい」

五郎左衛門は、太刀二振りをいったん吉田屋に預けた。

十一

はるか京都から下って来る水流が、淀川の太い流れとなって天満橋と天神《てんじん》橋を過ぎると、難波《なにわ》橋からほどなくして堂島川と土佐堀《とさぼり》川に分かれる。

堂島の米相場、浜通り一丁目は、堂島川を望む幅六間（約十一メートル）、長さ三町（約三百三十メートル）ほどの通り道で、晴天の下で日の本すべての地から集まる米が取引され、値段が決まる。といって、売り買いされるのは米切手という証文、あるいは米仲買たちが互いの帳面につけ合う数字ばかりで、正米、帳合米、石建米という見えない米の相場が三つ並び立つが、米俵はどこにもない。

浜通りは、米仲買らの独壇場だった。二階屋の商家が軒を連ねている。川の気配を感じて目を上げれば、対岸に諸侯の蔵屋敷が建ち並んでいるのが目に入る。

浜通り周辺の表通りには、米仲買の大小の店々に交じって、取引で疲れて腹を減らした場立を呼び込む屋台が数十、軒を連ねる。

越前屋とその取り巻き、そして田辺らの配下の者、総勢数十人が、浜通りへ踏み込んだ。その姿を目にした場立たちが、屋台の飯をあわてて呑《の》み込むと浜通りへ駆け戻っていく。

一行は、通りで売り買いに渦巻くひと群れを押しのけると、脇道へ抜け、浜通りから二筋いったところの米会所に入っていった。越前屋は、すれ違う月行司や年行司らと、大物ぶった挨拶《あいさつ》を交わした。

米相場の入り口に看板を立てた水役人が、拍子木を鳴らし、大声で呼ばわる。

「寄ります。寄りますっ」

朝五つ（午前八時）、その日の相場が始まった。通りの端に集まっていた場立たちが、どっと殺到して来る。激しいひと群れのうねりが出来上がり、やった、とろう、の叫び声があちこちで上がる。

　買い方の越前屋らが朝から市に姿を現わしたというので、売り買いは火がついたようになっている。あまりに買い方が有利になっているので、気の小さい場立らはかえって恐れおののき、取引からいったん手を引いて様子見をしていた。

　浜通りに入りきらぬ場立らは、堂島川から岸に上がる石段辺りに腰を下ろし、あるいは周辺の茶屋に休んで、目と耳を売り買いのほうへ向けている。また何かどえらいことが起こるんやないか、と空を見上げ、不吉な兆しを探していた。


　土蔵造りの二階建て、米会所の階段を上がって奥まった一隅に、何やらものものしい気配がある。田辺はその姿を目にして、ぎょっとした。大坂城代、藤堂が配下の者らを引き連れて、先に来ている。畳間に米会所の座布団を重ねて座り、脇息《きょうそく》を傍に転がし、朝餉《あさげ》の膳《ぜん》を並べて、あれこれと台の物に箸《はし》をつけている。

　田辺と越前屋があわててそばへ行き、平伏すると、藤堂は膳から顔も上げずに言った。

「本日で雌雄を決《しら》するのであろう。物見に参った」

　越前屋からの報せで来たのに相違ない。田辺はそっと背後を振り返った。米会所の年行司や水役人らが、突然現れた大坂城代と越前屋、そして田辺ら家中の者たちを遠巻きにしている。やがて皆が藤堂の前に腰を低め、座った。

藤堂は箸を持ったまま、米会所の一同に向かって声を張った。

「その方らも本日の大勝負をしかと見て、これより米価を定むるに、いかように天下を見定めるべきか、ようよう心得よ。よいな」

米会所の年行司らは眉《まゆ》をひそめた。公儀や奉行所などから一切の干渉なしに堂島米相場を統べる米会所に、大坂城代がじきじきに乗り込んで来るなど。

田辺は、それとなく藤堂を見やった。

大坂城代は公方《くぼう》様直属の要職で、勤め上げれば老中職は確実と言われている。江戸の御城内では剃刀《かみそり》のように鋭く有能と評判の立つ重臣らの、この大坂での多少の不埒《ふらち》や過ちは、その出世の道を確かなものとするため、揉《も》み消されるのが常だった。東の間の大坂勤めで羽を伸ばそうという藤堂の今の振る舞いは、いずれ江戸へ戻れば、また別人のようになるに相違ない。

藤堂は、越前屋の鼻の黒い痣《あざ》に気づいた。面白いものを見つけた、という顔になった。

「いかがした。敵方にでも殴られたか」

図星だったが、越前屋は平身低頭して受け流した。

「物騒な世の中になってまいりました、藤堂様も、どうぞお気をつけを」

藤堂は笑った。

「わしは敵を作らぬ。その方のような荒っぽいことはせぬ」

田辺は様子を見て、藤堂にうかがいを立てた。

「藤堂様。その後、押込隠居の件、ご公儀ではすでにお認めいただいておりますでしょうか」

「その件はわしに任せろと申したはず」

田辺は食い下がった。

「押込は、おことば通り、滞りなく、お認めをいただけますでしょうか」

「くどい。下がれ」

湯呑《ゆの》みの熱い茶をぱっと顔にかけられ、田辺は凝然とした。一同が凍りついた。田辺は顔を拭《ぬぐ》うことなく、しずくが畳に滴り落ちるのに任せた。畳の上の水気がほのかに湯気を立てるのを見ているうち、腹の底から、くつくつとおかしみが湧き出て来た。

「藤堂様」

田辺は顔を上げた。

「わが家中の命運がかかったこの押込、すでにおおごとになりつつあり、いざとなれば藤堂様ももろとも、にございます」

藤堂は目を剥《む》いて田辺を睨《にら》みつけた。

「わしを脅すか」

「滅相もございません」

越前屋が藤堂に言った。

「それでは、わたしどもは本日の戦の手はずを話し合《お》うて参ります」

「戦じゃと。侍でもない者が、戦を語るな」

物が飛んできたのをよけるような具合で、ひょいと頭を下げた越前屋は、藤堂に値動きや儲《もう》けの額面を報せるための店の手代や丁稚《でっち》を何人か残し、米会所を退《しりぞ》いた。田辺も黙して辞去し、越前屋の後を追った。

畳をかすかに擦る裸足《はだし》の音が幾つも、田辺らを追って、米会所の外へ出た。

田辺は、越前屋に尋ねた。

「今の鱗値《うろこね》はいかほどだ」

「確かめさせてまいります」

越前屋が軽く手を挙げると、店の者たちが浜通りへ飛び出して行った。田辺は越前屋に尋ねた。

「して、われらはどちらで」

「浜通りが一番よく見渡せる二階座敷がございます」

越前屋と田辺は、それぞれ数人の配下と手代を引き連れ、浜通りを見渡せる座敷へ上がった。店の者が座布団を運んできた。

窓側の角、すべての障子が大きく開け放たれたところに、越前屋は座布団を敷き、どっかりと胡坐《あぐら》を掻《か》いた。越前屋から少し離れて、田辺も窓辺に腰を下ろした。

四方から風と光が吹き抜け、川を一望できる。緑色に輝く水面《みなも》を、川舟が左から右から行き交う。船頭の笠《かさ》がひとつ、強い風で飛んで水辺に落ちたのを、向かいから来た舟の船頭が櫂《かい》の先で拾っている。どの舟にもぎっしり客が詰まっている。

見上げると、空を覆っていた白い曇天は切れ、深い青空が見えた。夏の陽光が輝き出す気配があった。

田辺は眼下の浜通りに身を乗り出した。図体も声も大きな場立たちがぶつかりあって売り買いするのを、ほとんど真上から見下ろせる。しばらく見ているうちに様子がわかって来た。売りに勢いは欠け、買いばかりが大きく膨れあがっている。このままだと一方的な取引で、相場の動きが止まる恐れもあった。

田辺は思わず腰を浮かした。重元がいた。

二十間（三十六メートル余）ほど先の、市場のひと群れと喧騒《けんそう》の向こうに見え隠れして、茶店の濡《ぬ》れ縁で、左右から立てかけられた葦簀《よしず》の間に座っている。

じかに姿を見たのは、金色の虎の間以来だった。重元の隣に見えるのは恐らく、共に出奔した大竹五郎左衛門に相違ない。

田辺は腹立たしさに震えた。血眼になって捜してきた重元のいどころがやっとわかったのに、場立以外入ることが許されないこの場で太刀を抜くことは、二重のご法度である。今は米市場で叩《たた》き潰《つぶ》すほか、手立てがない。しかし、ここで確実に潰せば、重元の身柄など、この先いかようにも出来るはず。

田辺は、重元をよく見ようと身を乗り出した。眼前の激しく動くひと群れを前に、静かに微笑んでいるように見える。田辺は、重元のまなざしをとらえようと睨み続けた。

やがて腹立たしくなった。逃げた主君が、あまりに落ち着き払っている。

不意に重元がこちらを見やったように田辺は感じた。田辺は改めて重元を強く睨みつけた。すると、向こうが確かにこちらの姿をとらえ、はっきり気づいたような気配があった。

田辺は越前屋を呼ぶと、重元らが並んで座るあたりを指差した。

「あそこに奴がおるぞ」

そちらを見た越前屋は皮肉った。

「あれが、かの名君にございますか。こりゃあ、いい見世物でございますな」

空全体が、真っ白な灼熱《しゃくねつ》と化している。地上の浜通りは、直火で灼《や》かれているようだった。

目の前の灼熱を眺める重元のまなざしの行方に気づいて、吉田屋は五郎左衛門をつつき、重元に聞こえぬよう、囁《ささや》いた。

「あっこですわ」

吉田屋がそっと指した先を、五郎左衛門は見た。二十間ほど先、浜通りに面して建ち並ぶ二階座敷の窓辺に、田辺を見つけた。尋常でない目の色をしているのが、この隔たりでもわかる。

五郎左衛門は縁の下にそっと手を伸ばして、太刀二振りがそこにあることを確かめた。吉田屋が機転を利かせ、浜通りへ密かに持ち込んでくれたのだった。

大きな光をはらんだ熱風が、浜通りを吹きさらしていく。まるでここにいる皆が、ひとつの大きな舟に乗って夏の海の沖合いへ出ていくようだった。

吉田屋の声がした。

「気ィつけなはれ。向こうは刺客を放っとるはずやから、今もどっかから若殿様を狙うとりまっせ」

「心得ておる」

五郎左衛門は吉田屋の横顔を見やった。眼前の場立の群れをぼんやり眺めているようでいて、どこでどのようなやりとりが起こって鱗値はどうなっているのか、すべてを摑《つか》もうと耳をそばだて、気を張っている。

五郎左衛門は、吉田屋の気の張り方を真似てみようとした。どこか一点を見るのでなく、この場で起こっているすべてを、広く、深くとらえる。その中で、毛筋ほどでもおかしな動きがあれば、すぐ太刀を抜く。

出来そうな気がして来た。

十二

茶屋の二階から階下に降りると、田辺は誰も引き連れず、浜通りをいったん離れた。五町ほどそのままひとりで歩いて、表通りから外れたひと気のない路地をしばらくゆき、角を曲がって長屋の木戸を開いた。

ひんやりと暗い土間を、木戸の間から射す光が、奥まで照らしている。肉付きのよい大柄な男がひとり、髷《まげ》に陽を浴びて上がり框《がまち》に座っている。すでに支度は済んで、手甲脚絆《きゃはん》に足袋を履き、長刀をそばに横たえていた。

松浦は目を上げると、土間に立っている田辺を見た。

田辺が言った。

「ふたりとも市におる。浜通りだ」

田辺は詳しい居所を伝えた。松浦はうなずいた。

「下見は済ませております。ときに、田辺様」

田辺は松浦の暗い顔を眺めた。もとはふっくらとして温和だったのが、今は目に見えて陰惨な影が顔にある。木彫りのような肌合いで、目の光がぎらついている。

「おことばを、確かにお守りいただけますか」

田辺は鷹揚《おうよう》にうなずいてみせた。

「案ずるな。その方がまず果たすべきことをなせば、決して悪いようにはならぬ」

「どうしておりますか」

松浦が国元に残して来た妻子のことだった。

「気が急《せ》くのう。まず、事を済ませてからだ」

松浦は黙り込んだ。田辺は口調を変え、命じた。

「武家といえども、市に太刀を持ち込むことは法度じゃ。まず、大竹の方から始末をつけよ」

松浦はうなずいた。

「では、参ります」

松浦は、そっと立ち上がって田辺のすぐそばを通り、土間の戸の外の明るみへと姿を消した。

空き家の戸を後ろ手で閉めると、田辺は浜通りへ向かって五町の道のりを戻っていった。場立らが大挙して渦巻く様子を尻目《しりめ》に、浜通りの真ん中を歩き、元の二階座敷へ戻ると、熱い茶を持たせ、顔をしかめてひと息に飲み干した。越前屋が声をかけて来た。

「どちらへおいでで」

田辺は軽く首を振り、聞き流した。

「すると、お支度は万全ってことですな」

「それより、鱗値《うろこね》はどうだ」

水役人が米相場の中をゆっくり巡って、半刻《はんとき》ごとに、成立した取引値を平均した米価を、場立らに知らせる。この鱗値を、皆が頼りにしている。

「まあ、座って見ていてご覧なさいな。今の田辺様にお出来になることは、それしかございませんよ」

越前屋の口振りが、田辺の癇《かん》にまた障った。

十三

朝五つ（午前八時）に始まってから、売り方、買い方、双方の立役者が現れたというので、売り買いの取引量はこの夏一番となった。場立のみならず、浜通り沿いに建つ商家の軒下や、通りの様子を見下ろすことのできる二階座敷は、様子を見物する富裕な商人らが鈴なりになっている。芸者や幇間《ほうかん》の姿まであった。

鱗値は、八十匁前後をうろついている。吉田屋の組の売り方が、次々に買い方に回っているという噂が、浜通りとその周辺を駆け巡った。噂はすぐに吉田屋本人の耳に入った。

「誰や」

吉田屋は知らせを伝えに来た手代に命じた。

「向こうに回ったんはどいつか、ひとり残らず確かめて来い」

怒鳴られた手代が弾《はじ》かれたように立って走り去った。吉田屋は、両の懐に手を入れて腕組みをし、ぎゅっと目をつぶっている。重元はその様子をちらと見た。

吉田屋のただならぬ様子を、五郎左衛門は見やった。重元は、すぐ隣で眼前の相場のひと群れを黙って眺めている。

重元の横顔を見て、五郎左衛門はふと思った。今日のこの日が終わる頃、われらの命運は尽きるのか。それとも尽きるのは田辺のほうか。

米や市や銀のことも、どのようにして仕手戦を闘っているのかも、五郎左衛門にはほとんどわからない。ただこうして重元様のお傍で御身をお守りすることが、おのれのすべてだった。

吉田屋は傍らの湯呑《ゆの》みに手を伸ばしてひと口啜《すす》ると、つぶやいた。

——おもろいなぁ。

五郎左衛門は吉田屋の、このところ少しどす黒くなった横顔に目をやった。無精髭《ぶしょうひげ》も剃《そ》っていない。

——いやぁ、おもろうてかなわんわ。

吉田屋がまたひと口啜った椀《わん》から、酒の匂いがする。五郎左衛門のまなざしに気づくと、吉田屋は笑ってすすめたが、すぐに首を振って考えを改めた。

「いや、大竹様は御殿様を守らなあかん。命に代えて守らなあかんのやから、酒を呑《の》むんは、勝ったらや」

「それがしは、もとよりさほど嗜《たしな》まぬ」

「ほな、勝ったら、でっせ」

首筋から頬にかけてほんのり赤味を帯びた吉田屋は、真正面の市の混沌《こんとん》を見すえている。五郎左衛門の方を向くと、不意に肚《はら》が決まった。今、言ってしまおう。

「大竹様。あのう、お国の」

「国元が、いかがした」

五郎左衛門の脳裏に、あとに残してきたなおの笑顔が浮かんだ。おかしなことに、なおの面影を、すぐに思い浮かべられない。五郎左衛門は焦りを覚えた。やがて、なおの面影がはっきり見えて来た。光を浴びた鳶色《とびいろ》の瞳《ひとみ》が、いたずらっぽく微笑んでいる。

五郎左衛門は黙った。

吉田屋は唇をなめて、次のことばを口にしかけた。大竹の表情を見て、思いとどまった。これから闘うという間際に、言うことやない。

「お国から便りのないのは良い便り、と言いますやろ」

「そのはずだ」

五郎左衛門は険しい表情に戻った。隣にいる重元にそっと尋ねてみた。

「もしもこの相場で勝ったとしたら、殿は、どうなさりますか」

重元は前を向いたまま即答した。

「国元を立て直す。それより他に、おれの思うことは何もない」

五郎左衛門は、ためらったが、口にした。

「では、もし、負けたとしたら」

重元は微笑んだ。

「まあ、見ておれ」

それ以上は何も言わなかった。

吉田屋は、ふたりのやりとりを黙って聞いていた。やがて、五郎左衛門に尋ねた。

「で、大竹様はどないしますねん。この仕手戦が終わったら」

「それがしは殿をお守りする。それがすべてだ」

重元を守って、生きて国元に戻る旅路を、夢のように遠く思った。なおはどうしておるか。鉄斎様はご健在か。ふたりの顔が、今度ははっきり瞼《まぶた》に浮かんだ。

「そういうもんでっか。お武家っちゅうのは、つくづく大変なもんや」

吉田屋は少し大げさにため息をついた。

「向こうさんの考えとること、わかりますか。この相場で勝とうと負けようと、向こうは必ず来よります」

吉田屋は励ますつもりで、厳しいことを口にした。

「大竹様は、そのつもりで待ち構えとかな、あきまへんで」

五郎左衛門は、吉田屋が何の事を言っているのかわかった。うなずいた。

「備えておる」

重元が、浜通りの場立たちの激しいひと群れから目を離さず、つぶやいた。

「吉田屋、その方《ほう》の申す通りだ。これは見ものだな」

乾いて砂埃《すなぼこり》が立つ浜通りに、互いの手をとらえ、おのれの手の平に打ちつけようと動き回る場立らが千人近く、怒号のような喧騒《けんそう》の中では、ひとりの例外もなく腰に矢立《やたて》を差し、売り買いが成り立つとその場で帳面につけている。

熱気を孕《はら》んだ曇天で、空全体が白く濁った。手代が次々と走って来ると、吉田屋に耳打ちした。売り方の仲間の、いったい誰が買い方に回ったのか、吉田屋は顔色ひとつ変えず聞き終えた。

「わかった。もうええ」

五郎左衛門は、吉田屋に尋ねてみた。

「今、いくら負けておる」

口出しすることではないとこれまで控えていたが、今日この日ですべて決着が着いてしまうのなら、いずれわかることだった。

「そちらのご家中では、引っ繰り返っても払いきれん額ですわ」

「払いきれぬと、どうなる」

「今はまだ紙のうえの損やけども、これを買い戻さんとあかん。その銀があればよし、なければ、まずうちの店がたおれになりますやろ」

「商人は、店が潰《つぶ》れるとどうなる」

「それ、本気でわしにお聞きになるんでっか」

吉田屋は喉《のど》を見せて一声、笑った。

「決まっとりますやろ。踏み倒して夜逃げするか、一家揃《そろ》って物乞《ものご》いをやるか、心中するか」

吉田屋は、眼前の場立の混雑を、じっと眺めた。重元が吉田屋に尋ねた。

「この間言うていた、銀を貸す店の話だが」

「もう、借れるところからは全部借ってますわ」

「打つ手はすべて打っている、ということか」

吉田屋は少しの間、考え込むように黙っていたが、口を開いた。

「そやけど、こちらがこれだけ苦しいっちゅうことは、向こうもおんなじ、っちゅうことですわ。無理を押して押して、もうこれ以上はあかん、っちゅうところまで来とるはずや」

「そうなのか」

「あっちはあっちで、そうそう銀が続くわけはのうて、今に必ず売って来ます。そこを待つんですわ」

「ほんとうに売り手にまわるか」

吉田屋は断言した。

「向こうかて、このままずっと買うててもしゃあないんですわ。買うたもんは、いつかどこかで売らなあかん。それに、相場も荒れて、そのうち必ずがらがらになりよる。現に、見てみなはれ。朝方よりも少うし、人出が減ってますやろ」

確かにそうだ、と五郎左衛門は気づいた。

買い手が売り手を探して、浜通りを行ったり来たりしている。売り手の数が減っていた。相手が見つからなかった買い手らはいったんあきらめ、浜通りから細い裏通りへ流れていく。相場のひと群れの激流が、峠を越したように見えた。

吉田屋が、両膝《りょうひざ》を勢い良く叩《たた》いて立ち上がった。

「そろそろ昼飯時や。腹ごしらえして、景気づけしまひょか」

吉田屋は、横並びにずらりと座った店の者たちの分も考えて、すぐ裏の屋台へ丁稚《でっち》をやった。屋台の者がふうふう言いながら大きな桶《おけ》で運んできたのは、湯気を立てる握り飯と味噌汁《みそしる》、玉子焼き、香の物など、二十人分はあろうかという量だった。

「みんな。腹いっぱい食え」

吉田屋は店の手代や丁稚たちに声をかけ、握り飯を勧めて回った。

「ほれ、食うてみぃ。ここの屋台は、ただの握り飯とちゃうで」

五郎左衛門は、思わず目をつむって頬張って、はっとした。確かに米が違う。見ると、重元も握り飯をひと口齧《かじ》って、顔をほころばせた。

「大竹。旨《うま》い米だ」

「はっ」

五郎左衛門の脳裏に国元の稲田が浮かんだ。黄金色の稲穂を揺らす風が見えた。秋の静かな午後、陽を浴びた稲穂の、草いきれのむっとするような匂いが立ち込めたように思った。

重元が、しみじみとつぶやいた。

「大竹。いつの日か必ずや、このような米を国元で作る」

「はっ。必ずや」

五郎左衛門はうなずいた。重元は、何度も何度もうなずいた。

「頼むぞ」

食べても食べても次の握り飯が回って来る。重元は、握り飯を頬張る吉田屋の手代たちを、目を細めて眺めた。


それから吉田屋は草履を脱ぎ、白足袋も脱いで、裸足《はだし》になった。閑散として来た浜通りの真ん中へ歩み出た。両の手を懐に入れ、砂地を見下ろして、そのまま止まった。

五郎左衛門は、吉田屋を怪訝《けげん》そうに眺めている重元を見やった。手持ち無沙汰《ぶさた》で浜通りを行き交う場立たちが、昼休みの市の真ん中に立つ、売り方の立役者を振り返った。

五郎左衛門は空を見上げた。涼やかな風が一陣、吹き抜けた。白い曇天に閉じられた空の高みから、長い雨滴が一筋、浜通りの乾ききった砂地にぽたりと落ちた。たちまち、湿り気と錆《さび》の匂いが、通りに広がった。

雨や。雨やで。場立らの声がそこここで響いた。雨が降るとなると、相場の風向きも一気に変わる。遠い米どころの天候はこの大坂では知りえないが、もうすぐ稲刈りという季節柄、冷たい雨が降れば米価は上がり、豊潤な雨なら、豊作を予想して下がる。

地鳴りのような遠雷が聞こえたと思うと、あっという間に桶の水をぶちまけたような豪雨となり、生あたたかい土砂降りで水煙が立った。雷鳴がひらめいた。浜通りを歩いていた場立たちは、頭に手をやって通りの左右の茶店の軒下に逃げ込んだ。

豪雨の中に吉田屋がひとり立っている。ずぶ濡《ぬ》れで稲光りに照らし出され、うつむいていたが、おもむろ、開いた片手を前へ突き出した。雨宿りして見ていた場立らが、言い合った。負けがこんで、頭おかしゅうなったんちゃうか。

吉田屋は、指の間を大きく開いた片手を高く掲げて、空からの何かを待っている。叩きつけるようだった雨滴が少しずつ衰えて来ると、浜通りの地面のそこここに、大きく穿《うが》たれた水溜《みずたま》りが輝き始めた。通りを囲む軒下から、賑《にぎ》やかな光のしずくが滴って、水溜りに忙しく波紋を広げた。

五郎左衛門は頭上を見上げた。雲の切れ目からのぞく空が、真っ青に晴れあがっている。まるで吉田屋が豪雨を止めたようだった。満面の笑みを浮かべたずぶ濡れの吉田屋が、声を張った。

「みんな。ちょこっと聞いてんか」

場立たちは、売り方の立役者が何を言うのかと、三々五々、軒下から浜通りに戻って来た。

「なんや」

「どないしたんや」

ざわめきは、吉田屋の声に掻《か》き消された。

「今日の相場は、いつもとちゃうことはわかっとるな」

吉田屋は、浜通りに面した二階座敷の一角を指差した。

「あそこにおんのが誰か、みんな知っとるな」

皆はそちらを見た。

「越前屋はんやろ」

「越前屋はんの団子っ鼻、見てみぃ」

集まった皆がそちらを改めて見やると、二階の座敷から、草履に白足袋姿でぬかるんだ浜通りに降り立った人影は、確かに越前屋だった。

「あいつの鼻、くじいたったで」

いきり立った様子でこっちへ来る越前屋の顔の真ん中が、確かに青痣《あおあざ》で腫《は》れ上がっている。場立たちは、どっと吹き出した。腕一本で身代を稼ぐ場立らには、力を誇示して威張る者には真っ向からぶつかる気骨がある。

吉田屋は怒鳴った。

「あいつはな。わしらのこの堂島を食い物にしとんねん」

水役人や若手の月行司らが、何やら様子がおかしいことに気づいて、ばらばらと浜通りに入って来た。

茶店の軒下に座る五郎左衛門は、隣の重元を見た。重元は、吉田屋を注視している。

迫って来る水役人や月行司らを手で押しのけながら、吉田屋は、憤慨して歩んで来る越前屋にひとさし指を向けた。越前屋の取り巻きが走り寄って来て吉田屋を吊《つる》し上げにかかったが、吉田屋は身をよじって叫んだ。

「こいつはな、大坂城の御殿様に泣きついて、ご公儀に米買上令を出させよったんや。米の値を吊《つ》り上げて、おのれだけぎょうさん儲《もう》けようっちゅう、薄汚い魂胆やぞ」

ざわめいていた数百人の場立らが、一斉にしんとした。騒動の背後にいた越前屋を、皆が振り返ると、見る目が瞬時に変わって今度は越前屋を取り囲み始めた。

慌てた越前屋は、身を守るように、大きな声を張った。

「お前さんたち。こんな小物の浅知恵に騙《だま》されちゃいけないよ」

浜通りは騒然となった。

「何をぬかしとんねん。何が、お前さんたち、や」

「前から江戸弁の商売人は胸糞《むなくそ》悪いと思うとったんや」

水役人や月行司らの手ではもう越前屋を守り切れず、四方八方から詰め寄られた越前屋は、悲鳴交じりに叫んだ。

「いい加減なことを言いやがって。根も葉もない噂だよ」

「今日のこの相場に、大坂城代がわざわざお出ましやないか。それが何よりの証《あかし》じゃ、ボケッ」

吉田屋のことばに、皆が振り返った。

「ほんまか、おい」

「どこにおらはんねん」

「いや、あの米買上令はどうもおかしいと思うてたんや」

「おいこら、越前屋、何とか言うてみろ」

数百人の場立が、一斉に越前屋に詰め寄った。

「待て」

鋭い声が響き渡った。場立たちは、声のする方を向いた。越前屋がそちらへ思わず助けを求めた。

「田辺様」

おのれの背後に逃げ込んだ越前屋を振り払うと、田辺は大挙した場立らに言い放った。

「大坂城代は、おられぬぞ」

米会所の水役人や月行司らは顔を見合わせた。朝からいきなり大坂城の御殿様がやってきて腰を据えているのを、会所の皆は見ている。

場立らは、お武家が兵通りの中にいることに異を唱え、騒ぎ始めた。

「ここはわしらの市や」

　あっという間に怒号が渦巻いた。吉田屋が声を嗄《か》らして、皆に語りかけた。

「みんな聞いてくれ。今日の相場は、ただの叩き合いとちゃう。ほんまの戦や。わしら売り方と、こいつら買い方が、今どんだけの銀を賭《か》けとるか、みんなわかっとるやろ。米価が急騰しとるおかげで、こんな無茶苦茶なことになっとんねん、今のこの堂島は。堂島だけやない。こんな高値は絶対におかしいんや。こんなんでやってゆけるわけがない。わしら大坂商人は、御殿様を喜ばせるために命張って商売しとるわけやないで。せやろ」

「何が言いたいんだ、お前は」

　越前屋が、隙を突いて吉田屋に摑《つか》みかかろうとしたが、周囲の場立が越前屋を抑え込んで羽交い締めにした。吉田屋は、場立らに呼びかけ続けた。

「みんな、今日の相場、どうか、よう見たってくれ。こいつがたおれるか、それともこの吉田屋がたおれるか。たおれたほうは今日限り、この堂島を去る。どっちに理があるか、みんな、そのつもりで今日の相場、どうか見たってくれ」

　吉田屋は場立らに向かって、深々と頭を下げた。

「この通りや」

　そのとき、午後の立会の開始を告げる拍子木が鳴った。場立らは、目を覚ましたようにびくりとした。八つ（午後二時）になっていた。

十四

豪雨が止んだ後、いったん収まったように見えた炎熱が、再びじりじりと高まって浜通りを真っ白に灼《や》き始め、猛烈な湿気が立ち昇っている。

売りと買い双方の立役者が摑み合いするのを見せつけられた相場は、激しさをいや増した。この日のうちにひと儲けしようとする者たちが殺到した。依然有利なのは買い方のほうで、米価は帳合米相場で八十八匁台をうろうろしている。しばらくの間、吉田屋も越前屋も、姿がなかった。

吉田屋が、どこからか戻って来た。何やら笑いを堪《こら》えている。

「これであと、どれだけもつか、やな」

吉田屋は、重元の隣に戻ると、茶店の奥を振り向き、手にした湯呑《ゆの》みを軽く振った。

「酒をくれ。重元様も、どうぞ一杯」

重元は微笑んで首を横に振った。吉田屋は赤い緋《ひ》を敷いた縁の上に、剝《む》き出しの片膝《かたひざ》を立てて座った。傍らの椀《わん》が空になると、すぐ茶店の小女を呼んで注がせた。呷《あお》れば呷るほど、顔が白くなっていく。

重元は、二十間向こうの二階座敷の窓辺に、再び田辺の姿を見出《みいだ》した。向こうもこちらを見ている。五郎左衛門は、縁の下に隠した太刀にそっと触れた。いざとなれば、抜く。

吉田屋は、前を通っていく場立の中に知り合いを見つけるたび、親しく話しかけた。越前屋に寝返った場立らは、ぎくりとして愛想笑いを浮かべると、言い訳めいたことを並べて逃げていった。その様子を黙って眺めていた重元は、吉田屋に尋ねた。

「この相場で大きく儲けようという者は、たくさんおるのか」

「それは買い方のことでっか。今日のような無茶な叩《たた》き合いは別としても、これがそもそも相場というもんでっしゃろ。大きなぶつかり合いがあれば、そこには儲け口が必ずある。今日の動きを嗅《か》ぎつけて、これまでの損を取り戻すつもりで躍起になっとる仲買は、ぎょうさんいてます。というより、はっきり言うたら、そんなんばっかりちゃいますか」

吉田屋は縁の上で両膝を抱えた。米会所の、空色の半纏《はんてん》姿の役人が叫んだ。

「ただいまの鱗値《うろこね》、六十五匁二分。六十五匁二分でござい」

重元が五郎左衛門の方を向いた。

「今、六十五匁と言うたな」

「はっ。確かに」

鱗値段が急激に下がっているのは相場の自然な値動きなのか、そうでないのか、五郎左衛門にはわかるはずもない。重元は命じた。

「確かめて参れ」

五郎左衛門は、重元のそばを離れるのをためらった。田辺が、二階座敷からこちらを見据えている。縁の裏側に隠した太刀から離れるわけにはいかない。吉田屋は、縁の上で片膝を立て、片腕を伸ばし、手の平を上にして灰青色の空を見上げている。

「もういっぺん降ってくれたらええのにな」

重元は尋ねた。

「降れば、どうなる」

「天気が崩れれば、鱗値も崩れますよって」

また雨が降り出した。浜通りに面した軒下に、場立らが鈴なりになっている。磯にとりつく藤壺《ふじつぼ》のようだった。ここぞというとき、見つけた相手のもとへ飛び込んでその手をとらえ、おのれの手の平に打ちつける。水役人が新しい値を呼ばわった。

「ただいまの鱗値、六十匁二分。六十匁二分でござい」

重元の隣で、猫のように背を丸めて座っている吉田屋が、五郎左衛門を見やった。

「どえらいこっちゃで。天気のせいだけとちゃうわ、これは」

数百人の場立たちが、取引の好機を見計らって雨の中に飛び込んでいく。吉田屋は険しい顔で重元に話しかけた。

「これはもう、雨のせいだけとちゃいますわ」

堂島に降り注ぐ夏の雨は、場立らを心配で殺気立たせる。まだ青い稲が、冷気でやられてはいないか。雲霞《うんか》の柱が立って、米が食われてはいないか。もしもほんとうに凶作に見舞われるとすれば、今、手元にある米をいったいどうすれば、損をせずに済むのか。

「ちょこっと、探りを入れてみますわ」

吉田屋は、そばに控える手代らを呼び寄せ、売りを指示した。手代らはすぐ四方へ散った。

十五

越前屋は、浜通りを見下ろす二階座敷へ戻った。他の二階屋はおおむね雨除けの簾《すだれ》が下がっているが、田辺だけは大きく開いた窓辺に座って、雨に濡《ぬ》れている。そこから何を見ているのか、越前屋は、田辺のまなざしの先を確かめた。重元が茶店の軒下に座っている。その左右に、五郎左衛門と吉田屋がいる。

越前屋は、田辺を押しのけんばかりにして窓辺に立った。髷《まげ》や顔が雨に濡れるのも構わず、窓の下の浜通りを見下ろした。

上から眺めると、ひと目でわかる。売りと買いの力の乱流がぶつかり合って無数の渦を巻き、何か大きなものがこれからひっくり返ろうとしている。毎日この相場で闘っている者にしかわからぬ兆しだった。

それが何なのか、ほどなくはっきりした。皆、売っている。手持ちの米をどうするかという懸念が浜通りを覆っているのが、越前屋の目に、はっきり見えた。

越前屋は店の番頭をそばへ呼び、今のところの損益を確かめると、命じた。

「値が戻るまで買い叩け。手控えるなよ」

「いかがした」

田辺が尋ねた。越前屋は、昂ぶりを抑えた笑みを浮かべた。

「いよいよ向こうを潰《つぶ》します。まあ、見ていてごらんなさい」

鱗値段を伝える声が響いた。

「ただいまの鱗値、五十匁二分。五十匁二分でございい」

田辺は耳を疑い、越前屋を見やった。その顔の真ん中が目に入った。朝方よりも青痣《あおあざ》が黒ずんでいる。禍々《まがまが》しい相に見えた。

田辺は越前屋に詰め寄った。顔が近づくと、越前屋の口からは獣じみた臭いがした。

「どれほど損をしても案ずることはない、と申したではないか」

「ですから、いざとなりゃ、あそこの御殿様を斬れば済む話でしょうに。いよいよ田辺様の出番にございますよ」

田辺は越前屋の襟元をつかんで詰め寄った。

「取引の損はどうするのだ」

越前屋は嘲《あざけ》るような笑みを浮かべた。

「本日の取引を中止させりゃ、なんでもございません」

「そのようなことが出来るのか」

「立用《るいよう》といいまして、たとえば相場が偏《かたよ》って場立どもが売りか買いかの一辺倒になっちまうようなことや、あるいは取引全体に差し障るようなおおごとがございますと、無帳《むちょう》と申しまして、その日の取引は全部なかったことになるんでございますよ。時には、遡《さかのぼ》って幾日分もなかったことに出来るんでございます。あれを」

越前屋は、浜通りの北側にある詰所を指した。

「あの格子窓に、木箱がございますでしょう」

遠目に、木の箱が吊《つ》るされているのが確かに見える。金網のような網目に全体を覆われていた。

「あの中に、火のついた縄が。うっすら煙が立っておりましょう」

田辺は目を凝らしたが、そこまではわからない。

「あの中の火縄が燃え尽きたら、本日の取引はおしまい。といっても、相場の者は儲《もう》けと損に血眼になっておりますから、止めろと言われてもすぐには止めやいたしません。そんなわけで、半刻《はんとき》ごとに会所の役人が桶《おけ》の水を撒《ま》いて回ります」

「あの木箱の中の火縄を消すというのか」

「あたしゃ、そんなことといたしませんよ。ただ、どこのどいつが相場を恨んで何をしでかすか、わかりゃしねえ、ってことです」

田辺は悟った。負けがよほど込んでくれば、こやつはどんな手でも使う。

越前屋は、声を落として田辺にささやきかけた。

「ま、しかしそれよりも、田辺様にとって確かなのは、はやいとこ、御殿様の首をとっちまうことでございましょうな。皆にとって、それが一番」

田辺は、思わずしかめ面をした。このような輩《やから》にこのような言われ方をすることが、耐え難い吐き気を催させた。

誰かが二階座敷へ上がって来る。田辺は気づいて、ふと顔を上げた。裃《かみしも》もぱりっとして髷も月代《さかやき》も磨いたような小姓だった。

田辺は呼ばれて立ち上がった。小姓のあとについて座敷を横切り、幅広の階段を下りる間際に、振り向くと越前屋がこちらを見ている。呼ばれているのは田辺ひとりだった。

米会所へ行くと、二階の奥の粗末な座敷で、床の間を背に、大坂城代の藤堂がどっかりと胡坐《あぐら》をかき、腕組みをして座っている。その正面に、田辺は静かに近づいていって頭《こうべ》を少し低くし、控えた。見ると、藤堂は厳しい顔で目をつぶっている。かすかな寝息が聞こえた。

藤堂が目を覚ますのをじっと待ちながら、田辺はふと思い至った。なぜ越前屋の用意した茶屋の二階座敷ではなく、ここにいるのか。買い方の立役者と一緒にいるところを見られまいという藤堂の思惑を感じ取った。

目を覚ました藤堂は、田辺を見ると、小指の先で鼻のきわを掻《か》いた。

「よいか。よう見ておれ。越前屋という輩はな、あれは負けぬのだ。負けるくらいなら、どんな手でも使う覚悟を持っておる。町人としてはなかなかじゃ。その方も見習うがよい」

田辺はかすかに笑った。

「確かに、なんでもやらかすようではございます」

誰かが背後から近づいて来た。当の越前屋だった。藤堂の傍にかしこまって座ると、横から無遠慮なまなざしを田辺に注ぎ、言った。

「田辺様。もうこれ以上の仕手戦は無用にございますよ。無駄にございます」

「なにを言う」

「素人目にはおわかりになりづらいんでしょうが、相場の世界というのは、勝っているとか負けているとか、そう一概にけりがつくものではございませんで。相場での売り買いをその日ごと、月ごとにまとめてみないと、はっきり出ないものでして」

田辺は、その言い分がどこかおかしいと気づいた。

「どういうことだ」

越前屋は、ため息交じりに言ってのけた。

「銀が足りないんでございますよ」

「それを集めるのが商人であろう」

「無理なものは無理にございますから」

越前屋は、正面の藤堂をちらと見てから、田辺に目を戻した。

「実は、田辺様のご名義でなら、まだ銀を貸すという店が、この堂島からは少し離れておりますが、いくつかございまして」

越前屋の挙げた店はどれも、少しこの米相場に慣れて来た田辺も耳にしたことがあった。ひとたび借りを作ったら骨の髄までしゃぶり尽くされるという。田辺は、頬のひきつりを覚えた。

「田辺様になら、何万両でも用立ていたします、とのことでございますが、さあ、どうなさいます」

越前屋の屈託のない口調が、残酷に響いた。

「ご心配には及びませんよ。田辺様ほどのお方なら、いざとなればきっといくらでも他に仕官先がございます。藤堂様もきっとお世話してくださいます。いかがでございますか」

越前屋が藤堂を見ると、藤堂が応じた。

「どうであろうな。田辺、その方にそれだけの値打ちがあるか。どうじゃ。言うてみよ」

田辺は斜め下を向いて聞き流そうとした。出来なかった。からだが震え始めていた。太刀を素早く抜いてこの場で斬ることを、とっさに思った。思うことが、光って流れ去った。憤怒《ふんぬ》の只中《ただなか》に田辺は静かに座って、この世のすべてから遠ざかっているように思った。

越前屋が、膝元《ひざもと》にあった盆の中の茶菓子をひとつ取って、口中に放り込んだ。

「もしなんなら、お武家を辞めてご商売をなさっても。江戸や大坂でおやりになるなら、手前がお膳立《ぜんだ》ていたしますよ」

田辺は、怒りで喉《のど》が震えて来た。何か言おうとしたが、ことばが見つからない。その様子を、越前屋は楽しむように眺めた。

「おやおや。短気は損気。そのようなご様子では、これから先、どんなお役目もろくに務まりゃしませんよ」

藤堂が口を挟んだ。

「田辺。すぐに腹を立てよって、その方の悪い癖じゃ。いい歳をして、ちっぽけなまつりごとも、いまだにまともに出来ぬ。さて越前屋、この田辺を果たしてどう見る。仮に、これが商人だとしたら、雇い入れるか。果たして、重宝するか」

越前屋は、慎重に首を傾げてみせた。

「はて、手前どもは、お武家様のことは、さっぱり。それに、たとえの話は、手前には少々難しゅうございます」

「こやつはな、良くも悪くも青いのだ。わしはこれまで、こやつよりもよほど物分かりのよい若手を幾十人となく育てて来た。此度《こたび》、江戸から連れて来た長谷川なども、そのうちのひとりよ。越前屋、どうじゃ、あの長谷川とこの田辺、引き比べてみて、いったいどちらの方が青臭い」

越前屋はわざとらしい含み笑いをした。

「それを申しては、田辺様がお気の毒にございます。ほら、もう随分とご立腹なさって」

「これがまず、こやつの至らぬところよ」

田辺は、藤堂の笑い声に黙って耐えた。耐えられぬのは、越前屋が尻馬《しりうま》に乗って笑っていることだった。ひとしきり笑いが収まると、藤堂は厳しい目で田辺に言い渡した。

「田辺。この越前屋からのありがたき申し出、受けるかどうか、ただ今ここで決めよ」

田辺は息を収め、おのれが暴れ出さないよう、じっと黙って、こらえた。それから、区切りをつけた。

「お断り申す」

藤堂の目の色が変わった。すっと立ち上がると、田辺を見下ろした。

「相わかった。これよりわしは、その方のことなど一切知らぬ。見たことも、名を聞いたこともない。押込のことも一切関知せぬ」

「藤堂様っ」

田辺は、詰め寄りそうになるおのれを抑え、ようやく言った。

「これまでの、お約束は」

「約束などした覚えはない。そのようなものは一切ない」

田辺は振り絞るように言った。

「これまでに、お届けしたものは」

「そちらが勝手に持って来たものであろうが。その方、ひとに渡したものを返せとぬかす、あさましい輩に成り下がったか。その方らの借財も、此度の堂島の仕手への資金も、もとより皆、その方の卑しい本性がなす因果応報じゃ。たわけが」

藤堂は田辺の顔の真ん中をじっと眺めていたが、やがてゆっくり笑い出した。

「これ、田辺。何でも真に受けよって、なんと気の利かぬ奴。戯れを申したまでよ。よいか、表向き、大坂城は此度の一連のことには関わってはおらぬのだぞ」

田辺は呆然《ぼうぜん》として平伏した。その姿勢で、眼前の畳の目を凝視した。藤堂が頭の上のあたりで身動きする気配を感じた。

いざとなれば。もしもほんとうにそのときが来たら、一体どうする。

大坂城代に手をかけ、そのあと即座に越前屋を素早く斬り伏せるおのれの姿を、田辺は思い浮かべた。

「ただいまの鱗値《うろこね》、四十七匁二分。四十七匁二分でござい」

また下がっている。今日一日だけで、いったいどれほどの莫大《ばくだい》な損を抱えただろうか。何もかもが遠くにあるようだった。国元のことを思い、田辺は辛うじて正気を保とうとした。

藤堂が田辺に念押しした。

「さて。追加の銀のこと、早急に返答いたせ。それがないと、仕手を続けられぬであろう」

越前屋が持ちかけて来た、現銀店からの借財の件だった。

田辺は藤堂に今一度平伏すると、立ち上がり、踵《きびす》を返して米会所の二階座敷を辞去した。越前屋のことはもう目に入らなかった。藤堂の罵声《ばせい》を、田辺は背中で聞き流した。

十六

うるさいほどの雨音で、浜通りはかえって静かになっている。続々と戻って来る番頭や手代たちの話では、今朝からの吉田屋の儲《もう》けは、小さな藩なら丸抱えできるほどになっているという。吉田屋は見る見る顔が白くなって、口の中でつぶやき始めた。

――えらいこっちゃで。

五郎左衛門の肩を、無作法にも叩《たた》いて叫んだ。

「何が起こっとんのか、何で値が下がっとんのか、まったくわからへん。雨が降っとるからか。いや、そんなんやない。そんなんで、こんなに下がるわけがない」

重元と五郎左衛門は顔を見合わせた。確かに、大雨や夕焼けや晴天が相場を大きく左右することはあると聞いてはいたが、その道の玄人の吉田屋が言うのだから、そうなのだろう。

勝っているのに動揺していることが解せない重元がそう尋ねると、吉田屋は即答した。

「わけのわからん値動きが、一番恐ろしいんですわ。この先、また一気にひっくり返ってもおかしゅうないいんやから」

土砂降りをものともせず駆けて来た番頭が、吉田屋の前で両膝《りょうひざ》に両手をついて喘《あえ》ぎ、息が整うとようやく言った。

「旦那様《だんな》」

「何や。どないした」

「遣繰両替《やりくりりようがえ》の岩田屋《いわた》さんから、使いが来ましてん」

番頭はすっかり顔色をなくしていた。

「岩田屋が何や」

「さっき、番頭さんが来はって、もう、あかん、うちとは取引でけん、と言うてはります」

米仲買は、敷銀を遣繰両替の店に預け、それをもとに堂島中の仲買との取引ができるという仕組みになっている。遣繰両替から取引を拒まれると、即座に米仲買の仕事が出来なくなる。

吉田屋と手を携えてこれまで売り方だった米仲買は今、すべて買い方に回っている。

五郎左衛門は不思議に思い、そっと尋ねた。

「だが、今勝っているのはわれらの方ではないのか」

吉田屋は邪険に答えた。

「そんなもん、あっという間に幾らでも動きますわ。なんぼ今だけ勝っとっても、なんぼ今日だけ儲けとっても、取引でけんようになったら終わりやさかい」

吉田屋は番頭に向き直って、問いつめた。

「あかん、とは何や。いったい何がどういうことやっ」

番頭は情けない声を出した。

「追加の銀がもうないんですわ」

「敷銀はどないした」

「とっくの昔に底をついとります」

遣繰両替に入れてある敷銀は、取引量が増えた分だけ、追加しなくては取引を続けられない。

吉田屋は、度を失ってまくしたてた。

「掻《か》き集めた銀はどないした。届けたったろうが、岩田屋に」

「全然足らんと言われました」

「あほか。小僧の遣いか」

吉田屋は番頭を怒鳴りつけた。

「今が一番大事なところやないか、今引くあほがおるか。今日の終値まで待ったらええんじゃ。岩田屋のドあほうが、これまでこの吉田屋が敷銀、落としたことがあるか。なめくさって、くそが」

吉田屋は嚙《か》みつきそうな顔で番頭を睨《にら》んだ。

「わかった。わしが行って、話つけたる」

「店が、差し押さえられました」

「何やと」

「昼前に、おっそろしげな輩《やから》を何人も連れたもんが来て、岩田屋さんの使いや言うて、店の中身、あらかた持ってかれました」

「おかしいやろ。鱗値は下がっとんねんぞ、買い方に回る奴らの気が知れんわ」

しかし、場立らが、越前屋の差し金で次々に買い方へと屈していることは、吉田屋にはよくわかっている。

吉田屋は、眼前の土砂降りの中へ飛び出した。青白い稲光りが閃《ひらめ》く天に向かって、仁王立ちになった。そばに立っていた場立らが、驚いて脇へ退いた。

「何でや。あとちょっとやねんぞ」

地上に叩きつける大粒の雨音をものともせず、必死に呼ばわる水役人の声がした。

「ただいまの鱗値、四十四匁二分。四十四匁二分でござい」

十七

年の頃は十ばかりの丁稚《でっち》が、ずぶ濡《ぬ》れで田辺を追いかけて来て、何も言わずに四つ折りの紙を田辺に差し出した。開いて見ずとも、誰からの何なのか、田辺にはすぐわかった。

開いてみると、新たに借りる額面をこの紙に書いて丁稚に渡すべし、さすればすぐ動かす、とだけある。藤堂の字ではないような気がした。もしも越前屋だとすれば、無礼極まる。

田辺は立ったまま、手に持った紙片をじっと眺めていた。雨に打たれて文字がみるみる滲《にじ》んでいく。茶店の軒下ではあったが、半身がもう濡れている。丁稚は豪雨の中に立って待っている。子犬のように身震いした。

田辺は紙片をふたつにちぎった。その半分、またその半分、と細かくちぎり終えると、丁稚に渡した。

丁稚は戸惑ったまなざしを田辺に向けたが、田辺はそっとうながした。丁稚がおずおずと背を向けて走り去ると、田辺は控えていた配下の平士に命じた。

「松浦を呼べ」

平士が滝の雨の中を走って行く。浜通りの真ん中を、田辺は雨を浴びてゆっくり歩んでいった。帯刀したお武家が浜通りの真ん中を、水溜《みずたま》りを踏み抜いて進んでいく異様な姿を、場立らが振り返って見た。

咎《とが》め立てしようとするひと群れに囲まれかけたが、田辺は歩を速めてかわした。追いすがって来る気配に振り向くと、脇差《わきざし》の柄《つか》に手をかけ、それを見せた。場立らがひるんだ隙に、田辺は重元へ向かって足を速め、群がる者らを振り切った。

田辺は、黙って茶店の軒先に立った。真正面に座っていた重元が顔を上げ、田辺を見やった。明るく澄んだ目で、何も言わず、すっと立ち上がった。田辺に気づいた五郎左衛門も慌てて立ち上がった。

ふたりとひとりは、これまでにないほど近づいた。田辺の方が頭ひとつ高く、重元の方が日に焼けて引き締まっている。

不意に雨が止んだ。空は雲が切れて、あっと言う間に眩《まぶ》しさに覆われた。地上の浜通りは沸き立つように明るくなった。そこここの軒から、鈴なりになった滴が光ってしたたり落ちている。

田辺が、腰に帯びた太刀にそっと片手をかけている。五郎左衛門は前へ飛び出して重元の盾になろうとした。重元は軽く手をやって五郎左衛門を押しとどめ、目の前の田辺に、穏やかに告げた。

「ここでは、それはならん」

田辺はかすかにうなずいたが、重元の前からは動こうとしない。硬直した頬から、色が失われている。

ただならぬ様子に、場立や水役人らが集まって来た。店の奥の厠《かわや》から戻った吉田屋は、その人だかりの中に、重元と田辺と五郎左衛門が向かい合うのを見て、思わず叫んだ。

「若殿様っ」

場立らが、何事かと騒ぎ始めた。米会所の年行司や水役人が、ひと群れをかき分けてやって来る。重元は、田辺に微笑んでみせた。

「逃げも隠れもせぬ」

田辺は、重元を傲然《ごうぜん》と見下ろして言った。

「よい心がけにござる」

重元は穏やかに答えた。

「では、参ろう」

第六章　決　闘

一

重元は、雨除けに左右から立てかけられていた葦簀《よしず》を、両の手でそっとかき分け、広げた。茶店の濡れ縁《えん》から立ち上がり、場立らが激しく行き交う浜通りへ踏み入った。

五郎左衛門は、縁の下から太刀二振りを取ると、一刀を腰に差し、もう一刀を手に、重元の後ろにぴたりとつき従った。何かあれば盾になるつもりで、田辺から重元を守りながら歩んだ。田辺は、少し間を置いて、重元に並んで歩いた。

三人は、千人近くに膨れ上がっている場立のひと群れに呑《の》まれて、浜通りの真ん中を静かに進んでいった。左手に開けた裏通りに、屋台が軒を並べている。賑《にぎ》やかで人通りも多く、物売りの声が聞こえる。ついて来る米会所の水役人らを、後ろから吉田屋がやんわり制した。

「すぐ出ますよって、ご勘弁を」

市場のひと群れは、おのずとふたつに分かれて道を譲った。

浜通りの外へ出た田辺は、なおもついて来ようとする米会所の年行司や水役人ら、様子見の取り巻きに、血相を変えて怒声を発した。

「見世物ではござらん」

取り巻きらが、びくりと立ち止まった。重元は高らかに言い切った。

「これはわが家中の戦にござる。寄らば、斬る。大竹」

「はっ」

五郎左衛門は太刀を抜いて見物の者らを睥睨《へいげい》した。

野次馬を追い払うと、五郎左衛門は抜いた刃《やいば》を鞘《さや》に収め、一行は浜通りを離れて歩み続けた。


ひと気のない川べりにようやく至ると、重元は足を止めて振り返った。

「この辺りでよいだろう」

田辺はうなずいた。

高札が立つ橋のたもとには、立ち合いが出来るだけの広さがあり、通りの建物からも離れている。何が起ころうと、誰も巻き込まずに済むように見えた。人払いしてもなお、こわごわと集まって来て遠巻きにするひと群れが、やがて静かに膨れ上がっていく。高札に、重元と五郎左衛門の人相書きと賞金のことが、はっきりと書かれてあった。

五郎左衛門は、石垣の上からそっと、川辺へ降りていく石段を覗《のぞ》き込んだ。一番下の段の辺りの足場は、いつもなら茶店が建っているが、今は剝《む》き出しになった石の台座が、増水した川面に洗われている。黒々とうねって膨らむ大川は、急流のような勢いだった。

重元は、つむじにかすかな水の飛沫《しぶき》を感じた。再び、雲が厚く垂れ込めて来ている。空がさっと暗くなったかと思うとまた、盥《たらい》の水をぶちまけるような雨が、地上の何もかもを激しく叩《たた》き始めた。

「大竹」

重元は、五郎左衛門が腰に差していた一刀を、受け取った。

田辺の背後から、そっと姿を現わした人影がある。肉付きのよい大柄で、両腕をまくった襷掛《たすきが》け姿、小さな目鼻の目元には猪めいた険があり、頬に不吉な影がさしている。穏やかで人柄の良さそうだった頃とは別人だった。

男は田辺の前へ出ると、草履を丁寧に脱いで傍らへ置き、裸足《はだし》になった。

五郎左衛門は、思わず声をかけた。

「ご無事にござったか、松浦殿」

松浦は答えず、腰に帯びた太刀の鯉口を切ると、すらりと抜いて、そっと構えた。上段に構えた太刀が、雨滴を細かく跳ね返している。手首を返すと、刀身が雨の中で白く光った。

松浦は厳しい声で一喝した。そのことばを、皆がしかと聞いた。

「大竹。なにゆえ、逃げ、あらがう」

五郎左衛門は太刀を抜こうとしなかった。

「松浦殿。あの日、われらは共に、殿に命を託したはず。生き残ったわれらが相争うなど」

「目を覚ませ、大竹。地獄を見るぞ」

「殿は今も、われらの主君にござる」

五郎左衛門は、ぬかるみの中で草履を脱ぐと、足先で傍らにそっと寄せ、太刀を鞘から静かに抜いた。豪雨の中、二間ほど隔てて向かい合うふたりの周りに、草履が一足ずつ、互いに少し離れて、それぞれ揃えて脱いである。

半島のように広がる水溜《みずたま》りを蹴散《けち》らして、ふたりは互いの周りを廻《まわ》るように動いた。

少し早足になったかと思うと、ぴたりと足を止めて相手を注視する。

松浦は両肩を狭め、引き絞って構えたおのが太刀の切っ先と、五郎左衛門とを、交互に見やっている。打ちかかる隙をうかがいながら、五郎左衛門に話しかけた。

「大竹。国元に残した妻が待ちわびておるぞ」

こちらの気を逸《そ》らす策だとは知りながら、五郎左衛門は血が逆巻くのを覚えた。なおの温かい面影がよみがえる。激しい苦しさが、胸の奥を脈打って流れる。強く唇を嚙《か》み、堪《こら》えた。

松浦が声を張った。

「おれはおれの妻子を死なせるわけにはゆかぬが、それは貴公とて同じはず」

五郎左衛門は、松浦を凝視した。

「大竹。国元に帰ろう。今ならまだ間に合う」

いったい何のために、何と闘っているのか。主君重元に付き従って城を脱して以来、逃れられぬ問いが、今、眼前に突きつけられている。

雨を顔に受けながら、五郎左衛門はそっと息を吐き出すと、太刀を構え直した。

「松浦殿。それがしは、命を賭《と》して殿をお守り申す。それがすべてにござる」

「ならば、致し方ない」

松浦は微笑んだ。五郎左衛門も少し遅れて微笑んだ。

「松浦殿にお目にかかれたこと、うれしゅうござった」

ふたりは互いに後ずさりして、間合いを取り合った。五郎左衛門は、ふと脇に目をやった。石垣に近づきすぎている。ずっと下を流れる大川が垣間《かいま》見える。雨を呑み込んで黒く沸騰している。誰も口をきかない。叩きつけるような雨音ばかりが響き渡っている。

五郎左衛門は、顔面を流れ落ちる雨に、まばたきして耐えた。軒下で黙って雨宿りする町人らの衆目が注がれている。人だかりの最前列に吉田屋の顔がある。

太刀を構え、じりじりと向かい合う五郎左衛門と松浦の後方で、重元は、隔たって向かい合う田辺に、言い渡した。

「何があっても、この場限りと致す。よいな」

田辺はうなずいて、太刀を鞘から抜いた。

「望むところ」

重元も太刀を構え、鞘を捨てると、腰を落とした。

重たい豪雨の中で、重元と田辺は互いの隙をうかがい、じりじりと動いた。

重元は草履を片足ずつ蹴散らした。田辺は、先に裸足になっている。太刀を構え直す重元の重心が、かすかに揺らぐ。

足の裏がぬかるんだ地面に少し滑った時、田辺が二歩、前へ出た。目が吊《つ》り上がって人相が変わっている。

五郎左衛門は一歩半、重元の斜め前へ出て、田辺の動きを牽制《けんせい》した。五郎左衛門に呼応するように、堅固に構えた松浦が摺《す》り足でじわりと前へ出た。五郎左衛門の隙を探っている。

颪が出て来た。横殴りの雨が、目を開けておれぬほどになった。四人は、ぬかるみの上を摺り足で進み、互いの出方をうかがった。

殺気立った人だかりをかき分けて、血相を変えた岡っ引きが走って来る。吉田屋を見つけると、そばへ来た。吉田屋は、相手が誰の使いか悟ると、立ち上がった。吉田屋はつぶやいた。

――ようやくお戻りになったんかい。

五郎左衛門に向かって、吉田屋は言った。

「すぐ戻りますよって。若殿をお頼申します」

「どこへ行く」

五郎左衛門が止めるより先に、吉田屋はくるりと背を向けると、遣いの者を追ってひと群れをかき分け、通りの真ん中を突っ走って行った。

そちらをちらと見た四人は、すぐ互いに目を戻した。

二

松浦が歩を詰めると、五郎左衛門がまた呼応して前へ出る。どちらからともなく飛びかかったふたりの太刀は、根元でぶつかり合って激しく押し合った。

相手からいったん離れて体勢を立て直した五郎左衛門は、松浦のひと回り大きな体軀《たいく》が弾《はじ》かれたように退いて構えるのを見た。素早い。五郎左衛門は全力で打ち込んだ。斬撃は火花とともに跳ね返された。松浦は呼吸がまったく乱れていない。凶暴で敏捷《びんしょう》な熊のようだった。

ふたりとも、着ている物が濡《ぬ》れて垂れ下がり、滴をしたたらせている。松浦は、水を吸って重たくなった羽織を脱ぎ捨てた。五郎左衛門も、半ば襤褸《ぼろ》の上衣を脱いで、そこらへ放った。ふたりの羽織が、ばさりと鳥の骸のように地べたに広がった。

田辺と重元は、太刀を垂直に立てて構えたまま、身じろぎしない。光って降り注ぐ大粒の雨が、四人の顔の上を流れ、目や口に入って来る。息がしにくかった。

松浦は、太刀の滴を片手でひと振りすると、両手で持ち直した。頭上に高く構え、野太い奇声を上げて真正面から打ちかかった。危うくその太刀から逃れた五郎左衛門は、松浦のそばをすり抜けざま、返す刀で払った。脇腹か肩を確かに斬った手応えがあったが、松浦はまた弾かれたように身を起こし、刀先を八の字に振りながら素早く迫って来る。同じ国元でも松浦は、鉄斎門下の五郎左衛門や重元とは違い、体幹にため込んだ力で押す流派の道場に属していた。

五郎左衛門は、大股《おおまた》で退いて体勢を整えたが、松浦の斬撃の連打を防ぐのがやっとだった。退きながら逆手を打つ隙をうかがい、太刀を斜めに掲げて勢いを防ごうと試みて、かえって松浦の苛烈《かれつ》さに巻き込まれ、かき乱された。

家臣らの激しい攻防を尻目に、鷹揚《おうよう》に太刀を構えた田辺は、慎重に重元との間合いを探り、詰めた。

先に田辺が動いた。斬り込んで来たのをかわした直後、重元はいきなり眼前に閃《ひらめ》いた田辺の刀身がひゅっと咽喉元《のどもと》をかすめる風圧を感じた。田辺が返す刀を大きく払ったのだった。

後方へ飛び退った重元は、足元が崩れた。くるりとこちらを向いた田辺が渾身《こんしん》の力でぶつかって来る。重元は後方へ吹っ飛ぶ寸前に田辺の髷《まげ》をつかんだ。ふたりはもつれて頭からぬかるみへ突っ込んだ。

倒れた先でそれぞれ素早く起き上がると、田辺と重元はほぼ同時に互いに攻め込み、太刀のぶつかり合いで火花が散った。

その反動で重元は重く跳ね返された。互いの太刀先から間一髪で逃れながら、ふたりは泥の中を転げ回り、きわどい一進一退を繰り返した。

ぬかるみで滑った重元が、たたらを踏んで体勢を立て直す。重心が低くなった重元に、田辺が迫って来て横ざまに太刀を振るった。重元の髷が切り裂かれて髪が両肩へ落ちた。

重元は返す刀で斜め上の田辺の脇を払ったが、空を切った。

重元の額から、血が一滴にじんで膨らみ、一筋、流れ落ちた。

五郎左衛門が、気づいて叫んだ。

「殿っ」

田辺は五郎左衛門を見やると、ふっと笑った。

「妻女を捨てた脱藩者が、よう張り切ることよ」

「妻に責問したのか」

「何を言うている。その方《ほう》の罪を肩代わりしておるのだぞ」

「鉄斎様は」

田辺は冷笑した。

「大往生なされた。あれが親代わりとは、何とこころもとない、哀れな育ちじゃ」

激昂《げきこう》した五郎左衛門はこの場で田辺を殺すことにした。前に松浦が立ちふさがった。刃先をまっすぐ向けて突っ込んで来る。

五郎左衛門はすれすれで松浦の太刀先を逃れ、すれ違いざまに振り上げた太刀で、松浦の側面をかすめ斬った。

重たい肉の手応えを感じたが、松浦はまた弾かれたように体勢を立て直し、向き直って低く構えると、二度、三度と激しく連打を浴びせた。

危うく逃れた五郎左衛門は、脇腹を斬られていることに気づいた。いつやられたのか、どれほどの深さかわからない。焦りが胃の腑からせり上がって来る。痛みはない。

脇腹から鮮血が滲《にじ》み広がるのを、五郎左衛門は慌てて片手で押さえた。腹を伝う血が袂《たもと》を油のように濡らしていく。からだが重だるく震え出すのを、ぐっとこらえた。

五郎左衛門は気力を振り絞って斬りかかったが、軽くかわされた。松浦の太刀は、鞭《むち》のように撓《しな》って容赦なく迫って来る。その切っ先に触れたら終わりだった。勢いに乗じて次々に攻め込んで来る。

五郎左衛門は、劣勢を跳ね返す隙を懸命に探した。じりじりと川べりの石垣へ追いやられている。裸足《はだし》の足の裏が石垣に触れ、ひやりとした。

重元と田辺は、互いをめぐって静かに回り、隙をうかがっている。田辺が挑発した。

「打って参れ」

重元の穏やかな表情は変わらない。太刀を低く構えた全身を流れる緊張に、田辺も反応している。田辺が再び叫んだ。

「打って参れ。さぞかし、それがしが憎かろう」

重元は、田辺の隙を突いて真正面から飛びかかった。田辺はその勢いを防ぎ切れず、退きながら防戦に回った。二手、三手のぶつかり合いの後、気がつくと田辺は太腿《ふともも》を深く斬られていた。

田辺は声を荒らげて逆上した。刃先を立てた突きで、まっすぐ打ちかかっていく。重元は半身でかわし、田辺の太刀捌《さば》きの外へ抜け出た。

次に近づいた刹那《せつな》、田辺は足元の泥を拾うと重元の顔に投げつけた。虚を突かれた重元の構えが一瞬揺らぎ、剝《む》き出しの肘《ひじ》でよけたが、間に合わない。泥を顔面に浴びた重元は怒りで総毛立った。

田辺が、低い声でくつくつと笑った。

「若殿。これだけ辛酸を舐《な》め尽くして、まだまだ隙がござりますな」

重元は問いつめた。

「鉄斎様に何をした」

田辺は鼻で笑った。

「天寿を全うされただけのこと」

憤りに耐えかね、重元は太刀を構えたまま目を閉じた。

次に薄目を開いた時、目に見えるもののすべてが、もう違っていた。地べたに転がる血まみれの骸《むくろ》が見えたように思った。こやつか、おのれかのどちらかだ。

ひとしきり笑った田辺が、かすかに息をついて咳払《せきばら》いするとまばたきし、不意に微笑んだ。重元は豪雨の中に、ふと静けさを感じた。それから風が強く吹いたように思った。田辺の頬を這《は》う黒い血の一筋が目に入った。やれる、とその時思った。

主君とその宿敵の立ち合いをわき目に、五郎左衛門は松浦に気を呑《の》まれ、防戦一方になりつつある。幾度も力任せに斬りかかったが、空振りし、かえって隙が生じた。劣勢に陥ったところを続けて打たれ、血がしたたってから、また斬られたことがわかった。腿《もも》と腕のどこかだった。

刃《やいば》同士が、ぶつかった反動で重く跳ね返される。追い込まれた五郎左衛門がやみくもに伸ばした太刀が、松浦の髷の近くに引っかかった。手応えはあった。

おのれの血を見て松浦は激昂し、ことばにならぬ叫びをあげて襲いかかって来た。五郎左衛門はその太刀先を辛うじてかわしたが、松浦の大きな体軀をよけきれず、激しい勢いでふたりは後方へもんどり打った。どちらが石垣につまずいたのか、地面からからだが浮いたふたりは、もろとも頭から落ちていった。

中空で、五郎左衛門はからだが松浦から離れていくのを感じた。激流の中はほの暗く、次に息を継いだ時には、物凄《ものすご》い勢いで遠くへ流されている。息を継ごうとして多量の川水を呑んだ。右手で固く握った太刀の柄《つか》を、本当に持っているのかどうかわからなくなった。どれほど力を込めて抗《あらが》っても、手足が頼りなく後方へ流れる。激しく膨らむ急流を必死にかいくぐって、五郎左衛門は浅瀬へ向かった。どうしようもなく押し流されていく。白目をむいていた。振り返って岸辺を見上げると、松浦がさかさまになって石段に引っかかっている。白目をむいているように見えた。松浦も、太刀だけは固く握って離さないでいるが、身動きしない。

五郎左衛門は、ようやく立てる浅さまで戻って来た。足元を激流にとられそうになりながら、一足一足、水を蹴《け》って元の場所まで戻るのに、随分長くかかる。石垣の上を見やると、川上と川下の少し離れた岸辺から、見物人がこわごわと、さかさまに横たわる松浦を覗《のぞ》いている。頭から黒い血が流れ出ている。五郎左衛門は川の中から松浦に叫んだ。

「松浦殿っ」

松浦はかっと目を見開き、まばたきして起き上がろうとした。血まみれの額を振った。どうやら目がよく見えていないようだった。

五郎左衛門は近づいていこうとして、足がそれ以上前へ動かないのに気づいた。深く斬られた脇腹の傷より、寒気の方が耐え難い。歯の根が合わず、立っていられなくなって浅瀬の急流に座り込んだ。また少しずつ押し流されていく。

周りの音も光も、激流の暗黒も、水の冷たさも、すべてが五郎左衛門を取り囲みながら遠ざかっていき始めた。目の端の遠くで、起き上がろうと石段を這って下りた松浦が、力尽きたのか、水辺に静かに転がり落ちる様がはっきり見えた。

五郎左衛門は激流に揉《も》まれながら、こうしてはいられない、と叫ぶように思った。

——殿っ。

声にならない。すべてが色褪《いろあ》せて遠ざかっていく。川水をしこたま呑み込んで、もう泡粒ひとつ吐き出せなくなった時、五郎左衛門は、ここで抗うのを止めれば楽になると悟った。何か大きなものが近づいて来る。閉じた瞼《まぶた》の中に光源を感じた。なおの明るいまなざしが、水底の五郎左衛門の全身を照らしている。

五郎左衛門は、全力で両の瞼を開いた。どす黒い流れが見える。

——まだ、死ねぬ。

松浦と五郎左衛門の姿がなかった。不意を突いて突進して来た田辺を、重元は受け止め、激しくぶつかり合った。

田辺は重元に執拗《しつよう》に斬りかかった。重元は、田辺の手数をすべてかわして倍の力で斬り伏せようとしたが、田辺の動きは猫のように素早く、太刀を振るうたび、しなやかに逃げられる。

大振りした反動で刀先がぶれて、田辺の太刀とぶつかった。重元はその衝撃で太刀を取り落とした。あっ、と声にならない叫びが出た。とっさに敵から離れたつもりが、田辺の姿がない。背後へ回り込んでいる。重元は一瞬、豪雨の中でおのれの太刀を見失った。

肩に刃が食い込んだとき、重元はひやりとした恐慌に襲われた。真っ黒な驚きと畏怖《いふ》が五臓六腑《ごぞうろっぷ》へ染み広がってゆく。田辺のいる方角を探して振り向くと、見物人の中のひとりの、叫び出しそうな顔が視界に飛び込んで来る。まだ痛みはない。

重元は田辺からの間合いを取りながら、ようやく太刀を見つけた。水溜《みずたま》りの中に沈んでいる。白身魚が腹を見せて横たわるように光っている。そろそろと近づき、拾おうと試みた。上段に構えた田辺が、笑みを浮かべた。

「丸腰の者を斬りはせぬ」

田辺は重元に太刀を拾う隙を与えるべく、数歩下がった。重元は、拍動とともに強まって肩から全身に広がっていく激痛をこらえ、太刀を拾うと、立てて構えた。着ている物が黒い血で濡《ぬ》れて来ている。

田辺は腰を落として構えた太刀で、重元の動きを封じるように、切っ先を前へと伸ばした。重元は、田辺の剣先の動きに左右されかけた。田辺がいきなり胸元に突っ込んで来た。太刀はあやうくかわしたものの、勢いに耐えかねて重元はどうと倒れ、組み伏せられた。老人とは思えぬ剛力で押さえつけられ、重元は溺《おぼ》れるような恐怖で全身の血の気が失《う》せた。黒ずんだ修羅の形相が、眼前に迫っている。

「まだ死ぬな。大事なのはここからだ」

重元の頬骨を拳《こぶし》で殴りつけると、田辺は重元に囁《ささや》いた。

「死ぬ前に、若殿に言うて聞かせることがござる。これは戦じゃ。だが、それがしが闘うて来た相手は、もとよりその方らなどではない。小童《こわっぱ》など、はじめから眼中にないわ」

田辺は、重元の苦悶《くもん》に歪《ゆが》む顔をとくと眺め、満足げな息を吐いた。

重元は苦しい息の下から吐き出すように言った。

「鉄斎様を殺《あや》めたのか」

「人聞きの悪いことを。あのお方には長い間、ほんに苦しめられ申した。わが家中が財政でこれほど労苦を重ねておるのも、もとはと言えば藤波殿の失政にござろう」

重元は激昂《げきこう》した。全力で田辺からすり抜け、脇へ転がり出た。憤怒《ふんぬ》が手足から全身を激しく経巡って脳天を真っ白に突き破った。これまで斬ってきたすべてが今、ひとつに重なって眼前にある。百度斬って斬り刻んでも足らぬ。

重元は太刀の刀身を素手で摑《つか》むと柄を持ち替え、振り向きざま真一文字に振るった。滑らかに光る太刀に重元の怒りが脈打った。堅固な骨を断ち切った手ごたえがあった。刀身から撥《は》ね飛んだ血糊《ちのり》と肉片が宙空に散った。

見上げると、田辺がくるりと背を向けて倒れた。その後、そろそろと立ち上がり、倒れまいと一歩前に足を出し、気を張って体を支えた。酔ったような足取りで、かろうじて立っている。

田辺は重元の方を振り向いた。追われた獣のように喘《あえ》いで、血糊と共に足を引きずり、どこかへ向かって歩き出した。

重元は、息も絶え絶えに、発した。

「逃げるか」

田辺は血の混じった唾《つば》を脇へ吐いて、唇に残った黒い血を手の甲で拭《ふ》いた。

「逃げはせぬ」

田辺はかすかに笑った。

「われら皆、もうここからどこへも行けぬ。ここで犬死にじゃ」

微笑むと、田辺はどさりと仰向けに横たわり、顔面に土砂降りを浴びて動かなくなった。

三

「大竹っ」

激しく揺さぶられ、五郎左衛門は目を開いた。白い曇天から落ちて来る雨粒が目の中に流れ込む。大川の中ではなかった。石垣の上に戻っている。

指先に至るまでの全身が、何も感じなくなっている。まばたきするうち、仰向けに見上げたその顔が、少しずつ像を結んで来た。

長谷川永友がそこにいた。頬が削《そ》げ落ち、黒ずんだ両頬に無精髭《ぶしようひげ》が伸び、髷《まげ》も乱れているが、落ち窪《くぼ》んでぎらついた両目は笑っている。垢《あか》じみた白装束姿だった。

吉田屋が脇から顔をのぞかせて、声をあげた。

「あぁ、良かった、良かった。大竹様」

その背後に店の手代らがいる。五郎左衛門は、吉田屋に尋ねた。

「殿は」

吉田屋はうなずいてみせた。少し離れたぬかるみの中に、重元が横たわっている。その向こうに、田辺が仰向けに倒れていた。目の端に、吉田屋の奉公人らが松浦を抱えて石段を上がって来るのが見える。五郎左衛門はいったん目を閉じた。

永友は、五郎左衛門を吉田屋に任せると、重元のもとへ戻った。吉田屋の手代らに介抱を受ける重元は、片方の肘《ひじ》で身を起こし、口を動かしたが、ことばが出て来ない。永友はその両肩をしっかり摑んで、囁いた。

「あとは任せろ」

瀕死《ひんし》の重元は、永友に尋ねた。

「田辺が言うていたが、鉄斎様は」

永友は、ようやっと言った。

「無念だ」

吉田屋は小さくつぶやいて頭を下げた。

「すんまへん。大勝負の前やさかい、うまいこと言われへんかった」

「案ずるな」

永友は立ち上がると、降りしきる雨の中、その場を取り巻く数百の人だかりに向かって発した。

「それがしは、東の御番所の長谷川永友と申す。この大坂城下、並びに堂島米相場について、ご公儀の老中首座、徳川頼定様よりのじきじきのお沙汰《さた》を伝えに、急ぎ江戸から戻った次第」

永友は懐から書状を取り出すと広げ、朗々と読み上げた。黙って聞いていたひとびとが、にわかにざわついた。

「米買上令が、お取り止めやと」

群衆を背後からかき分けて、浜通りの水役人や年行司、月行司など、堂島の主だった顔ぶれが寄って来た。

永友は、よく通る声色で告げた。

「二十日前の大火を受け、今、江戸はまず再建の御普請が何より大事、米の買上どころではない。また、此度《こたび》の米買上のお達しとその経緯、そして今般この大坂をはじめ各所で物議をかもしておる信濃国飯山家中、本多豊後守重元様をめぐる押込騒動について、諸々怪しきところありとして、このほどご公儀の評定所がお調べを執り行うことと相成った」

永友は一同を見回すと、毅然《きぜん》と言い放った。

「よって、正式なお沙汰が出るまで、此度の件にかかわりのある者はひとり残らず、この大坂を離れることはならん。よいな」

四

朝晩に涼やかさを感じる初秋の早朝、大坂城代の役宅で、公儀の最高裁判機関、評定所の裁きが始まった。老中首座、頼定のお出ましを待つ間、広間は咳払《せきばら》いひとつない静けさだった。

評定所では、三奉行と幕閣が合議で裁判するのがならいである。此度は、大広間の上座に大坂寺社奉行、町奉行、勘定奉行の三奉行が同座し、また大目付および目付が陪席して裁く五手掛かりの態勢に、幕閣の老中首座、徳川頼定が特別に加わる閣老直裁判《かくろうじき》となった。

これに加えて、永友を筆頭とする書物方が八人、番人三人、そうして書役は十八人、見習三人、同心五人、留守居四人など、総勢五十名近くの役方が固めている。

本多豊後守重元の押込にかかわってこの大坂にいる者すべてが、上座に向かって両手を突き、控えていた。その数は五十名を超えている。最前列には重元と田辺、そして大坂城代の藤堂がうつむいていた。

永友は、上席から藤堂をそれとなく眺めた。おのれの役宅にありながら、裁かれる側に座っている。永友が早駕籠《はやかご》で江戸へ参って頼定にじかに訴えていなければ、恐らくこうはなっていない。

此度は老中首座がじきじきに来坂している。大きな意味があったが、しかし評定所がどこまで事の本質に迫るのか、永友は心ひそかに危ぶんでもいる。頼定の沙汰が藤堂に及ぶことは、恐らくあるまいと踏んでいた。現にこれまで、幕閣で頼定と藤堂との間の不仲や行き違いがあるなど、聞いた覚えはない。しかし、老中首座の頼定が、火急の江戸をおいて自ら来坂し、裁きを下すのは、次期老中候補、藤堂の処遇が今後の幕閣を大きく左右するからに相違ない。

永友は心中でつぶやいた。

――さて、吉と出るか。凶と出るか。


ようやく姿を現わした老中首座、徳川頼定は、形のよい鼻梁《びりょう》と強い眉《まゆ》でまっすぐ前を見つめ、それから大広間の一同を黙って見渡した。老いて毛並みのよい鷹《たか》を思わせる。

一同は圧倒されて静まり返った。

頼定は、にこやかに発した。

「藤堂殿。天下の台所は、ちと荷がかちすぎたようじゃな」

五郎左衛門は、何列もの後方から藤堂を見ていた。腰に帯びた太刀が、ただの飾りに見える。横を向いた時の首筋などは生白く、むっつりと黙った横顔に、得体のしれない気難しさが垣間《かいま》見えた。

顔を上げ、何か抗弁しようとした藤堂が、頼定の目に光る険しいものを察して、顔を伏せた。その様子を見下ろしていた頼定は、明るいまなざしで一同を見渡すと、微笑んだ。

「公儀にとり、此度のようなことは、実のところ、ようあること」

では、と言って、頼定は始めた。上座も下座も、すべての者が目を上げて聴き入った。関わり合うふたつの大事、押込騒動と米買上令についての裁きは、あっけにとられるほど素早かった。

「まず、此度出ておる米買上令については、これを無効といたす」

下座の一同に、静かな戦慄《せんりつ》が走った。

「越前屋。一介の米仲買が、此度のように大坂城代の力をたのみ、堂島米相場を私物化せんとするとは、不届き千万。よって、仲買株および家財の一切を没収し、この大坂より所払いとする」

越前屋は、畳に張りつかんばかりに平伏した。

また頼定は、越前屋による一連の仕手戦が米相場を大きく歪《ゆが》めたとして、その取引による越前屋の利益の一切を、五十日間遡《さかのぼ》って無効とした。越前屋に提灯《ちょうちん》をつけた幾多の店も、ほどなくたおれとなって堂島から去っている。

一方、ぎりぎりの攻防で大きな儲《もう》けを出している吉田屋については、まったくお咎《とが》めもなく、言及すらされなかった。五郎左衛門は、吉田屋の横顔に押し殺した笑いを見た。吉田屋が小さくつぶやいた。

――ざまぁ、みさらせ。

それから頼定は、最前列の大坂城代、藤堂を見やると、此度の押込について、幕閣内において便宜を図らんとした、という確たる形跡はなしとした。その一方で、先の米買上令については、越前屋らとはかって私利私欲のために利用しようとした、と断じた。

「藤堂和泉守盛政殿は、本日をもって大坂城代を退き、御城《おしろ》へ戻ってお役目に邁進《まいしん》なされ。此度のような不始末、今後の御出世に大きく響きかねぬ。くれぐれもお気をつけを」

藤堂は、顔を赤黒くして抗弁しかけた。すると頼定は牽制《けんせい》した。

「江戸へ戻るのが不服ということであれば、国元へ戻って隠居なされてもよろしいが。さて、いかがなされる」

藤堂は憤然と下を向き、もう何も言わなくなった。永友は心ひそかに胸を撫《な》で下ろした。

五郎左衛門は、思わず顔を上げた。隣に座る吉田屋と目が合った。背後であれこれ糸を引いた大物が、ほとんどお咎めなしで元の職位に戻るとは。

隣の吉田屋の目に、ひそやかな怒りが見えた。頼定は淡々と続けた。

「では、本多豊後守重元殿に対する此度の押込について、申し渡す。公儀への申し出がなされた形跡がなく、また国元の筆頭家老、田辺斎宮をはじめとする国家老、中老以下、家中の者らによる正月賀式への一斉不出仕等、経緯に甚だ由々しき点が見られる。ゆえに、押込そのものを無効といたす」

重元は静かに平伏した。五郎左衛門は叫び出したくなるのをこらえた。頼定は、重元へじかに声をかけた。

「本多豊後守重元殿は、一刻も早く国元へ戻り、家中を建て直し、主君としての務めに邁進されよ」

五郎左衛門は胸のすく思いがした。

「して、本多家中、郡方書役助、大竹五郎左衛門」

頼定は、穏やかなまなざしを五郎左衛門に注いだ。

「その方、主君につき従い、よくぞ守り通した。これからも主君のまつりごとを支えてまいれ」

五郎左衛門は、畳に額をこすりつけて平伏した。伏した身が、喜びでちぎれそうだった。途端に、気が急《せ》いて何も手につかなくなった。なおの元気な顔を見るまでは。一刻も早く国元に帰らねば。

次いで頼定は、重元の隣に座る田辺に向かって言い渡した。

「飯山家中、筆頭家老、田辺斎宮。死罪といたす」

田辺は両目をいっぱいに見開いて、背筋を正し、頼定を静かに見つめた。

頼定は重々しく続けた。

「厳正な手続きを経て初めて許される押込を手前勝手に行ない、家中の転覆をたくらみ、まつりごとを揺るがして正道を捻じ曲げた罪は、万死に値する」

田辺は何も言わず、すべてを受け止めるように、ただ平伏した。それきり、最後まで頭を上げなかった。

田辺の配下として働いて来た家老、中老以下、連座した四十六人は、田辺と同じく死罪か、遠島《えんとう》、追放、閉門などの沙汰《さた》を次々に受けた。

五郎左衛門は、その中に松浦の名を確かに聞いた。閉門だった。死してなお、無罪放免とはならないのだった。松浦があれほど大事にしていた妻子のことを、五郎左衛門は思った。

おもむろに立ち上がった老中首座の後に、小姓らが続いて立ち去った。与力らが、下座に座った罪人らをどっと囲み、引っ立ててゆく。

五郎左衛門は、大坂城代役宅の門外へ出た。空にはまだ、朝の間の静けさとすがすがしさが残っている。吉田屋と目が合った。

「大竹様。これから国元へお戻りで」

五郎左衛門はうなずいた。なおのことで、気が急いていた。

「そちらは」

「むちゃくちゃ忙しゅうなりますわ。やらなあかんことが山ほどありますよって。ところで、若殿は」

五郎左衛門は門前を振り返って、三々五々、開いた門から出て来るひとびとの中に重元の姿を捜した。吉田屋が察して、言った。

「これから大変でっせ、若殿は」

白い象牙《ぞうげ》の柄《つか》の太刀を差した、遣いの若侍が近づいて来た。重元は、まだ中でいろいろと大事な話し合いがあるという。先に国元へ戻っておれ、との伝言だった。

五郎左衛門は吉田屋に向き直ると、微笑んだ。

「吉田屋。また会おう。必ずや」

「へぇ。必ずでっせ」

ふたりはそれぞれの方角へ向かって背中を向けた。

越前屋は数日のうちに大川に浮かんだ。常日頃から恨みを持つ者が多く、下手人がいたのか、それとも自害したのか、わからぬままとなった。

第七章　訣《けつ》別《べつ》

一

陸路よりも速い海路で、五郎左衛門は旅の間、船上で毎夜、妻の夢を見た。白い霧の中、声をかけても届かない遠くに座って微笑んでいる。顔がよく見えない。目が覚めると、見たものがどんな吉凶のしるしかわからず、五郎左衛門は胸騒ぎを収めるのに苦労した。

国元は、すでに秋も深まり始めていた。耳元で、風のかすかなうなりがする。木立の深い山中とも、汐《しお》の香りがする大坂の河口とも違って、柔らかく懐かしい、故郷の風だった。軒を連ねた城下の通りにはほとんどひと気がなく、動かない水の中に沈んでいるように、少し肌寒かった。こんなに淋《さび》しい土地柄だったろうか。目にする何もかもが、どこか荒《すさ》んで見える。たまに行き交うひとの声にも、ぎすぎすしたものを感じた。一揆《いっき》続きで、里村も城下も皆、気持ちが荒み、飢えている。

五郎左衛門は家路を急いだ。ふと思い出した。こんな風にしてなおのもとへ急いだ最後の日は、あの雪の大晦日《おおみそか》だった。五郎左衛門は駆け足になった。

見慣れた居宅が目に飛び込んで来た。五郎左衛門は玄関へ向かった。戸がわずかに開いている。五郎左衛門は、胸騒ぎをこらえた。敲《たたき》に立って、中へ声をかけてみた。

「ただいま戻った」

おのれの声だけが響いた暗い家の中は、ひんやりと湿っている。長らく火の気もなかったのに相違ない。上がり框《がまち》に立つと、五郎左衛門は妻の名を呼んだ。

「なお。戻ったぞ」

奥の間の辺りからかすかに物音がした。誰かいる。五郎左衛門は、走って行って襖《ふすま》を開いた。幻の中に足を踏み入れたかと思った。

なおが、蒲団から起き上がって座っている。柔らかなまなざしが、五郎左衛門をはっきりと認めた途端、ぱっと明るくなって頬に赤味がさした。立ち上がろうとして足元がふらついた。

五郎左衛門は、いとおしさと痛ましさで胸が詰まった。こんなにやつれた妻を見たことがない。蟄居の間、水も米も命をつなぐぎりぎりに厳しく制限されていたのに違いない。

「戻ったぞ」

なおは、目をいっそう大きく見開いた。

「お前様」

ようやく立つと、五郎左衛門に短く言った。

「お待ちくださいまし。すぐ支度をいたします」

五郎左衛門はなおの両肩をつかまえて支えた。

「よいから、座っておれ」

着物越しに、痩《や》せた肩の骨を感じた。手の中に収まるほどだが、温かかった。

「戻ったぞ」

おのれに向かって確かめるように言った五郎左衛門の、左の耳朶《みみたぶ》が裂け、傷の跡が残っている。

なおは夫君を、惚《ほ》れ惚《ぼ》れと、信じられぬものを見るように見やった。頬骨のあたりに、歪《ゆが》みが残っている。表情にぎこちなさがあるが、削《そ》いだような浅黒い面立ちは静かで、瞳《ひとみ》には黒々とした光があった。

なおは、五郎左衛門の傷ついた耳朶に手を伸ばした。

「よくぞ、ご無事で」

いとおしむように、いつまでも指先で撫《な》で続けた。こらえきれぬものがわっとほとばしって、なおは、五郎左衛門を強く激しい力でつかまえた。

嗚咽《おえつ》するその身を、五郎左衛門は上から強く抱いた。しばらくの間、ふたりはそのままでいた。

やがて、なおは息を吐いて整え、手の甲で涙をぬぐうと、五郎左衛門を見上げて笑った。

「支度をいたします」

なおは台所へ立って手早く火を熾《おこ》した。五郎左衛門は何か手伝おうと腕まくりをしたが、なおに止められた。

五郎左衛門は、ふたり分の膳《ぜん》を仕度するなおの姿を眺めていて、ふと眩暈《めまい》を覚えた。また、こうしてふたりでいる。幻ではないのだった。

すぐに膳が整った。粥《かゆ》の他、汁物と煮つけが湯気を立てている。五郎左衛門となおは、めいめいの膳の前に座った。

「では」

差し向かいに座ったふたりは、手を合わせて箸《はし》を取った。半ば目を閉じ、夢中で食べた。

あたたかい粥と汁物が、五郎左衛門の全身に沁《し》みた。

五郎左衛門は、鉄斎のことをなおに尋ねた。

箸を止めたなおは、何か話そうとしてことばにならず、嗚咽をこらえてようやく言った。

「ご立派な最期にございました」

五郎左衛門は何度もうなずいた。

「左様であったか。左様であったか」

二

五郎左衛門は月命日のみならず、少しでも手が空くと、なおと共に鉄斎の菩提寺《ぼだいじ》へ参った。代々、家中の重臣を務めた藤波家の墓石が並ぶ筋に、涼やかに揺れる竹林の影の中、真新しい鉄斎の墓石がある。ふたりは並んで座ると手を合わせ、こころの中であれこれと鉄斎に話しかけ、そして鉄斎のあたたかい声が聞けたようにいつも思うのだった。

ふたりがどうしても知りたかったのは、鉄斎の最期だった。ひどく苦しんだり、悲しんだり、心配事をあとに残しておられたり、そんなことはなかっただろうか。

せめて、何か文でも遺されていたら、とふたりは思い、探し、各所に尋ねて回った。書物や筆や墨、紙の類《たぐい》は一切、蟄居の沙汰《さた》を受けた鉄斎の庵《いおり》には残っていなかった。田辺の指図に相違なかった。

五郎左衛門が見舞うべきひとびとは、他にもいた。松浦の遺した妻と子らだった。

五郎左衛門が国元へ戻るよりも先に、松浦の訃報《ふほう》は妻に伝えられ、すでに弔いも済んで、墓もあった。松浦家の代々の墓地は奇《く》しくも、鉄斎がかつて後進の育成に力を入れた杉屋敷のほど近く、少し山に入った斜面を切り拓《ひら》いた陽だまりの中にあった。

ふたりは、なおが張り切って作ったたくさんのおはぎを携え、松浦の妻子と共に、暇を見つけては墓参した。松浦のまだ幼い子らは、墓参りする一同の周りで陽を浴びて遊んだ。

かつて鉄斎が手塩にかけた杉屋敷を、五郎左衛門が引き継ぐこととなった。家中の子弟のみならず、志のある者なら生まれにかかわりなく受け入れた。次の年の春、七つになった松浦の長子が入って来た。頼もしい子がまたひとり増えた、と五郎左衛門は喜んだ。やがて到来する御一新の世の中で、杉屋敷は藩校、長道館と統合され、家中の将来を切り拓く人材を多く輩出する場となっていく。

重元の直仕置は、元通り実施された。

五郎左衛門をはじめとする若手中堅の平士、下士らが近習役となって、重元の新しいまつりごとを力強く支えた。

手にした特権を手放すまいとする守旧派との攻防は、田辺なしでは早々にかたがついた。ほどなく重元の為政のもとに吸収され、仲間内で集まれば陰口を叩《たた》く者がちらほらいる、というくらいに鎮火した。

三

大坂から国元に戻って三月あまり、野山に雪がちらつく朝、五郎左衛門は重元からの使者を居宅に迎えた。

急ぎ大坂へゆけ、後から参る、という旨の文を使者の前で読むと、五郎左衛門はなおに支度をさせ、再び大坂への途に就いた。

重元と落ち合ったのは夕刻、大坂は松屋《まつや》町牢屋敷の門前だった。ちらほらと人通りがある路地は赤い夕陽に染まって、ふたりの長い影が路上に伸びている。

師走《しわす》が近づく中、久方ぶりに暖かかった一日が終わろうとしていた。門番がふたり、質素な身なりの重元と五郎左衛門を胡散臭《うさんくさ》げに眺めた。

五郎左衛門は、主君をそっと眺めた。このところ、重元の姿を遠くから見るばかりだった。変わらぬ穏やかさで、引き締まった体軀《たいく》は少し日焼けが抜け、目には明るい志の光がある。

矢継ぎ早のまつりごとの改革で、若手中堅の近習役を率いて大変な多忙の身だった。若殿につき従っていくことへの変わらぬ喜びを覚えたが、今は何を話せばよいのか、思いつかない。すると重元が言った。

「詳しいことは、じかに会《お》うてから、と思うてな。われらをここへ呼んだのは長谷川だ。もうすぐ来る」

ふたりは立ったまま永友を待った。

陽が沈み始めた頃、角を曲がって永友が現れた。以前より軽装だが、太刀と脇差《わきざし》二本を帯び、ぶっ裂き羽織に足袋といったいでたちで、活力に満ちて見えた。永友は、ふたりを認めると、目に喜びを浮かべた。

「久方ぶりだ。達者であったか」

「ああ。上々だ。そちらはどうだ」

「この通り、座って飯を喰《く》う暇もない有様だ」

永友はそういうと、破顔一笑した。

「吉田屋が、どうかよろしく伝えて欲しいと言うておったぞ。今宵はどうしても抜けられぬ用件があるそうだ」

吉田屋は、歴代最年少の米会所年行司となって、堂島全体のことを考える重責をも担っている。五郎左衛門は、吉田屋の消息を聞けて嬉《うれ》しかった。

永友がふたりに言った。

「間に合ったな。いよいよ明朝だ」

五郎左衛門は、はっとした。重元を見ると、すでにわかっていたようだった。

門番に永友がひと言伝えると、門番らは恭しく引き下がり、三人を牢屋敷の門内へ入れた。

頭上の夕陽がついえて西の彼方《かなた》へ消え、藍色《あいいろ》の夕闇の帳《とばり》が空を覆いつつある。ほの暗い敷地内の各所に、かがり火が焚《た》かれている。

ほのかな明るみの間を、三人は門番らに導かれ、奥の揚屋《あがりや》へ向かった。牢内に入る前、牢役人が、重元と五郎左衛門の太刀と脇差を預かった。

「では、おれは外で待つ」

永友は、ふたりの後方の暗がりへ離れていった。

門衛が行灯《あんどん》をひとつ、揚屋の中に置いた。琥珀色《こはくいろ》のほのかな光芒《こうぼう》が牢内に広がる。太い格子戸の向こうの暗がり、二十畳ほどの広さに、田辺ひとりが身ひとつで座っていた。壁を背に、目をつぶっている。大きな牢の中に、ただひとりだった。

この三月の間に、押込に連座した者らは残らず沙汰を受け、あとは田辺ひとりとなっている。最後の願いとして、重元らへのお目通りを申し出たのだった。

背後で牢の扉が閉まるのを五郎左衛門は聞いた。暗闇の中を、冷風がかすかに流れているのを、頬で感じた。

重元と五郎左衛門に気づくと、田辺は床板に両手を広く突き、重元に平伏して、しばらく頭を上げなかった。

重元は礼を返した。その後、田辺は五郎左衛門に丁寧な礼をした。五郎左衛門は内心驚き、両手を突いて返礼した。頭を上げると、田辺はかすかに微笑んでいる。

重元は笑みを返し、声をかけた。

「こうして参ったのは、最後に何か望みがあれば、と思うてのことじゃ」

田辺は平伏し、微笑んだ。

「何もござらぬ。あの世に持ってゆけるのはこの身ひとつ。いや、この身とて現世に捨てゆかねばなりませぬが、それもまた、すがすがしきことにござる」

田辺は重元に、穏やかに尋ねた。

「その後、国元はいかがにございますか」

重元は快活に応じた。

「知ってのとおりすでに底を打ち、これより先は、上向くより他にござらん」

牢の外の遠くから、犬の遠吠《とおぼ》えが一声、聞こえて来る。その後、あたりの静けさが際立った。重元は静かに言った。

「われらは持てる力のすべてを賭《と》してこの難局を切り抜け、国元を必ずや豊かにして参る所存」

田辺がまさに聞きたかったことだった。頭《こうべ》を垂れて強く瞼《まぶた》を閉じた。それから目を開いて顔を上げた。

重元が、そっと言った。

「明日の朝、とうかがい申した」

田辺は、頬を持ち上げて微笑もうとして、かすかに頬がゆがんだ。

「はっ」

修羅と慟哭《どうこく》を呑《の》んだ、暗い色の目だった。

五郎左衛門が、どうしても田辺に尋ねておきたいことがあった。鉄斎の最期だった。

ひどく苦しんだり、悲しんだり、心配事をあとに残しておられたり、そんなことはなかったのだろうか。

せめて、何か文でも遺していたら。書物や筆や墨、紙の類《たぐい》は一切、蟄居《ちっきょ》の沙汰《さた》を受けた鉄斎の庵《いおり》にはなく、それが田辺の指図であったことは、見張りを言いつけられた下役人の言で明らかになっている。わざわざこの場で問うべくもない。

田辺は、眼前の五郎左衛門の背後の、どこか遠くを眺める目になった。

「すべては順番じゃ、と藤波殿は仰せになられた。曰《いわ》く、わしに訪れることは、その方にもいずれ訪れる、と」

五郎左衛門は、今一度尋ね返した。田辺は答えた。

「藤波殿が最後に仰せられたこのことを、それがしは、ここでずっと考えており申した」

重元がそっと尋ねた。

「それは何か」

田辺は重元を見やった。

「それがしが、この揚屋の暗がりにただひとりで座っておる、その姿が見えると、藤波殿は申された」

五郎左衛門はその時、何かに突き飛ばされたような気がした。

重元は懐から小刀と和紙を取り出すと、田辺の前へすっと置いた。

「髪をひと房、所望いたす」

田辺はつかの間、小刀と紙をじっと見下ろしていた。目を上げて重元を見た。

「殿を苦しめ申した逆臣にござりますぞ」

重元は微笑んだ。

「まさに」

田辺はそっと手を伸ばして小刀を取ると、髷《まげ》の先を一房摑《つか》み、切り取った。床に置かれた紙に髪を置くと、ふたつ折りにして重元に差し出した。重元は、懐へしまった。

「確かに承った」

田辺の目の中に、沸騰するような色が浮かんだが、何も言わなかった。


「殿。ただひとつ、願い事がござります」

田辺はおもむろに、端を今切ったばかりの、おのれの髷に手をやった。少しの間、髷の中に指を差し入れて探し、何か小さなものをつまみ出すと、もう片方の手の平にそれを置き、ふたりに向かってそっと差し出した。

重元と五郎左衛門は、暗がりの中、田辺の手の平に目を凝らした。真ん中に、小さな粒をみとめた。数粒の籾《もみ》だった。

田辺は手の平を軽くゆすって重元に差し出した。重元は籾をひとつ、つまんだ。田辺を見た。田辺は重元に向かって、熱を込めて話した。

「冷害にも日照りにも強く、わが家中の痩《や》せた地味でも立派に実る、風味のよい新種にございます。家中の苦境を救うには、これにござる」

重元は、つまんだ籾を五郎左衛門の手の平に置いた。五郎左衛門は、じっとそれを眺めた。田辺が言った。

「もしもこの大坂で、家中の借財をあらかた帳消しにすることがかなったなら、この籾をもって一気に盛り返してゆこうというのが、それがしの願いでござった。どうか、この籾を生かしてくださりませ。この通り」

深々と頭を下げた田辺に向かって、重元はうなずいた。

「承知した」

五郎左衛門はその時、ようやくわかった。これを託すために、田辺はわれらを呼び寄せたのだ。

夜明けまではまだあった。抗《あらが》いようのない大きなものが、すべてを静かに押し流してゆく中で、重元は座して、強く瞼を閉じている。

夜の深い闇のずっと遠いどこかで、心安らぐような音が、かすかに瞬き、鳴り響いている。何の音なのか。波のような、あるいは夜風に揺すぶられる森の葉擦れのような、濁世《じょくせ》のすべてを洗うような音だが、耳をそばだてていても、何なのかわからない。

重元はつぶやいた。

——聴こえるか。

田辺は目を大きく見開いている。うなずいた。五郎左衛門もうなずいた。

不意に、五郎左衛門は胸が震えた。これまでの苦難のすべてが到来し、去っていった。気がつくと、満ち足りていて、ゆるぎない哀しみの真っただ中にいた。

内側から、突き上げるように思った。

なぜこの世はこうなのか。今、この世の来し方とこの先のすべてが凝縮されて、ここにある。何もかもがとてつもなく尊く、そして何もかもがいずれは滅び、そうしてはじめからなかったことになる。

そのような中で、何が起ころうと起こるまいと、この世は大きな喜びに満ちている。はっきりと、そのようにすべてが見えた。

牢《ろう》の外が白み始めた。

重元は、田辺に向かって頭《こうべ》を垂れた。

「さらば」

五郎左衛門が主君に従い、身を低めた。

ふたりに向かって、ふたりのいる現世に向かって、田辺は深く平伏した。

誰ひとり、頭を上げなかった。

五郎左衛門はその刹那《せつな》、おのれが、この世の内側にはいない気がした。

朝陽の閃《ひらめ》きが高い窓から射し込み始め、牢内は厳かな金色に浸されて、処刑の朝が来た。

【出典および参考文献・Webページ】

『主君「押込」の構造』（笠谷和比古／講談社学術文庫）
『一手千両　なにわ堂島米合戦』（岩井三四二／文春文庫）
『大阪商人』（宮本又次／講談社学術文庫）
『図説　日本戦陣作法事典』（笹間良彦／柏書房）
『図説　剣技・剣術』（牧秀彦／新紀元社）
『図説　剣技・剣術　二』（牧秀彦／新紀元社）
『大江戸役人役職読本』（新人物往来社　編／新人物往来社）
『復元　江戸生活図鑑』（笹間良彦／柏書房）
『豪商たちの時代　徳川三百年は「あきんど」が創った』（脇本祐一／日本経済新聞社）
『絵でみる江戸の町とくらし図鑑』（善養寺ススム　絵・文／江戸人文研究会　編／廣済堂出版）
『イラスト・図説でよくわかる江戸の用語辞典』（善養寺ススム　絵・文／江戸人文研究会　編／廣済堂出版）
『大坂堂島米会所物語』（島実蔵／時事通信社）
『飯山風土記』（飯山市振興公社）

『長野郷土史研究会機関誌「長野」第119号（やさしい信濃の歴史）』（長野郷土史研究会）
『佐々木合気道研究所～合気道を科学する～』https://sasaki-aiki.com/article/?v=848&c=2

本書は書き下ろしです。

編集協力／川端幹三事務所

主君押込《しゅくんおしこめ》
城《しろ》なき殿《との》の闘《たたか》い
辻井南青紀《つじいなおき》

令和5年 9月25日　初版発行

発行者●山下直久

発行●株式会社KADOKAWA
〒102-8177　東京都千代田区富士見2-13-3
電話　0570-002-301（ナビダイヤル）

角川文庫 23826

印刷所●株式会社暁印刷
製本所●本間製本株式会社

表紙画●和田三造

●お問い合わせ
https://www.kadokawa.co.jp/（「お問い合わせ」へお進みください）
※内容によっては、お答えできない場合があります。
※サポートは日本国内のみとさせていただきます。
※Japanese text only

ISBN 978-4-04-114094-9　C0193

◇◇◇

角川文庫発刊に際して

角川源義

第二次世界大戦の敗北は、軍事力の敗北であった以上に、私たちの若い文化力の敗退であった。私たちの文化が戦争に対して如何に無力であり、単なるあだ花に過ぎなかったかを、私たちは身を以て体験し痛感した。西洋近代文化の摂取にとって、明治以後八十年の歳月は決して短かすぎたとは言えない。にもかかわらず、近代文化の伝統を確立し、自由な批判と柔軟な良識に富む文化層として自らを形成することに私たちは失敗して来た。そしてこれは、各層への文化の普及滲透を任務とする出版人の責任でもあった。

一九四五年以来、私たちは再び振出しに戻り、第一歩から踏み出すことを余儀なくされた。これは大きな不幸ではあるが、反面、これまでの混沌・未熟・歪曲の中にあった我が国の文化に秩序と確たる基礎を齎らすためには絶好の機会でもある。角川書店は、このような祖国の文化的危機にあたり、微力をも顧みず再建の礎石たるべき抱負と決意とをもって出発したが、ここに創立以来の念願を果すべく角川文庫を発刊する。これまで刊行されたあらゆる全集叢書文庫類の長所と短所とを検討し、古今東西の不朽の典籍を、良心的編集のもとに、廉価に、そして書架にふさわしい美本として、多くのひとびとに提供しようとする。しかし私たちは徒らに百科全書的な知識のジレッタントを作ることを目的とせず、あくまで祖国の文化に秩序と再建への道を示し、この文庫を角川書店の栄ある事業として、今後永久に継続発展せしめ、学芸と教養との殿堂として大成せんことを期したい。多くの読書子の愛情ある忠言と支持とによって、この希望と抱負とを完遂せしめられんことを願う。

一九四九年五月三日